クリストファー・パオリーニ
大嶌双恵＝訳
ドラゴンライダー12

Dragon Rider Series
Inheritance

インヘリタンス
果てなき旅

編集協力
リテラルリンク

ブックデザイン
鈴木成一デザイン室

ドラゴンライダー12

インヘリタンス／目次

ドラゴンライダー12 目次

ドラゴンライダー13 目次

ドラゴンライダー14 目次

ドラゴンライダー15 目次

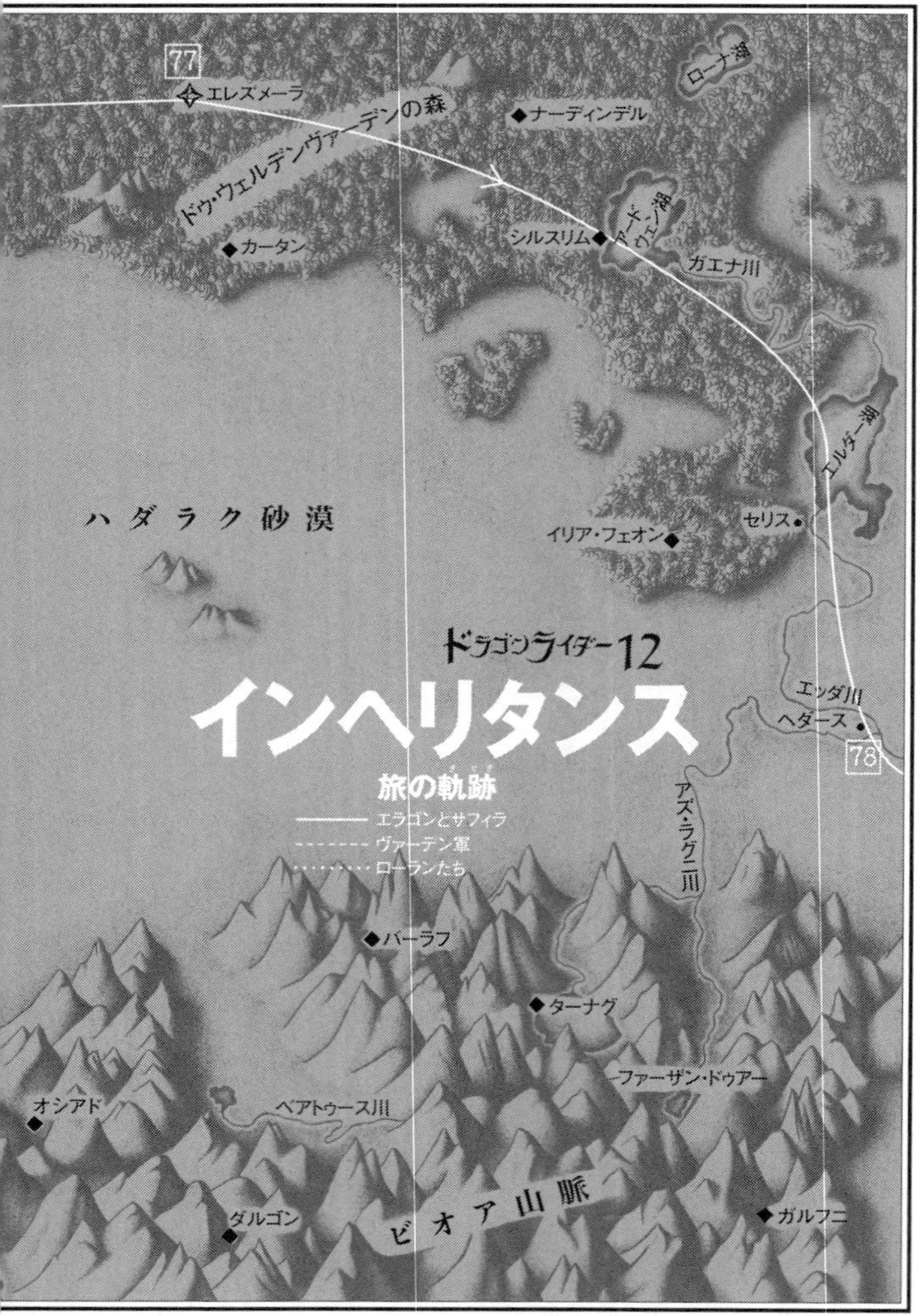

＊地図上の数字は、物語の「章番号」を示しています。

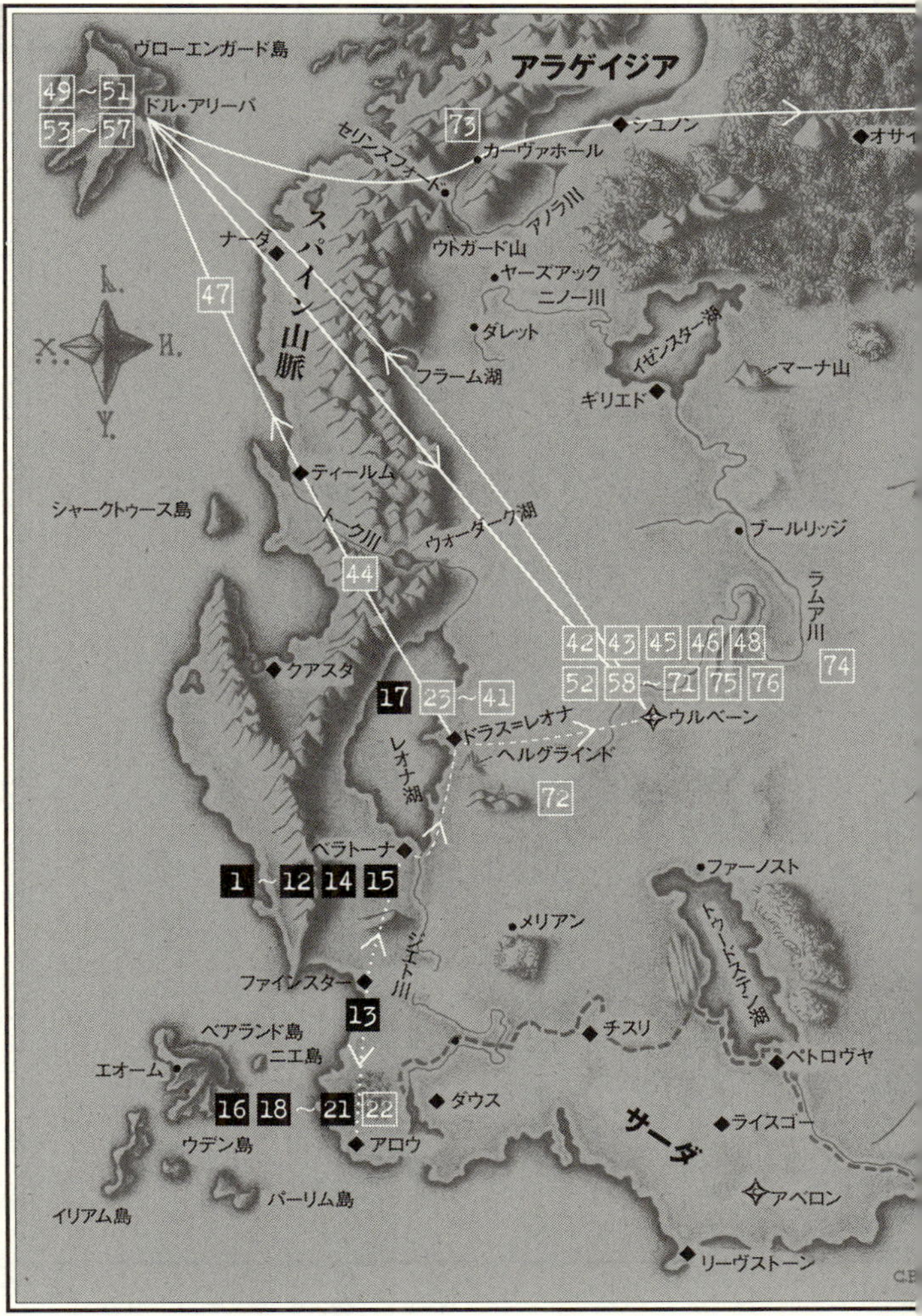

ヴローエンガード島
アラゲイジア
49～51
53～57
ドル・アリーバ
73
シュノン
オサイ
セリンスフォード
カーヴァホール
アノラ川
スパイン山脈
ナーダ
ウトガード山
ヤーズアック
ニノー川
47
ダレット
イゼンスター湖
フラーム湖
マーナ山
ギリエド
ティールム
シャークトゥース島
ウォーダーク湖
トーク川
ブールリッジ
44
ラムア川
42
43
45
46
48
52
58～71
75
76
74
クアスタ
17
23～41
ウルベーン
ドラス=レオナ
ヘルグラインド
レオナ湖
72
ベラトーナ
1～12
14
15
ファーノスト
メリアン
ジエト川
トゥードスティン湖
ファインスター
13
チスリ
ベアランド島
ニエ島
ペトロヴヤ
エオーム
16
18～21
22
ダウス
サーダ
ライスゴー
ウデン島
アロウ
パーリム島
アベロン
イリアム島
リーヴストーン

おもな登場人物

エラゴン……物語の主人公。青き竜サフィラのライダーで、炎の剣ブリジンガーの使い手。ライダーであり実の父だと判明したブロムと、同じくライダーでエルフの賢者オロミスを師とする。帝国に反旗をひるがえしたヴァーデン軍の期待を背負って戦っている

カーヴァホール村から来た人々

ローラン……エラゴンの従兄。村人たちをひきいてヴァーデン軍に合流し、確固たる地位を築きつつある

カトリーナ……ローランの妻。子どもを身ごもっている。父はかつて肉店を経営していたスローン

ホースト……鍛冶屋。ローランの理解者。妻はエレイン。息子はアルブレックとバルドル

帝国アラゲイジア
首都ウルベーン

ガルバトリックス……帝国の支配者。優秀なライダーだったが、ドラゴンを殺され、代わりをあたえられなかったことで仲間を恨み、黒竜シュルーカンを盗んだ。ライダーを次々と殺して力をつけ、残されたドラゴンの卵をもねらう

マータグ……エラゴンの旅の友だったが、〈十三人の裏切り者〉のひとり

モーザンの息子とわかった。今はガルバトリックスの僕となり、赤竜ソーンのライダーとなる。エラゴンとは異父兄弟

ヴァーデン陣営《じんえい》
（ベラトーナまで侵攻）

ナスアダ……亡き父アジハドのあとを継いだヴァーデン軍の女性指揮官。黒い肌に黒髪にアーモンド形の目

オーリン……ヴァーデン軍を支援してきた南の小国サーダの王

ナー・ガルジヴォグ……アーガルの大将。ガルバトリックス打倒のためヴァーデン軍に加わった

グリムラ……魔法ネコの王。ヴァーデン軍への協力を表明した

ジョーマンダー……アジハド時代からヴァーデン軍指揮官の補佐官

カーン……ヴァーデン軍の魔術師

エルヴァ……赤ん坊のときエラゴンとサフィラに〝祝福〟を受け、危険察知能力を持つ少女

アンジェラ……魔法ネコのソレムバンと暮らす魔女。エルヴァの世話係でもある

エルフ王国
首都エレズメーラ

アーリア……エルフの王女。エメラルドの瞳が美しいエルフ。ドラゴンの卵を運ぶ密使だったが、帝国側に囚われていたところをエラゴンが救出した。母は女王イズランザディ

ブロードガルム……全身毛でおおわれたエルフ。エルフの魔術師の長

00 これまでのあらすじ

エラゴン（ドラゴンライダー1～3巻）

アラゲイジアには、はじめにドラゴン族がいた。誇り高く、猛々しく、何ものにも依存しない種族。宝石の輝きを放つ美しい鱗《うろこ》は、目にした生き物すべてを恐怖におとしいれた。

果てしなく長い歳月、アラゲイジアに棲《す》む種族はドラゴン族だけだった。

そこへ神ヘルツヴォグがあらわれ、ハダラク砂漠の岩からたくましく勇敢なドワーフ族をつくった。

ふたつの種族のあいだに争いが始まった。

やがて、エルフ族が銀の海をこえてアラゲイジアにやってきた。エルフ族もドラゴン族と争うようになった。だがエルフ族はドワーフ族より強靭《きょうじん》な種族。ドラゴン族と戦いを続ければ、いずれたがいの種族を絶滅させることになる。

そこで両種族は戦いをやめ、協定をむすんだ。この協定によりドラゴンライダー族がつくられ、その後数千年にわたり、アラゲイジア一帯の平和を守ることとなった。

その後、人間族が海をわたってアラゲイジアにやってきた。角もつ種族アーガルもやってきた。そして闇にひそむ怪物、人肉喰いのラーザックも。人間族はドラゴン族とエルフ族の協定に加わった。

そしてあるとき、若いドラゴンライダー、ガルバトリックスが反乱を起こした。黒のドラゴン、シュルーカンを奪い、〈裏切り者たち〉と呼ばれる十三人のライダーを味方に引きいれた。

ガルバトリックスと十三人の〈裏切り者たち〉は、ほかのライダーたちをみな殺しにし、ヴローエンガード島の町に火を放ち、自分たちのドラゴンと三個の卵――赤と青と緑色の卵――だけを残し、ドラゴンを次々と虐殺した。そのとき、ガルバトリックスと〈裏切り者たち〉は、すべてのドラゴンから――肉体をはなれてもドラゴンの力と心をもちつづける――心の核〈エルドゥナリ〉を奪いとった。

こうしてガルバトリックスは、人間の王として君臨した。十三人の〈裏切り者たち〉が死んだあとも、ドラゴンたちの力をわがものとするこの王を倒せる者などいるはずもなかった。

ガルバトリックスが帝国を支配して八十三年目の年、ひとりの男が王の城から青い卵を盗み出した。青い卵は、王に抵抗を続けるヴァーデンという集団のもとへわたった。

ドラゴンの卵が、人間かエルフいずれかを選んで孵《かえ》る日まで、エルフのアーリアがヴァーデンとエルフ族のあいだに卵を行き来させる役目を担った。卵が孵らぬまま、行き来は二十五年間続いた。

ところがあるとき、エルフの町オサイロンに向かう道中、アーリアと護衛のエルフがアーガルの集団に襲われた。そこにいたのは、霊を支配しようとして、逆に霊にとりつかれたシェイド。〈裏切り者たち〉亡きあと、ガルバトリックスのいちばんの僕《しもべ》となった邪悪な魔術師である。エルフの護衛は殺され、アーリアも囚《とら》われの身となる。だがシェイドに捕らえられる寸前、アーリアはある人のもとへ卵を送るよう呪文を唱えた。

しかし、呪文はアーリアの思いどおりにはならず——。

スパインの山奥で、たった十五歳の少年エラゴンが卵を見つけることとなった。エラゴンは伯父のギャロウと従兄《いとこ》のローランと暮らす農場の家へ、卵をもちかえる。卵はエラゴンのもとで孵《かえ》り、ドラゴンが誕生する。こうしてエラゴンは、ドラゴンをサフィラと名づけて育てることになった。

まもなく、ガルバトリックスは卵をとりかえすため、手先のラーザックふたりをエラゴンの暮らすカーヴァホール村に送りこんだ。ラーザックは無残にも伯父のギャロウを殺し、エラゴンたちの家を焼きはらった。エラゴンとサフィラは、ギャロウの仇《あだ》を討つことを決意。かつてドラゴンライダーだった語り部ブロムとともに、ラーザックを追って復讐《ふくしゅう》の旅に出た。このブロムこそ、アーリアが青い卵を送ろうとした相手だったのだ。

ブロムはエラゴンに剣術と魔法と人の道を教えた。そして、かつてガルバトリックスの右腕だった〈裏切り者〉モーザンの剣ザーロックを、エラゴンに授けた。だが、ブロムはラーザックに襲われ命を落とす。そのときエラゴンとサフィラを助けたのは、マータグという若者――〈裏切り者〉モーザンの息子だった。

エラゴンは、サフィラとマータグとの旅の途中、ギリエドの町で、シェイドに捕らえられながらもなんとか逃げ出す。そのとき、エルフのアーリアを牢獄《ろうごく》から救い出した。薬づけにされ深手を負ったアーリアを、ヴァーデン軍がかくれ住むドワーフの要塞都市ファーザン・ドゥアーに連れていった。

ファーザン・ドゥアーでアーリアは回復する。エラゴンはエルヴァという赤ん坊に、幸せがおとずれるよう祝福をあたえた。だが古代語を選びまちがえたせいで、赤ん坊には、他人の痛みの盾となるよう呪いがかかってしまう。

ほどなく、ガルバトリックスに送りこまれたアーガルの大軍がファーザン・ドゥアーを襲撃、激しい戦いがくりひろげられる。エラゴンはダーザの名をもつシェイドを亡き者とするが、ダーザの剣によって背中に深い傷を負わされる。激しい傷の痛みにうなされながら、エラゴンは〝声〟を聞いた。〔わたしのところへ来るがいい。わたしはおまえの問いのすべてにこたえられる〕

エルデスト（ドラゴンライダー4〜7巻）

〈ファーザン・ドゥアーの戦い〉から三日後、ヴァーデンの指導者アジハドが、アーガルの奇襲にあい命を落とす。アーガルを指揮していたのは、ヴァーデン軍からガルバトリックスへ寝返った双子の魔術師だ。このときマータグが、ガルバトリックスのもとへ連れさられるが、エラゴンやヴァーデンの人々は、マータグが殺されたと思い、悲しみにくれるのだった。

アジハドのあとをついで、娘のナスアダがヴァーデンの指導者となった。ナスアダの命を受け、エルフの女王にガルバトリックス打倒への協力を求めるべく、エラゴン、サフィラ、アーリアと、ドワーフ王の甥《おい》オリクは、ファーザン・ドゥアーからエルフの森ドゥ・ウェルデンヴァーデンに向かう。

エルフの国に着き、アーリアの母、イズランザディ女王に謁見したあと、エラゴンとサフィラが引き合わされたのは、ライダー族の生き残りオロミスとドラゴンのグレイダーだった。百年をこえる長い歳月、新しいドラゴンライダーの誕生を待ち、エルフの森に身をかくしていたのだ。

エラゴンとサフィラが、オロミス、グレイダーのもとで修業にはげんでいるころ、故郷《ふるさと》の村カーヴァホールは、ラーザックと帝国兵に襲われていた。こんどは従兄のローランを拉致するためだ。ローランは身をかくしたが、肉店のスローンが見張りの村人を殺して、ラーザックにローランをさしだすことを画策。そのたくらみが裏目に出て、スローンと娘のカトリーナがラーザックに拉致される。

ローランは最愛のカトリーナを救い出すため、そして帝国の手からのがれるため、村人を説得してカーヴァホール村を脱出。唯一ガルバトリックスの息のかからない南の国サーダをめざす。

ダーザにきざまれたエラゴンの背中の傷は、ライダーとドラゴンの絆《きずな》を祝う〈血の誓いの祝賀〉のさなか、エルフが呼び出したドラゴンの亡霊のおかげで、あとかたもなく消えさった。さらにその儀式によって、エラゴンはエルフなみの強靭《きょうじん》な力と敏《びん》捷《しょう》さを手に入れるのだった。

やがてエラゴンとサフィラは、サーダへ飛んだ。サーダでは、ヴァーデン軍を率いるナスアダが、帝国軍へ戦いをいどむ準備を始めている。ガルバトリックスにあやつられていたアーガル族も、ヴァーデン軍と同盟を組んで戦うことになった。

エラゴンはそこで、あやまった祝福を授けたせいで、すでに三、四歳児の大きさに成長したエルヴァと再会する。周囲の痛みをつねに感じつづけるエルヴァは、不気味な暗い目をした少女だった。

まもなく、サーダの国境に近いバーニングプレーンズで、ヴァーデン軍と帝国軍との壮絶な戦いが始まった。ローランをはじめカーヴァホールの村人や、ビオア山脈から駆けつけたドワーフ軍も戦いに加わった。

しかしそのとき東の空から、赤いドラゴンに乗った男があらわれ、ドワーフ王フロスガーを魔術によって殺害する。赤いドラゴンと相対したエラゴンは、そこに乗る男がマータグであることを知る。マータグはガルバトリックスに忠誠の誓いを立てさせられ、三個のうち二個目の卵から孵《かえ》ったドラゴン、ソーンのライダーとなっていたのだ。

マータグはガルバトリックスからゆずりうけた心の核〈エルドゥナリ〉の力で、エラゴンとサフィラを圧倒した。だがエラゴンへの友情をすてきれないマータグは、最後の最後でエラゴンとサフィラを逃がす。そしてエラゴンはこのとき、自分とマータグがモーザンとセリーナから生まれた実の兄弟であることを知り、衝撃を受ける。

マータグは父の剣ザーロックをエラゴンから奪い、帝国軍とともに戦場からさっていくのだった。

ブリジンガー（ドラゴンライダー8〜11巻）

〈バーニングプレーンズ〉の戦いのあと、エラゴン、サフィラとローランは、ラーザックの根城ヘルグラインドに飛び、ラーザックとその親、鳥獣レザルブラカをしとめ、カトリーナを救い出す。エラゴンはそこで、カトリーナの父スローンが目を失い、監禁されているのを発見する。

エラゴンは悩みぬいたすえ、ローランとカトリーナにはスローンが死んだと告げ、サフィラとともに先にヴァーデンの野営地へ帰した。ひとりヘルグラインドに残ったエラゴンは最後のラーザックをしとめ、村人を裏切ったスローンに償いをさせるため、「二度と娘には会わない」と真の名による誓いを立てさせ、エルフの国で生涯を終わらせるべくスローンを送り出す。このときエラゴンはスローンに、裏切りと殺人の罪を悔いあらためれば、エルフが目を治してくれることをいわなかった。

エラゴンはむかえに来たアーリアとともに、帝国領を徒歩で進みヴァーデンの野営地にもどった。

野営地でエラゴンを待っていたのは、ブロードガルム率いる十二人のエルフたちだ。イズランザディ女王が、エラゴンとサフィラを守るため、有能な魔術師たちを送りこんだのだ。

エラゴンはオロミスとの修行で身につけた知識をもとに、少女エルヴァの呪いを解こうとするが、他者を痛みから救いたくなる衝動はとりのぞいたものの、エルヴァ本人の意向により、痛みを感知する能力だけは残すことになる。これによりエルヴァは、人の痛みを予知するだけでなく、その弱みや苦境を察知し、それと引きかえに自分の要求をのませることもできる、ヴァーデンにとっては諸刃の剣ともいえる恐ろしい存在となった。

カトリーナはローランの子どもを身ごもり、ふたりは晴れて結婚する。エラゴンはひさしぶりに幸福感にひたるのだった。

ヴァーデンの陣営を、ふたたびマータグと赤き竜ソーン、帝国軍が襲ってくる。エルフの魔術師たちの力を借りても、エラゴンはマータグと決着をつけるにはいたらない。ヴァーデン軍も苦戦し、多くの戦士が犠牲となった。ガルバトリックスが送りこんできたのは、魔法でまったく痛みを感じなくなった兵士たちだった。

その後、エラゴンはナスアダの特命を受け、新しいドワーフ王を選ぶ会議に参加することになる。ヴァーデンの安全のため、サフィラを残していかなければならず、エラゴンは気が進まないままファーザン・ドゥアーに向かうのだった。

ヴァーデン軍とともに戦うローランは、戦士としてもリーダーとしても地位と評価を高めていた。

ファーザン・ドゥアーで、エラゴンは七人組のドワーフに暗殺されそうになる。取り調べの結果、部族のひとつ、アズ・スウェルデン・ラク・アンフーインの陰謀とわかる。ドワーフの会議は何日も続き、困難をきわめたが、結局、フロスガーの甥《おい》オリクが王に選ばれた。オリクの戴冠式にはサフィラも飛んできて参列。そのときサフィラは約束どおり、ダーザを倒した戦いで破壊したドワーフの貴重な宝、スター・サファイアを元どおりに修復した。

その後エラゴンはサフィラとともに、残された修行を終えるべくドゥ・ウェルデンヴァーデンにもどる。そこでオロミスから明かされたのは、エラゴンがモーザンではなくブロムの息子であるという事実。マータグとエラゴンはともにセリーナから生まれた異父兄弟だったのだ。オロミスとグレイダーはさらに、ドラゴンが生きているうちに吐き出せる心の核〈エルドゥナリ〉の存在を、エラゴンに知らせた。〈エルドゥナリ〉をあずけられた者は、ドラゴンの力を意のままにあやつれるため、細心の注意をはらってあつかわねばならないものなのだ。

マータグに剣ザーロックを奪われたエラゴンには、新しい剣が必要だった。ブロムとの旅の途中、魔法ネコ、ソレムバンが忠告してくれたことを思い出し、エラゴンは〈メノアの木〉をおとずれる。そして知覚をもつ〈メノアの木〉と話をし、〈輝ける鋼〉を手に入れた。

エラゴンは、エルフの鍛冶職人ルーノンの力を借り、〈輝ける鋼〉から新しい剣ブリジンガーを鍛える。エラゴンが「ブリジンガー」と唱えると、炎をあげる不思議な剣だった。

修行の最後に、グレイダーはみずからの心の核〈エルドゥナリ〉を吐き出し、エラゴンとサフィラにたくした。エラゴンとサフィラはヴァーデン軍にもどり、オロミスとグレイダーもまた帝国軍と戦うため、エルフ軍に合流するのだった。

帝国に支配された町ファインスターの包囲戦で、エラゴンとアーリアは、新たなシェイド、ヴァラグと相対する。エラゴンの助けを借り、アーリアはヴァラグを倒した。

そのころ、オロミスとグレイダーは、マータグとソーンと戦っていた。マータグの体に乗りうつったガルバトリックスが、オロミスを刃《やいば》にかけ、ソーンがグレイダーを咬《か》み殺した。

ヴァーデン軍がファインスター陥落の勝利にわくなか、エラゴンとサフィラは師匠オロミスの死を悲しんでいた。しかし、ヴァーデンの戦いはさらに続く。首都ウルベーンでの最終決戦をめざし、帝国の領土を進軍していく。そこには、ドラゴンたちの強大な力をわがものにして、玉座にのさばる尊大な王ガルバトリックスが待ちうけているのだ。

01

死の槍《やり》

ドラゴン、サフィラの咆哮《ほうこう》に、目の前の帝国兵がふるえあがった。

「続け！」エラゴンがさけび、ブリジンガーを高々とふりかざす。西の空をおおう黒い雲を背に、玉虫色にきらめく青い剣がくっきりと浮かびあがった。「いざ、ヴァーデンのために！」

矢がわきをシュッとかすめていくが、エラゴンは動じない。

エラゴンとサフィラが立つ瓦礫《がれき》のまわりに、ヴァーデン軍の戦士たちが集まり、いっせいに鬨《とき》の声をあげた。「ヴァーデンのために！」

みなそれぞれに武器をふりあげ、くずれた石壁の山にのぼってくる。

エラゴンは瓦礫の山の上で戦士たちに背を向けた。前方の広い前庭には、二百有余の帝国兵が待ちかまえている。奥に暗くそびえる建物が、ベラトーナの本丸だ。細い窓のあいた城塞には四角い塔がいくつかあり、いちばん高い塔の部屋にランタンの光が見える。あのどこかに、ベラトーナの城主ブラッドバーン卿《きょう》が身をかくしているのだ。この町を占拠するために、ヴァーデン軍はすでに長時間戦っている。

エラゴンはかけ声とともに、前庭に向かって瓦礫《がれき》の山を飛びおりた。帝国兵はじりじりとあとずさりながらも、サフィラがずたずたにした外塀に向けて、槍《やり》や矛をかまえている。

エラゴンは着地で右足首をひねり、剣をもつ手と片ひざを地面についた。

それを見た帝国兵が編隊から飛びだし、エラゴンのむき出しののどに槍をつきつけてきた。

エラゴンは手首をさっと返し、槍をブリジンガーではらいのけた。人間はおろか、エルフの目にもとまらぬ速さだ。自分のあやまちに気づいた兵士の顔から、血の気が失せる。逃げるまもなく、その腹にエラゴンの剣がつきささった。

青と黄の炎をふきながら、サフィラが前庭に飛びこんできた。エラゴンはとっさに身をかがめ、足をふんばった。石をしきつめた地面にサフィラがおりた瞬間、衝撃が前庭全体をゆるがせた。城の正面を飾る大きなモザイク模様の地面から、色とりどりのガラスのかけらが、ドラムにのせたコインのようにはじけ、城の上のほうで窓のよろい戸が開閉する。

エルフのアーリアもあとに続いた。瓦礫《がれき》の上からひらりと飛ぶと、長い黒髪が大きくなびき、きりりとした顔があらわになった。腕や首すじには血しぶきが飛び、剣には血のりがついている。革装束をわずかにきしませて、エルフは石の地面におりた。アーリアの姿が、エラゴンをさらにふるいたたせた。ともに戦うのに、これほど心強い仲間はいない。エラゴンにとっては、だれよりも信頼できる戦友だ。

エラゴンがほほえみかけると、アーリアはけわしい顔に歓喜の笑みを浮かべた。戦うときのアーリアは、いつもの堅苦しい態度とは打ってかわって開放的になる。

ふたりのあいだに青い炎の小波が走り、エラゴンは盾で身をかばった。兜《かぶと》の下からのぞき見ると、兵士たちはサフィラの激しい炎をあびて身をすくめているが、なんの害も受けていない。

城の胸壁にならぶ弓兵が、サフィラめがけていっせいに矢を放った。何本かはサフィラの体の熱で発火して空中で灰となり、残りはエラゴンの張りめぐらせた魔法のバリアにはじかれている。流れ矢がドスッと当たり、エラゴンの盾をへこませた。

立ちのぼる炎が三人の兵士を包みこみ、悲鳴をあげる間もあたえず焼き殺した。残りの兵士たちは、依然として炎の渦のなかにかたまっている。兵士たちの槍先《やりさき》や矛にサフィラの吐く青い炎がまぶしく反射している。

生き残った兵士たちは、いくら炎をふきかけても火傷ひとつ負わないようだ。サフィラはあきらめ、ガッと口をとじた。火炎の音が消えると、前庭はおどろくほど静かになった。

帝国兵に魔法のバリアをかけたのは、よほど熟練した強力な魔術師にちがいない。エラゴンはさっきから何度もそう感じている。マータグだろうか？　でも、もしそうなら、なぜマータグとソーンはこのベラトーナを守りに来ないんだ？　ガルバトリックスは支配下の町がどうなろうとかまわないのか？

エラゴンは前に飛びだし、ブリジンガーをふりおろした。槍や矛の頭が大麦の穂のように一気にスパッと落ちる。すかさず手前の兵士の胸に剣をふるって、鎧《よろい》を布きれ同然に切りさき、どっと血がふきあがった。続く兵士も切りすて、左側にいた兵士を盾で仲間のほうへつきとばし、兵士三人をまとめてなぎたおした。

エラゴンから見れば、兵士たちの動作はのろくぎこちない。向かってくる敵を次々と切りすて、隊列のあいだを踊るように進んでいった。

左手では、サフィラが戦闘に加わっていた――巨大な前足で敵を放りなげ、突起のついた尾でムチ打ち、くわえた獲物をふりまわしている。

右手では、アーリアのすばやい動きが影のように見えた。剣をひとふりするたびに、帝国の僕《しもべ》たちを死にいたらしめる。

エラゴンは二本の槍《やり》をかわしてくるりとまわった。すぐうしろに、全身を毛でおおわれたエルフ、ブロードガルムの姿が見える。ほかの十一人のエルフとともに、エラゴンとサフィラを守るのが彼の役目だ。

背後では、くずれた外塀のすきまから突入してきたヴァーデン軍が、戦闘には加わらず待機している。サフィラに近よるのはあまりにも危険だし、サフィラもエラゴンもエルフたちも、兵士たちを倒すのに手助けは必要ない。

エラゴンとサフィラは、前庭のはしとはしに引きはなされたが、エラゴンは心配していなかった。魔法のバリアがなくとも、サフィラなら人間の二十人や三十人、かんたんにかたづけられる。

槍が盾をつき、エラゴンの肩を傷つけた。エラゴンはふりむきざま、槍を投げた男に向かっていった。顔に傷のある、下の前歯がぬけおちた大柄な男が、ベルトから短剣をぬこうとした。エラゴンは男が剣をぬく間もあたえず、腕と胸に力を入れ、痛む肩から突進して相手の胸をつきとばした。

男は五、六メートルふっとび、胸をおさえてうずくまった。

黒い矢が雨のようにふってきた。目の前で帝国兵たちがバタバタと倒れていく。エラゴンは盾で矢の雨を防いだ。魔法のバリアに守られているとはいえ、油断はできない。敵の魔術師によって放たれた矢が、バリアを破らないともかぎらない。

エラゴンは苦々しい笑みを浮かべた。塔の上の弓兵たちは、エラゴンとエルフたちを殺すしか勝ち目はないと気づいたようだ。そのために仲間の犠牲はいとわないのだ。

おまえたち、もう手おくれなんだぞ……エラゴンは怒りと満足感の入りまじる思いだった。まだ望みのあるうちに、帝国をすてればよかったものを。

弓矢の猛攻撃のあいだ、エラゴンは体を休める時間ができた。ベラトーナへの攻撃は夜あけとともに始まり、エラゴンとサフィラはずっと最前線で戦ってきた。

矢の雨がおさまると、エラゴンはブリジンガーを左手にもちかえ、倒れた兵士の槍《やり》をつかんで十二メートル上の弓兵めがけ、投げつけた。だが、それなりの訓練を積まなければ、槍《やり》を正確に投げるのはむずかしい。ねらった相手に命中しないのは、エラゴンにも予想はできた。しかし、胸壁にずらりとならんだ弓兵にかすりもしないのは、予想外だった。槍は弓兵隊の頭上を飛びこし、背後の壁に当たった。弓兵たちがゲラゲラと笑い、身ぶり手ぶりでバカにしている。

エラゴンは視界のすみで、何かがものすごい速さで動くのに気づいた。見ると、アーリアが自分の槍を弓兵隊に向かって投げつけていた。槍は弓兵ふたりを串ざしにした。アーリアは弓兵たちに剣を向け、呪文を唱えた。「ブリジンガー！（燃えよ）」槍がエメラルドグリーンの炎に包まれる。

ほかの弓兵が身をすくめ、燃えさかる死骸からあとずさる。みないっせいに胸壁をはなれ、塔にのぼる階段通路へと逃げこんでいく。

「いまのはずるい」エラゴンはアーリアにいった。「ぼくがその呪文を使うと、剣がかがり火みたいに燃えあがる」

アーリアはエラゴンを見やり、口のはしに笑みを浮かべた。

前庭の戦闘はまもなく終わり、生き残った帝国兵のなかには投降する者もいれば、逃走をはかる者もいた。

エラゴンは目の前で五人ほど走りだすのをほうっておいた。どうせ遠くへは逃げられまい。あたりに横たわる兵の生死をすばやく確認すると、エラゴンは背後をふりかえった。ヴァーデンの戦士たちはすでに外塀の門をあけ、破城槌《はじょうづち》をかかえて城への道を進んでくる。城の扉の前には、城内への突入を待ちかまえる戦士たちが列をなしている。そのなかに、従兄のローランの姿が見えた。おなじみの槌をもって、指揮下の戦士たちに指示を出している。

前庭のはしでは、しとめた獲物におおいかぶさるサフィラの姿が見えた。そこはまるで修羅場だった。きらめく青い鱗《うろこ》に血がビーズ玉のように飛びちり、赤い点が異様にきわだって見える。サフィラは〝突起〟のある頭をのけぞらせ、歓喜の咆哮《ほうこう》をとどろかせた。獰猛《どうもう》な雄たけびが、戦場の喧騒《けんそう》を一気にかき消した。

そのとき、城のなかから、歯車と鎖の音が聞こえてきた。ギーッときしむような音をたて、重い木材の梁《はり》が動きだした。みないっせいに城の扉に目をやった。

バーンと鈍い音をたて、両びらきの扉が大きくひらいた。扉の内側から、たいまつの煙がもうもうとふきだす。近くにいたヴァーデン戦士たちは咳《せ》きこみ、顔をおおっている。暗い煙の奥から、敷石を蹴る蹄鉄《ていてつ》の音が響いてきた。

煙のなかほどから、馬に乗った兵士が飛びだしてきた。左手にもっているのは、一見するとふつうの槍《やり》だが、エラゴンはすぐに気づいた。色は異様な緑色、不思議な模様のある逆棘《かえり》のついた刃。穂先を包む不自然な光は、魔法の力がはたらいている証拠だ。

騎兵は手綱を引いて馬をサフィラのほうへ向けた。サフィラは右前足で騎兵に必殺の一撃を食らわせようと、うしろ足で立ちあがった。

エラゴンは胸さわぎをおぼえた。騎兵の動作はあまりにも自信に満ち、槍はふつうの槍とはあきらかにちがう。バリアが守っているとしても……エラゴンは、サフィラに命の危険がせまっているのを直感した。

〔いまからじゃ追いつけない！〕エラゴンはそう判断し、騎兵に意識を飛ばした。だが任務に没頭している騎兵は、エラゴンの存在にすら気づかない。その集中力が、エラゴンの侵入を意識の表面でおしとどめているのだ。エラゴンは侵入をあきらめ、古代語を六つほど選び出し、軍馬の歩みをとめる呪文をつくった。無謀な手段だった――騎兵が魔術師かどうかもわからないし、魔法の攻撃にそなえてどんな予防策をとっているかもわからないからだ。しかし、サフィラの命が危険にさらされているのに、ただ漫然と見ているわけにはいかなかった。

エラゴンは思いきり息を吸いこんだ。発音のむずかしい古代語の呪文を、頭のなかで正しくならべ、口をひらいた。

だが、エルフたちのほうがもっと早かった。エラゴンが一語目を発する前に、うしろから低い不協和音が響いてきた。エルフたちの、心まどわす呪文の大合唱だ。

「メイヤー――」エラゴンが唱えようとしたとき、エルフたちの魔法が効果を発揮した。

馬の目前でモザイク模様の地面が波打ち、大量のガラス片が川のように流れ出した。地面がひび割れ、底知れぬ深い溝が口をあける。馬が甲高くいないないて、溝につっこんでいく。馬は両の前足を折り、つんのめって倒れた。

倒れていく馬の上で、鞍《くら》にまたがった騎兵が、発光する槍《やり》をサフィラのほうへ投げた。

サフィラに逃げる間はなかった。よける間もなかった。だから、前足をふりあげ槍をたたき落とそうとした。だが、ほんの数センチのところで、ねらいをはずした。恐怖にふるえるエラゴンの目の前で、槍《やり》はサフィラの胸の、ちょうど鎖骨の下あたりに、一メートル近く深々とつきささった。

わきおこる怒りが、エラゴンの視界をくもらせた。騎兵の息の根をとめるためなら、どんな危険もいとわない。柄頭《つかがしら》に埋めこまれたサファイア、〈賢者ビロスのベルト〉にかくされた十二個のダイヤ、右手の指にはめたエルフの指輪、アレンの強大なパワー、体じゅうのエネルギーを可能なかぎり集め――。

だが、われに返った。サフィラの左足を飛びこえるブロードガルムの姿が見えたのだ。エルフはシカに飛びかかるヒョウのように、騎兵をおしたおし、荒々しく首をふり、白く長い牙でのどを切りさいた。

城の高い窓から、けたたましいさけび声が聞こえてきた。爆発音がとどろき、建物のなかから石のかたまりが飛んでくる。石のかたまりは、ヴァーデンの隊列のなかにふってきて、戦士たちの腕や胴体を枯れ枝のようにつぶした。

エラゴンはふってくる石にかまわず、サフィラのもとへと前庭を駆けぬけた。アーリアやエルフの護衛たちがいっしょについてくるが、ほとんど視界に入らない。近くにいたエルフたちは、すでにサフィラの胸につきささる槍《やり》を調べていた。

「傷の具合は――いったいどれだけ――」動揺のあまり、エラゴンはまともに言葉を発せなかった。いつものように心のなかで会話したいが、敵の魔術師が近くにいる場所では意識をひらけない。敵の密偵に思考を読まれたり、体をあやつられでもしたら大変だ。

果てしなく思えた時間のあと、男エルフのウィアデンがいった。「運がよかった、シェイドスレイヤー。槍《やり》は首の大事な血管からずれていた。筋肉にささっただけです。筋肉なら治療できる」

「槍はちゃんとぬけますか？　ひょっとして何か呪文でもかかっていて――」

「われわれにおまかせを、シェイドスレイヤー」

祭壇の前につどう司祭のようにおごそかに、ブロードガルムをのぞくエルフ全員がサフィラの胸に掌《てのひら》をのせた。ヤナギの木立をふきぬける風のように、しめやかな歌声が響いた。体温と成長のこと、筋肉と腱《けん》と血液のこと、さらにもっと難解な何かのことを、エルフたちは歌っている。そのあいだ、懸命に同じ姿勢をたもつサフィラの体に、ときおりふるえが走る。槍の埋まった胸から、血が流れている。

ブロードガルムがエラゴンのとなりに歩いてきた。ちらりと目をやると、あごのあたりが血でかたまり、濃紺の毛が真っ黒に見える。

「さっきのさけび声やドンという音はなんだったのですか?」エラゴンは前庭の上にそびえる塔をさしてたずねた。高い窓の向こうで、まだ炎がゆらめいている。

ブロードガルムはくちびるをなめ、ネコのような牙をむき出して、こたえた。「あの騎兵が死ぬ直前、意識に入りこむことができたのです。そこから、きゃつに力をあたえている魔術師の意識に侵入してやった」

「それで、あそこの窓の魔術師を殺したのか……」

「まあ、そうですが、正確には、自殺させたのです。ふつうはそうした大げさな手は使わないのですが、今回は……むかついたものですから」

サフィラが低くうめくのを聞いて、エラゴンはハッと進みかけた足をとめた。長いうめき声が続くなか、だれも手をふれぬままに、槍《やり》がサフィラの胸からぬけはじめた。まぶたがぴくぴく動き、呼吸が浅く速くなり、最後の二十センチがぬけた。エメラルド色のあわい後光をおびた刃が、石じきの地面に落ちるとき、陶器にも似た音をたてた。

エルフたちが歌うのをやめ、サフィラから手を放すと、エラゴンはわきへ駆けより、サフィラの首をさわった。意識をふれあわせ、なぐさめの声をかけ、どれほど心配したか伝えたかった。だが、エラゴンはただ、サフィラの輝く青い目を見あげてたずねた。「だいじょうぶか？」こみあげる感情にくらべれば、そっけないともいえる言葉だ。

サフィラはまばたきひとつでうなずくと、頭を低くして、エラゴンの顔に温かい鼻息をやさしくふきかけた。

エラゴンはほほえんだ。そしてエルフたちに向きなおり、「エカ・エルラン・オノ、アルフイァ、ヴィオル・フォーン・ソルネッサ」と、古代語で感謝を告げた。アーリアをはじめ、治療に当たったエルフたちが頭をさげ、右手を胸の前でねじり、エルフの作法で敬意をあらわした。その大半がげっそりとして顔色が悪く、ふらふらしている。

「もどって体を休めてください」エラゴンはいった。「そんな状態でここにいたら、死んでしまう。さあ、退却して。これは命令です！」

エルフたちが不本意なのはエラゴンにもわかったが、七人が「おおせのままに、シェイドスレイヤー」と応じ、死体や瓦礫《がれき》の散乱する前庭を大またで歩みさっていった。疲労の限界に達していても、エルフたちの威厳ある態度は変わらない。

アーリアとブロードガルムは、サフィラからぬいた槍《やり》をのぞきこんできた。ふたりとも、どう反応していいのかこまっているような、奇妙な表情を浮かべている。エラゴンもそこに加わり、刃にふれないよう気をつけながら、しゃがんでのぞきこんだ。よく見ると、穂先の根もとにぐるりとこまかい文字がきざまれてる。エラゴンはなぜかその文字に見おぼえがあるような気がした。緑色の柄《え》は木製でも鉄製でもない。やわらかい後光は、エルフとドワーフが館の灯《あか》りに使う、炎のないランタンの光に似ていた。

「ガルバトリックスがつくったものだろうか？」エラゴンはふたりに問いかけた。「ぼくとサフィラを生け捕りにするのはやめて、殺すことにしたのか。いよいよぼくたちを脅威に思いはじめたのかもしれない」

ブロードガルムは不快な笑みを浮かべた。「そうした幻想で自分をごまかすことはできない。シェイドスレイヤー、われわれはガルバトリックスにとって、とるに足らない問題でしかないのです。あなたにしろ、われわれにしろ、あやつが真に殺す気になれば、ウルベーンから飛んできて、みずから戦に加わればよい。きゃつの前でわれわれは、冬の嵐にまかれる枯れ葉も同じ。ドラゴンの力をわがものにする男に、力でかなう者などいない。それに、ガルバトリックスはかんたんに方針を変えるやつではありません。くるっているとはいえぬけ目がない。何より、決意がかたい。あなたを奴隷にする気なら、執念でその目的を果たそうとするはず。それをとめるものは、本人の自衛本能しかありませぬ」

「いずれにしろ」アーリアが続ける。「これはガルバトリックスの手による槍《やり》ではありません。わたくしたちの仕事です」

エラゴンは眉をひそめた。「ぼくたちの？　ヴァーデンでこんなものはつくれない」

「ヴァーデンではなく、エルフです」

「でも――」エラゴンはいいかけ、頭のなかで冷静な言葉をさがした。「ガルバトリックスのためにはたらくくらいなら、どんなエルフも死を選ぶのでは――」

「ガルバトリックスとはかかわりがないのです。それに、もしガルバトリックスがつくらせたとしたら、まともに保管できないような人間に、これほど貴重な武器をわたすはずがない。アラゲイジアに武器は数あれど、この槍こそ、ガルバトリックスがわたくしたちの手にぜったいにわたしたくなかった武器です」

「それはなぜ?」

ブロードガルムはかすかにのどを鳴らしながら、低く朗々とした声でいった。「なぜなら、エラゴン・シェイドスレイヤー、これはダウスデルトだからです」

「名前はニアーネン。ランの花という意味の言葉です」アーリアはそういって、刃に彫られた文字を指さした。

丸く、からみあうような図柄、長いとげのような線――エラゴンはそれが、エルフ特有の象形文字を使った筆記法だと気づいた。

「ダウスデルトって?」

アーリアとブロードガルムがおどろきの顔でエラゴンを見る。

エラゴンははずかしさに肩をすくめた。自分の知識のなさが歯がゆかった。エルフたちは、何十年という歳月、種族最高の学者から知識を学んで育つのに、エラゴンの伯父ギャロウは、そんなもの無駄だといって、読み書きすら教えてくれなかった。

「エレズメーラで本を読む時間はかぎられていたんです……ダウスデルトって? ライダー族滅亡のときにつくられたんですか? ガルバトリックスと〈裏切り者たち〉と戦うために?」

ブロードガルムは首をふった。「ニアーネンはそれよりはるかに昔のもの」

「ダウスデルトは」アーリアが続けた。「エルフとドラゴンとの戦いが極限に達したころ、恐怖と憎しみから生まれたのです。エルフ最高の鍛冶職人と魔術師が力を合わせてつくったのです。何を原料にしたのか、どんな呪文をかけたのか、いまとなっては知る者もいない。十二本のダウスデルトすべてに――そのおぞましい用途とは似ても似つかない――美しい花の名をつけた。目的はただひとつ、ドラゴンの命を奪うことでした」

エラゴンは嫌悪をこめて、あわく光る槍《やり》を見つめた。「それで、そのとおりに使われたと？」

「当時そこにいた者によれば、夏の豪雨のごとき血の雨がふったそうです」

サフィラがシューッと鋭い息をもらした。

エラゴンはサフィラのほうをふりかえり、目のすみで戦闘の様子をうかがった。ヴァーデン軍は依然、城塞の前を保持し、エラゴンとサフィラが前線にもどるのを待っている。

「ダウスデルトはすべて破壊されたか、完全に失われたとされているが」ブロードガルムがいった。「あきらかにそれはまちがいだった。ニアーネンはウォルドグレーヴ家の手にわたり、このベラトーナでひそかに保管されていたようだ。われわれが町の防壁を破壊したとき、ブラッドバーン卿《きょう》は怖気づき、あなたとサフィラを阻止するため、武器庫からニアーネンをもってこさせたのでしょう。ブラッドバーンがあなたの殺害をこころみたと知れば、ガルバトリックスは烈火のごとく怒るにちがいない」

急がねばならない状況であっても、エラゴンはきかずにいられなかった。「ダウスデルトの由来はともかく、ガルバトリックスがぼくらにわたしたくない理由をまだ聞いていない。ほかの槍《やり》や、ブリジ――」と、剣の名を口にしかけて、いいなおす。「ぼくの剣とくらべて、どこがどう危険なんですか?」

こたえたのはアーリアだった。「どんな手段でも破壊できないからです。炎でも溶かせず、あなたも見たとおり、魔法の影響もまったく受けない。ダウスデルトは想定されるドラゴンの魔法にすべて耐え、その使い手の命を守るようつくられた――ドラゴンの魔法の強さ、むずかしさ、不可解な特性を考えると、それは気の遠くなるような作業だったはず。ガルバトリックスが、アラゲイジア一厳重なバリアで、自分とシユルーカンを守っていたとしても、ニアーネンなら、そのようなバリアもものともせず、つらぬけるかもしれないのです」

理由がわかったとたん、エラゴンは興奮をおぼえた。「じゃあ、これは――」

甲高い音がエラゴンの言葉をさえぎった。

金属と石がこすれあうような鋭い音が、キリキリと耳につきささってくる。震動で歯がふるえ、エラゴンは耳をおさえ、顔をゆがめながら、音の発信源をさがそうとふりむいた。

サフィラが頭をそらせた。騒音のなかで、むずかるような鳴き声をもらしている。

エラゴンが二度目に前庭をふりかえったとき、城塞の壁にかすかな土煙が立ちのぼっているのが見えた。土煙の出所は、ブロードガルムが殺した魔術師のいた窓だ。黒くこげてこわれかけた窓の下に、三十センチほどの割れ目ができている。激しさを増す音のなか、エラゴンは片手を耳から放し、割れ目を指さしてさけんだ。

「あれを見て！」

アーリアはうなずき、エラゴンはまた耳をふさいだ。

と、なんの前ぶれもなく音がやんだ。

エラゴンはすこし待ってから、鋭敏すぎる聴力を恨みながら、そろそろと耳から手を放した。

そのとき、割れ目の幅がいきなり一メートル以上に広がった。割れ目はそのまま城塞の壁を下に向かって稲妻のように走り、入り口の上のかなめ石をくだき、地面に小石の雨をふらせた。

建物全体がうめくようにきしんだ。窓からかなめ石のところまで、正面の壁が外側へじわじわとかたむいている。

「逃げろ！」エラゴンはさけんだ。ヴァーデン戦士たちはすでに、壁の下じきにならないよう、前庭の左右へ一目散に駆けだしている。エラゴンは全身の筋肉がこわばるのを感じつつ、前へふみだして、戦士の群れのなかにローランの姿をさがした。

ローランは城の入り口にいた。集団のうしろで、戦士たちに急げとがなりたてているが、その声はさわぎにかき消されて聞こえない。

と、壁がまたかたむいた。建物からはがれるようにさらに数センチかしぎ、ローランは上からふってくる石でバランスをくずし、つきでた入り口の下へよろよろと倒れた。

起きあがったとき、エラゴンはローランの目を捕らえた。その目には、恐怖と無力感が表われていた。そして、どんなに急いで逃げても、もうまにあわないと悟っているかのような、あきらめも。

くちびるには苦々しい笑みが浮かんでいた。

次の瞬間、壁がくずれた。

02

崩落

「ローラン！」エラゴンは絶叫した。

　雷鳴のような音とともに城塞の壁はくずれおち、ローランと五人の戦士は五、六メートルの石の山に埋もれた。前庭に黒い土煙がもうもうとおしよせてくる。

　エラゴンは絶叫のあまり声が割れ、のどの奥にぬめっと血の味を感じた。息を吸いこみ、体を折りまげて咳《せ》きこむ。

「ヴェイトナー（散れ）」あえぎながら呪文を唱え、手をふった。絹がこすれあうような音をたてて濃い灰色の土煙が割れ、前庭の中央が晴れる。ローランを助けることで頭がいっぱいで、その呪文がどれほど体力を消耗させるか、考える余裕もなかった。

「ぜったいにいやだ……」エラゴンはつぶやいた。あいつが死ぬわけない。死ぬもんか、死ぬもんか、死ぬもんか……くりかえせばそれがかなうかのように、頭のなかで同じ言葉を唱えつづける。だがくりかえすたびに、それは事実や希望ではなく、単なる祈りに近くなった。

目の前では、アーリアやヴァーデンの戦士たちが咳《せ》きこみ、掌《てのひら》で目をこすっていた。みな攻撃にそなえるように身をかがめている。壁のくずれおちた城塞を、呆然《ぼうぜん》と見つめる者もいる。

飛びちった瓦礫《がれき》で、前庭の真ん中のモザイク模様はおおいかくされていた。建物は二階のふた部屋半と、三階のひと部屋——魔術師がすさまじい死をとげた場所——が、むき出しになっている。日の光にさらされ、部屋の造りも家具も、うすよごれてみすぼらしく見える。石弓をもった兵士が五、六人、壁のあった場所からあわてて はなれ、われ先に扉の奥へ逃げていく。

エラゴンは瓦礫となった石の重量を想像した。数百キロはくだらないはず。サフィラとエルフたちの力を借りれば、魔法で石をどけられるにちがいないが、それでは体力が消耗して、全員が無防備になってしまう。何より、時間がかかりすぎる。

ふと、グレイダーのことが頭をよぎった——黄金のドラゴンの力を借りれば、こんな瓦礫《がれき》ぐらいいっぺんでどけられるだろう。しかし、いまは一刻を争うときだ。グレイダーの〈エルドゥナリ〉をとりに行くだけで手おくれになる。それに、グレイダーが話をしてくれる保証もないのに、ローランと戦士たちを助けてもらうことなど無理だ。

そのときエラゴンは、壁がくずれる直前のローランの姿を思い出した。土煙がその姿をおおいかくす寸前、従兄は城塞の入り口のひさしの下に立っていたのだ。

ハッと、何をすべきか思いついた。

「サフィラ、ここでみんなを手伝っててくれ！」エラゴンはさけぶと、盾を放りなげ、前へ飛びだした。

うしろでアーリアが古代語の言葉――おそらく「かくせ！」という意味の短い呪文――を唱え、剣を手にエラゴンに追いついてきた。

瓦礫の下に着くと、エラゴンは思いきりジャンプした。ななめになった石に飛びのり、岩場をのぼる野生のヤギのように駆けあがった。石がくずれる危険はあるが、めざす場所へ到達するには、この方法がいちばん速い。

最後のジャンプで、エラゴンは城塞の二階に飛びうつり、すぐさま奥へ走った。部屋の扉を力まかせにおすと、重いオーク材の厚板はかんぬきや蝶番《ちょうつがい》もろともはじけとび、廊下の壁にぶち当たってバラバラになった。

エラゴンは廊下を走った。自分の足音も呼吸も、耳に水が入っているように、なぜかこもって聞こえる。

あけはなたれた戸口があらわれ、速度をゆるめた。奥には書斎が見え、武装した男が五人、地図をさして何かいいあらそっている。だれひとり、エラゴンに気づいていない。

エラゴンは走りつづけた。

角を曲がったところで、反対から来た兵士と衝突した。額が男の盾にぶち当たり、目の前に赤と黄の星が飛ぶ。エラゴンは男に組みつき、酔っぱらい同士でダンスでもするように、廊下を行ったり来たりした。

兵士は必死でバランスを立てなおそうとしながら、罵声をあびせてくる。「この野郎、いったいなんのマネ――」と、兵士がエラゴンの顔に気づき、目を大きく見ひらいた。「おまえは!」

エラゴンは右の拳をかため、男の腹のど真ん中にめりこませた。男はそのまま天井まで飛んでいく。

「そう、おれだ」床に落ちて事切れた兵士に、エラゴンはこたえた。

エラゴンはまた廊下を走りつづけた。すでに速まっていた鼓動が、城塞に入ってから一気に倍に加速したように感じる。心臓が胸をつきやぶって出てきそうだ。

どこだ？　必死になって次の戸口をのぞくが、からっぽの部屋しかない。

ようやく、うす暗い通路のつきあたりに螺旋《らせん》階段を見つけた。エラゴンは仰天する弓兵をわきにおしのけながら、危険もかえりみず、四、五段飛ばしで階段を駆けおりた。

一階におりるとそこは、ドラス＝レオナで見た大聖堂を思わせる、高いアーチ天井の広間だった。エラゴンはすばやく全体に目を走らせた——盾や武器や赤い三角旗《ペナント》のかけられた壁、天井の下にならぶ細い窓、錬鉄製の金具にのったトーチ、火のない暖炉、両方の壁ぎわにおしつけられた黒い架台式の長テーブル。広間のいちばん奥に置かれた演壇。演壇の背もたれの高い椅子の前に、ローブをまとったひげ面の男が立っている。

ここが城の本丸の大広間なのだ。

エラゴンの右側に、城塞の出入り口へ通じる扉があり、その手前に五十人をこえる軍団がひかえていた。おどろいた兵士たちは、チュニックの金糸刺繍《ししゅう》をぎらつかせながら身がまえた。

「殺せ！」ローブの男が、威厳があるとはいえないおびえた声で命じる。「そいつを殺した者には、宝庫の三分の一をつかわすぞ。本当だ！」

またも足どめを食らい、エラゴンのいらだちは限界をこえた。剣を引きぬくなり、頭上にかかげてさけんだ。

「ブリジンガー！（燃えろ）」

激しい風とともに、剣のまわりに青い火の玉がボッとあらわれ、切っ先へ這《は》いあがる。

炎が自分の手と腕と顔の半分を熱するのを感じながら、エラゴンは兵士たちを見おろし、うなった。「そこをどけ」

兵士たちは一瞬かたまったあと、きびすを返して駆けだした。

燃える剣から逃げまどう男たちにかまわず、エラゴンは猛然と進んだ。目の前で転んだ兵士を、兜《かぶと》のふさにもふれず一足飛びにこえて走る。

ブリジンガーの炎が、エラゴンの動きにつれて馬のたてがみのようになびいた。両びらきの扉に肩でぶつかって走りぬけ、大広間の外へ出た。広いホールが長々とのび、両わきには城門をあけしめする歯車や滑車の機械室がならび、兵士たちが詰めている。エラゴンはホールを全速力で駆けぬけ、城門の落とし格子に体あたりした。この落とし格子の向こうが、壁がくずれたとき、ローランの立っていた場所だ。

体あたりで鉄格子は曲がったが、つきやぶるまでにはいたらない。

エラゴンは一歩うしろへさがり、〈賢者ビロスのベルト〉のダイヤにためた貴重なエネルギーを、すべてブリジンガーに注ぎこんだ。

剣の炎は耐えられないほど激しく燃えあがる。

エラゴンは声にならないさけびとともに、格子に剣を打ちつけた。オレンジと黄色の火花が飛びちり、手袋やチュニックに穴があき、皮膚がぴりぴりする。溶けた鉄が靴の先にジュッと落ち、とっさに足をふりはらった。

三か所切ったところで、人間大の格子が内側にたおれてきた。切り口の鉄が熱で白く光り、あたりをあわく照らしている。

エラゴンはブリジンガーの炎を消し、鉄格子の穴をくぐった。

その先の通路を、左へ、右へ、また左へとジグザグに走った。敵が進攻してきたときの時間かせぎのため、わざと入り組んだ設計になっているのだ。

最後の角を曲がると、ようやくめざすものが見えた。瓦礫《がれき》に埋まった玄関口だ。壁の倒壊でトーチがすべて消え、暗闇のなか、エラゴンのエルフなみの視力でも、大きな石の輪郭がかろうじて見えるぐらいだ。何か奇妙な音がした。不器用な獣が瓦礫を引っかきまわしているかのような音だ。

「ネイナ（光を）」

どこからともなく青い光があらわれ、あたりを照らした。そして前方に、泥と血と灰と汗にまみれたローランの体が見えた。すさまじい形相で歯をむき出し、二体の死体の上で帝国兵ととっくみあっている。

とつぜんの光に兵士がたじろいだすきに、ローランは兵士の体をねじってひざまずかせ、相手のベルトから短剣をぬきとり、あごを切りさいた。

兵士は二度痙攣《けいれん》して、動かなくなった。

ローランはあえぎながら、指から血をしたたらせ立ちあがると、どんよりとした目でエラゴンを見た。

「やっと来たか――」それだけいうと、目玉がぐるりと上むき、ローランは気を失った。

03 あらわれる影

エラゴンは倒れるローランに、とっさに手をのばした。やむをえず手ばなしたブリジンガーが敷石に落ち、ローランの体が腕におさまる。

「ケガの程度は？」アーリアの声がした。

おどろいてふりむくと、アーリアとブロードガルムが横に立っていた。

「そんなにひどくはないと思います」エラゴンはローランの土まみれの頬をパンパンとたたいた。青白い魔法の光のもと、ローランの顔はげっそりとやつれて見えた。目の下にはくまができ、くちびるはブルーベリーの汁でもついたように紫がかっている。「おい、起きろ」

ローランはまぶたをひくひくさせ、目をあけてエラゴンを見た。あきらかにとまどっているようだ。エラゴンはいい知れぬ安堵《あんど》感を味わった。

「いま、気を失ってたんだぞ」

「そうか」

〔ローランが生きてた！〕意識のやりとりは危険と知りつつ、それだけはサフィラに伝えたかった。

サフィラの喜びもはっきり伝わってきた。〔よかった。わたしはこれからここでエルフとともにくずれた石をどける。必要なときは呼んで。なんとしてでも飛んでいく〕

ローランは鎖帷子《くさりかたびら》をジャラジャラいわせながら、エラゴンの手を借りて立ちあがった。

「ほかの戦士たちは？」エラゴンは瓦礫《がれき》の山をさしてたずねた。

ローランは首をふった。

「本当にダメなのか？」

「あそこに埋まって助かるやつがいると思うか？　おれが逃げられたのは……半分ひさしの下にいたからだ」

「それで？　おまえは？」エラゴンは問いかけた。

「何が？」ローランはけげんそうな顔をした。自分の安否のことなど思いもおよばないようだ。「おれのことか……手首が折れたみたいだが、大したことはない」

エラゴンはブロードガルムに目くばせをした。エルフはかすかに不満の意をあらわしながらも、だまってローランのそばへ歩みよった。「よろしければ……」と、よく通る声でいい、ローランの負傷した腕に手をのばす。

ブロードガルムがローランを治療するあいだ、エラゴンはブリジンガーをひろい、アーリアといっしょに城の入り口を見張った。無鉄砲な兵士がいつ飛びだしてこないともかぎらない。

「これでよろしいでしょう」ブロードガルムがそう告げてローランからはなれた。

ローランは関節の動きをたしかめるように手首をまわし、満足げな顔をした。ブロードガルムに礼をいったあと、瓦礫《がれき》の散らばった地面から自分の槌《つち》をさがしだした。鎧《よろい》の位置をなおすと、城の入り口に目を向けた。

「ここのブラッドバーンってやつは、まったく往生際が悪い」ローランはわざとおだやかな口調でいった。「城主の座に居すわりすぎてるんだ。そろそろその座をおりてもらわんとな。アーリアさん、あなたもそう思うでしょう？」

「ええ」

「じゃあ、腹のたるんだそのクソ親父をとっつかまえに行こう。今日死んでった仲間のかわりに、おれがこの槌《つち》を軽くお見舞いしてやる」

「その男なら、ちょっと前まで本丸にいたが」エラゴンがいった。「いまごろは、もうどこかに逃げてるだろうな」

ローランはうなずいた。「よし、じゃあ捜索だ」といって、大またで歩きだす。

エラゴンは魔法の光を消すと、ブリジンガーをにぎりなおし、急いで従兄のあとを追った。入り組んだ通路のなか、アーリアとブロードガルムもふたりにぴたりとついてくる。

通路の先の広いホールも、その先の本丸も、完全に人の気配が消えていた。ここにおおぜいの兵士や役人がいたことをしめすものは、床に転がっている兜《かぶと》ぐらいなものだ。

エラゴンとローランは大理石の演壇の横を走りぬけた。エラゴンはローランとはなれないように、速度をおさえて走った。ふたりは演壇の左手の扉を蹴りあけ、奥の階段を駆けのぼった。

一階ごとに、ブロードガルムが城主ブラッドバーンや従者の意識をさぐるが、見つからない。

三階にのぼりかけたとき、足音がおしよせてくるのが聞こえてきた。見あげると、アーチ天井の階段の上から槍《やり》がやぶのようにつきだしている。前にいるローランは頬と右太ももをつかれ、ひざが血に染まった。ローランは手負いのクマのようにうなりながら、盾で槍をおしのけ、階段をつきすすんでいく。相手の兵士たちもくるったようにさけんでいる。

エラゴンはブリジンガーを左手にもちかえるや、従兄のうしろから手をのばし、兵士のひとりから槍をもぎとった。そしてひらりと柄《え》を返し、兵士たちのど真ん中に投げつけた。悲鳴があがり、びっしり詰まった人垣にすきまができる。

エラゴンは同じ戦法をくりかえした。槍を投げるごとに兵士の数はへり、ローランはじわじわと集団を後退させていく。

やがてローランが階段をのぼりきると、最後の兵士十二人は、手すりにかこまれた広い踊り場に出て、武器を自由にふるえるよう散らばった。ローランはふたたびうなりをあげ、手前の兵士に飛びかかった。相手の剣をかわし、防御をかいくぐり、鉄鍋のような音を響かせ兜《かぶと》に槌《つち》を打ちつける。

エラゴンも踊り場に飛びだすと、兵士ふたりをまとめて床に倒し、それぞれをひと突きでしとめた。回転しながら飛んでくる斧《おの》を、頭をさげてかわし、男をひとり手すりからつき落とす。続いて、くちばしのような穂先で腹をえぐりにきたふたりをかたづけた。

アーリアとブロードガルムも戦闘に加わり、静かに相手をしとめていた。エルフ天性の優雅な動きが、野蛮で暴力的な戦いを、うまく演出された演技のように見せている。

鉄のぶつかりあう音、骨の折れる音、手足を切りさく音を響かせ、四人は残りの兵士をかたづけた。いつもながら、戦闘はエラゴンをふるいたたせた。まるで冷たい水でもかぶったように、頭のなかが冴えわたる。ほかのことではけっして味わえない感覚だ。

ローランはひざに手をつき、長距離走でも終えたようにゼイゼイいっている。

「治そうか？」エラゴンはローランの顔と太ももをさしていった。

ローランは足ぶみをしてケガの具合をたしかめた。「あとでいい。ブラッドバーンを見つけるのが先だ」

エラゴンを先頭に、四人はまた階段をのぼりだした。五分ほど捜索したころ、いちばん西の塔で、最上階の部屋に立てこもっているブラッドバーンを見つけた。エラゴン、アーリア、ブロードガルムは矢つぎ早に呪文を唱え、部屋の扉や、高く積みあげた家具のバリケードをとりのぞいた。

四人が部屋に入ると、ブラッドバーン卿《きょう》の前に立ちふさがっていた側近や護衛兵たちは血の気を失い、ふるえだした。エラゴンは護衛を三人だけ倒さなければならなかったが、さいわい、あとの者たちは武器を床に置いて降参した。

アーリアはブラッドバーン卿に歩みより、だまりこんでいる城主に向かっていった。「さあ、軍隊に退却を命じてください。多くは残っていないとしても、彼らの命は救えます」

「できたとしても、おことわりだ」ブラッドバーンの憎らしげなあざけりの口調に、エラゴンはなぐりかかりたくなった。「エルフめ、おまえの言いなりになどなるものか。おまえたちのような不気味な生き物に、わしの兵を引きわたすつもりはない。討ち死にさせたほうがましというもの。甘い言葉でわしをたぶらかせると思ったら大まちがいだ。アーガルと手を組んだことも知っている。あんな怪物と同じ釜の飯を食らうやつより、まだヘビのほうが信用できるわ」

アーリアはうなずいて、ブラッドバーンの顔に手を当て、目をとじた。アーリアもブラッドバーンも動かなくなった。エラゴンが意識をのばすと、ふたりのあいだで意志の戦いがくりひろげられているのがわかった。アーリアはブラッドバーンの防御を破って頭のなかに侵入し、一分ほどで意識を支配し、そこから記憶をすみずみまでさぐって、男のバリアの性質を読みとった。

そのバリアを回避して、ブラッドバーンを眠らせるため、アーリアは古代語の複雑な呪文を唱えた。やがてブラッドバーンは目をつぶり、深く息を吐いて、アーリアの腕のなかにくずおれた。

「殿が殺された！」護衛兵のひとりがさけび、男たちは口々に恐怖と怒りの声をあげはじめる。

エラゴンが否定しようとしたとき、遠くからヴァーデン軍のラッパの音が聞こえてきた。続いて、もっと近くでも一度、二度とラッパの音。そして空耳でなければ、下の前庭からかすかに響いてくるのは、人々の歓声のようだ。

エラゴンは不思議に思い、アーリアと視線をかわした。ふりかえり、それぞれに窓の向こうをのぞいた。

西と南にベラトーナの町が広がっている。帝国のなかでも、大きくてゆたかな町のひとつだ。城の近くには、三角屋根と出窓のついた堂々たる石造りの建物がならんでいるが、遠くはなれた家々は材木と漆喰《しっくい》で造られている。木造の家は戦闘で燃えてしまっているものもある。空気には茶色い煙がぼんやりと立ちこめ、目やのどを刺激した。

ベラトーナから南西に一、二キロはなれた場所には、ヴァーデンの本陣が見えた。杭《くい》と堀でかこまれた場所に、長くつらなる灰色の毛織のテント。誇らしげに旗をかかげた明るい色の大型テント《パビリオン》も、ぽつぽつと見える。そして、広い空き地に横たわる何百という負傷者たち。あまりの数で、治療師のテントにはおさまりきらないのだ。

北側の船着き場や倉庫群の向こうをのぞむと、点々と白波の立つレオナ湖の湖面が大きく広がっている。

西の遠い空から、大雨をふらせる黒い雲の壁がせまり、じきに町を包みこもうとしている。嵐の奥深くで青白い光が走り、雷鳴が獣の咆哮《ほうこう》のようにとどろいている。

歓声の理由になるようなものは、どこにも見あたらなかった。

エラゴンとアーリアは、前庭を直接見おろす窓に駆けよった。サフィラやエルフや戦士たちは、ちょうどいま瓦礫《がれき》の撤去を終えたところだ。エラゴンは口笛をふき、顔をあげたサフィラに向かって手をふった。

サフィラは大きな口をあけ、牙をむき出して笑うと、エラゴンのほうへ細く煙をふきだした。

「おーい！　なんのさわぎだ？」エラゴンは声を張りあげた。

城の塀に立っていた戦士が腕をのばし、東を指さした。「シェイドスレイヤー！　ほら、見てください！　魔法ネコだ！　魔法ネコの大群がやってくる！」

エラゴンは背中がゾクゾクするのを感じた。戦士のさす方角に目をやると、数キロ先のジエト川の対岸に、小さな者たちの大量の影が見えた。四本足で歩く影と二本足で歩く影が見えるが、遠すぎて本当に魔法ネコなのか、さだかではない。

「本当でしょうか？」アーリアがおどろきの声をあげた。

「さあ……でも、じきにわかるでしょう」

04 魔法ネコの王

エラゴンは城の大広間の高座の上で、腰にさげたブリジンガーの柄頭《つかがしら》に左手をのせ、城主ブラッドバーンのものだった玉座の右側に立っていた。

玉座の左側で、兜《かぶと》をわきにかかえて立っているのは、ヴァーデン軍の副官ジョーマンダーだ。こめかみに白髪がまじる茶色の髪を、長い一本の三つ編みにひっつめている。きりっと引きしまった顔が無表情なのは、長いこと人に仕えてきた経験からくるものだ。右の籠手《こて》の下側に血が細く伝っているが、ジョーマンダーは痛そうな顔ひとつ見せない。

玉座には、緑と黄色のまばゆい衣装をまとったナスアダがすわっている。戦の指揮官から君主へと、ふさわしい衣装に着がえてきたところだ。左手にまかれた包帯は、やはり戦闘で負傷したことをしめしている。

エラゴンとジョーマンダーにしか聞こえない声で、ナスアダがいった。「もし彼らの協力が得られるなら……」

「しかし、どんな見返りを要求されるんでしょうな」ジョーマンダーが案じる。「われわれの金庫はほとんどからで、先の見通しも立たないのに」

ナスアダがくちびるを動かさずにこたえた。「彼らの望みは、ガルバトリックスへの復讐《ふくしゅう》だけかもしれない——」と、言葉を切る。「でもそうじゃない場合、何か黄金以外に、彼らを味方にする手段を、考えなくてはならないわね」

「クリームの樽《たる》でも贈ったらどうです？」エラゴンがいうと、ジョーマンダーが声をあげて笑い、ナスアダも静かに笑った。

大広間の外で三本のラッパがふき鳴らされ、三人のひそひそ話は終わった。

大広間の入り口から、亜麻色の髪をした使者の少年がつかつかと入ってくる。ヴァーデンの紫の紋章——バラをくわえた白ドラゴンと剣の図柄——のついたチュニックを着た少年は、儀式用の杖《つえ》で床を打ち鳴らし、か細い声をふりしぼって告げた。

「猫人間族、通称魔法ネコ族の王、孤立国の君主、夜の地の主《あるじ》、〈孤独で歩く者〉グリムラ・ハーフポー殿下のおなりでございます」

〔孤独で歩く者……おかしな称号だな〕エラゴンはサフィラに意識で話しかけた。

〔でも、いかにもそれにふさわしい〕どこかで丸くなっているサフィラの姿は見えないが、その返事から、おもしろがっているのがわかる。

使いの少年がわきによけ、大広間入り口から、人間の姿をしたグリムラ・ハーフポーが入ってきた。すぐうしろから、四匹のネコが、毛におおわれた足でひたひたと歩いてくる。がっしりとした肩、大きく長い足、黒く短いたてがみのような毛、耳のふさ毛、先端だけ黒い尾を優雅にゆらしている。四匹はエラゴンの知っているソレムバンによく似ていた。

だがグリムラ・ハーフポーだけは、いままで見たどんな種族ともちがった。背丈はドワーフと同じ百二十センチほど。だがドワーフとも、人間とも見まちがえようがない。小さくとがったあご、広い頰、つりあがった眉、翼のようなまつ毛に、緑色の切れ長の目。額にたれる前髪はぼさぼさだが、肩までのびたうしろの黒髪はつやつやとして、随伴するネコたちのたてがみとよく似ている。年齢は見当がつかない。

グリムラが身につけた衣装は、革のベストとウサギの毛の腰巻だけだ。ベストには――鳥やネズミとおぼしき小動物の――頭蓋骨をいくつもぶらさげ、動くたびにジャラジャラ音がなる。腰巻のベルトから、鞘におさめた短剣がななめにつきだしている。栗色の肌には、使いこんだテーブルのキズのように、白っぽい傷痕が無数についている。そしてハーフポー（半分の手）という名がしめすとおり、グリムラの左手からは指が二本、咬《か》み切られたようになくなっている。

その姿は優美だが、筋骨たくましい腕や胸板、引きしまった腰を見れば、雄ネコであることはだれの目にもあきらかだ。グリムラははずむような足どりで、ナスアダのほうへ歩いてきた。

魔法ネコたちはみな、両わきにならぶ人々の視線など気にもとめずに歩いてきたが、薬草師アンジェラの前にさしかかったとき、急に様子が変わった。

ローランの横に立って、六本の編み針でストライプ柄の長靴下を編むアンジェラを見たとたん、ネコたちの毛がいっせいに逆だった。グリムラは目を細め、くちびるをつりあげ、二本の白い牙をむき出し、短いうなり声をあげた。これにはエラゴンもおどろいた。

アンジェラは編み物から目をあげ、気だるげな顔で、小バカにしたようにいった。

「チュンチュン」

エラゴンは一瞬、グリムラがアンジェラに襲いかかるかと思った。浅黒い顔や首をまだらに紅潮させ、鼻孔を広げてアンジェラをにらんでいる。ほかの四匹は、耳をぴたりとふせて、飛びかかりそうな格好で身がまえている。

大広間のあちこちで、剣をぬく音が響いた。

グリムラはもう一度だけうなると、アンジェラに背を向け、また歩きだした。最後の魔法ネコは、アンジェラの前を通りすぎるとき、編み針からたれた毛糸を――飼いネコがじゃれるように――前足でこっそりはじいた。

サフィラもエラゴンと同じぐらい当惑していた。〔チュンチュン?〕

エラゴンはたがいに見えない場所にいることをわすれ、思わず肩をすくめた。〔アンジェラのやることは、いつだってわけがわからないからな〕

グリムラはナスアダの前に立ち、ほとんどわからないぐらいに頭をさげた。尊大ともいえるほど自信たっぷりな態度は、ネコとドラゴンと、ある種の高貴な生まれの女たちだけがもつ特性なのだ。

「ナスアダどの」グリムラは意外なほど低い声であいさつした。少年のような見た目に似あわず、ヤマネコがうなるようなしわがれ声だ。

ナスアダも頭をさげた。「ハーフポー殿下、ヴァーデン軍はあなたの種族を大いに歓迎いたします。同盟国サーダのオーリン王は、いまなお町の西側で騎馬隊を率いて帝国軍を撃退しているさなかであり、ここに同席できないことをおことわり申しあげます」

「わかっておる」グリムラは鋭い歯をきらりと光らせていった。「敵にはけっして背中を見せるものではない」

「……殿下、今回とつぜんのご訪問をいただいたのは、どういったわけでしょう？あなたの種族は秘密が多く、孤独を好むとされている。とくにライダー族の滅亡以降は、争いごとからは距離をおいていたはず。それどころか、この百年は、あなたがたの存在そのものが、事実というより神話に近いものとなっていました。それがなぜいま、姿をあらわそうとお考えになったのです？」

グリムラは右手をあげ、鉤爪《かぎづめ》らしき爪のある、曲がった指をエラゴンに向けた。

「彼のせいじゃ」魔法ネコはうなった。「狩りするもの、相手が弱みを見せるまで、襲いはせぬ。いま、ガルバトリックスは弱みを見せた。あやつはエラゴン・シェイドスレイヤーとサフィラ・ビヤーツクラーを殺そうとせぬからな。われらはこの機をずっと待っておったのじゃ。のがす手はない。ガルバトリックスはわれらを恐れ、憎むことになるであろう。そしてついには、おのれのまちがいに気づくのじゃ。われら魔法ネコ族こそ、おのれの破滅のもとであったとな。それに復讐《ふくしゅう》のうまみは、やわらかい子イノシシの骨髄の味にもひけをとらぬ。

人間よ、いまこそ、すべての種族がともに立ちあがり、戦う意志がくじけていないことを、ガルバトリックスにしめすときなのじゃ。ナスアダどの、われら魔法ネコ族は、独立した同盟軍としてそなたの軍に加わり、勝利に貢献しよう」

ナスアダがどう思ったかはわからないが、エラゴンとサフィラは、魔法ネコの演説を感心して聞いていた。

すこしの間のあと、ナスアダが口をひらいた。「大変ありがたいお言葉です、殿下。しかし、あなたのお申し出を受ける前に、よろしければ、おこたえいただきたいことがあります」

みごとなほど平然とした態度で、グリムラは手をふって先をうながした。「よろしい」

「正直申しあげて、あなたの種族は、ひじょうに秘密めいていて、捕らえどころがないのです。じつのところ、わたしは君主がおられることすら知らなかった」

「わが輩はそなたらの王のような王ではない」グリムラはいった。「魔法ネコは孤独を好む種族。だが戦とあらば、われらとて指揮官を選ばねばならぬ」

「なるほど。では、あなたは種族全体の指揮官なのですか？　それとも、いっしょにいらしたお仲間だけの？」

グリムラは胸を張り、会心の笑みを浮かべたようにさえ見えた。「ナスアダどの、わが輩は種族全体の指揮官である」魔法ネコはのどを鳴らした。「アラゲイジアじゅうの――乳飲み子をのぞく――達者な魔法ネコすべてが、戦うためにここへやってきたのじゃ。数は少ないが、獰猛《どうもう》さではわれらにならぶものはおらぬ。それに、わが輩はワンシェイプも指揮できる。きゃつらにはほかの動物なみの知能しかないゆえ、わが輩が代弁するわけにはいかぬが、したがわせることはできる」

「ワンシェイプとは？」ナスアダはたずねた。

「ネコとして知られている生き物じゃ。われらとちがい、皮膚を変えられぬ者たちじゃ」

「彼らの忠誠を得られるというのですか？」

「そうじゃ。きゃつらはわれらに一目おいておる……当然のことではあるが」
〔それが本当なら〕エラゴンはサフィラに話しかけた。〔魔法ネコ族はかなり貴重な存在となりそうだな〕
ナスアダがいった。「それで、ハーフポー殿下、お力ぞえをいただくかわりに、われわれに何を望んでいらっしゃるのですか？」ナスアダはエラゴンにちらりと目をやり、笑みを浮かべた。「クリームならお好きなだけ提供できますが、それ以外のものとなると、われわれの資金はかぎられています。もしあなたの兵が、金銭的見返りをお望みなら、残念ながらご期待にそえないのです」
「クリームは子ネコのものじゃ。金貨にも興味はない」グリムラは右手をあげ、半びらきの目で爪を見つめながらいった。「われらの条件はこうである——武器をもたない仲間には、短剣をあたえていただく。おのおのに二足用と四足用、二種類の鎧兜《よろいかぶと》を用意していただきたい。それ以外には何もいらぬ——テントも毛布も皿もスプーンも不要である。食事はおのおのにカモ、ライチョウ、ニワトリのたぐいの鳥を一日一羽ずつ。二日に一度は、新鮮なレバーを椀《わん》に一杯ずつ。たとえ食さなかったとしても、そのぶんはとりおき願いたい。

さらに、この戦に勝利したあかつきには、だれが王座にすわるにしろ、代々ずっとその横に、われらが名誉の席として綿入りのクッションを置いていただきたい。魔法ネコが望むときにすわれるように」

「ドワーフの立法者のような交渉ぶりですね」ナスアダはそっけない口調でいい、ジョーマンダーのほうへ身を乗り出した。エラゴンにもしのび声が聞こえた。「彼ら全員に食べさせるレバーはあるのかしら？」

「あるとは思いますが」ジョーマンダーも声をひそめてこたえた。「椀《わん》の大きさにもよりますな」

ナスアダは椅子の上で背をのばした。「鎧兜《よろいかぶと》を二種類はちょっとこまります。ネコと人間、どちらの姿で戦うか、戦士たちに決めていただけますか？　両方の武具を用意するような余裕はないのです」

グリムラにしっぽがあれば、いまそれをぶるんとふったにちがいない。そのかわり、魔法ネコはただ足をふみかえた。「よかろう」

「もうひとつだけお願いしたいことが――ガルバトリックスは、あらゆる場所に密偵や暗殺者をひそませています。ヴァーデン軍に加わる条件として、われわれの魔術師にあなたたちの記憶を精査するゆるしをいただきたい。あなたたちがガルバトリックスに支配されていないことを、たしかめるためです」

グリムラはフンと鼻を鳴らした。「それをしないのは愚かなことじゃな。われらの思考を読む度胸があるなら、そうするがよい。しかし、あの女はだめじゃ」魔法ネコはふりかえって、アンジェラを指さした。「あの女だけはだめじゃ」

ナスアダは口ごもった。

エラゴンには、ナスアダが理由をききたい気持ちをおさえているのが、よくわかった。

「でしたら、すぐに魔術師を送ります。この件は早急にかたづけてしまいましょう。その結果を見て——何もめんどうは起こらないと思いますが——ヴァーデンはあなたたちの種族と同盟を組ませていただきます」

ナスアダの言葉を聞いて、大広間にいた人間たちは——アンジェラもふくめて——歓声をあげ、拍手を送った。エルフたちでさえ喜んでいるように見えた。

しかし魔法ネコたちは、うるさそうにさわぎに耳をふせただけで、まったく無反応だった。

05

戦いのあと

エラゴンはサフィラにもたれてウーンとうなった。ひざに手をつき、ざらざらした鱗《うろこ》に背をすべらせて地面にすわると、足を前に投げ出した。

「もう腹ぺこだ！」思わずさけぶ。

エラゴンとサフィラは城の前庭で、ヴァーデンの戦士たちとはなれた場所にいた。戦士たちは――瓦礫《がれき》や死体を手おし車に積みあげ――戦場のあとかたづけに追われたり、くずれた城壁から出たり入ったりしている。ナスアダとハーフポー王対面の場面を見物し終え、任務にもどろうとする者たちも多くいる。エラゴンとサフィラのそばには、ブロードガルムとエルフ四人が護衛についている。

「おーい！」だれかの声がした。

顔をあげると、城のほうから歩いてくるローランの姿が見えた。うしろからアンジェラが毛糸をひらひらさせながら、足の速いローランにおくれないよう、小走りでついてくる。

「こんどはどこへ行くんだ?」ローランが近くまで来たところで、エラゴンは声をかけた。

「町の安全確認とか、捕虜をまとめたりとかさ」

「そうか……」エラゴンは戦士たちであふれる前庭を見まわしてから、ローランの負傷した顔に視線をもどした。「今日はよくはたらいたな」

「おまえもな」

エラゴンはアンジェラに目をやった。また編み物にもどっているが、その動きのめまぐるしいこと、何をしているのかさっぱりわからない。

「チュンチュンってなんだったの?」エラゴンはたずねた。

たちまちいたずらっぽい表情になり、アンジェラは巻き毛をゆさゆさせて首をふった。「その話はまたこんど」

話をかわされても、エラゴンは文句もいわない。アンジェラのことだ、かんたんに説明してくれるなどとは思っていない。

「エラゴン」ローランがいった。「おまえはこれからどこへ？」

〔わたしたちは腹ごしらえに〕サファイラがそういって、エラゴンを鼻面でつき、温かい鼻息をふきかけた。

ローランはうなずいた。「そりゃあいい。じゃあ今夜また野営地で」と、歩きかけ、つけ足した。「カトリーナによろしくいっといてくれ」

アンジェラは、腰にさげたキルト地のバッグに編み物をおしこんだ。「あたしもそろそろ行かなくちゃ。テントで薬を煎じてるんだったわ。会っておきたい魔法ネコもいるし」

「グリムラ？」

「ちがうちがう――古い友だち。ソレムバンの母親よ。もしまだ生きていればね。生きてるといいけど」アンジェラは親指と人さし指で輪をつくって額にかざし、「じゃ、また！」と、異様に明るい声でいって、どこかへいなくなった。

〔さあ、乗って〕と、サファイラが立ちあがり、エラゴンは背もたれを失った。

エラゴンが背中の鞍《くら》にのぼると、皮膜と皮膜がこすれる乾いた音がして、サファイラが巨大な翼を広げた。翼のまきおこす風が、ほとんど音もなく、小波《さざなみ》のようにあたりに広がっていく。前庭の人々は手をとめて、サフィラを見る。

エラゴンは頭上の翼を見あげた。サフィラの心臓が力強く鼓動するたび、網目状にのびた紫の血管の一本一本が、イモ虫の通り道のように収縮するのがよくわかる。

サフィラが前庭の地面を蹴って飛びたち、エラゴンの世界が急角度でかたむいた。

サフィラはいったん城の胸壁に飛びのり、バランスをとった。鉤爪《かぎづめ》が石の胸壁にひびを入れる。エラゴンは落ちないよう首の突起につかまった。

サフィラが胸壁から飛びあがり、エラゴンの世界がまたぐらりとかたむいた。

ベラトーナの町は、痛みと怒りと悲しみの入りまじった煙で厚くおおわれ、エラゴンは口と鼻に刺激臭を感じ、目がひりひりした。

サフィラは翼を二度、力強く羽ばたかせ、晴れわたった空に出た。点々と炎の見える町の上空で、翼をとめて旋回しながら、暖気流に乗ってさらに上昇する。

疲れていても、エラゴンは大自然の姿に圧倒されずにいられなかった――ベラトーナにせまる嵐は、前線だけが白く輝き、その向こうは黒い入道雲が山のようにもりあがっている。ときどき稲光が走り、おおいかくしたものがあらわになる。地上のきらめく湖や、青々とした無数の畑にも目を引かれるが、その雲ほど印象的なものはなかった。

いつもながらエラゴンは、高い空から世界をながめられることを、ありがたく感じた。ドラゴンに乗って空を飛ぶことは、かぎられた者にしかあたえられない特権だ。

サフィラが翼をすこしかたむけ、灰色のテントがならぶヴァーデンの野営地へ、徐々に下降を始めた。

西からふきつける強風は、せまりくる嵐の予兆だ。エラゴンは背中を丸め、突起をつかむ手に力をこめた。地上をふきわたる風で、草地が波打っている。ゆれうごくつやつやとした草は、巨大な緑の野獣の毛皮のようだ。

馬の甲高いいななきを聞きながら、サフィラはテント群をなめるように飛び、着陸地点の空き地へおりていった。エラゴンは鞍《くら》の上で中腰になった。サフィラは翼をたいらにしてスピードを落とし、土のかきみだれた地面に急停止するようにおりる。衝撃で、エラゴンは前へつんのめった。

〔申しわけない〕サフィラがいった。〔静かにおりようとしたのだけれど〕

〔わかってるよ〕

サフィラの背からおりようとしたとき、カトリーナが長い褐色の髪を顔になびかせ、急ぎ足で歩いてくるのが見えた。ふきつける風で、ドレスの下の大きなおなかが目だって見える。

「何かあったの？」カトリーナが呼びかけてきた。顔いっぱいに不安が表われている。

「魔法ネコのことは聞いた？」

カトリーナはうなずいた。

「新しい情報はそれぐらいかな。ローランが、きみによろしくって」

カトリーナの表情はやわらいだが、不安が完全に消えたわけではない。「じゃあ、彼はだいじょうぶなのね？」カトリーナは左の中指の指輪をさしていった。ローランとカトリーナがたがいの危機を察知できるよう、エラゴンが魔法をかけてふたりに贈った指輪だ。「何か感じたような気がしたの。一時間ぐらい前のことよ。それでわたし、こわくなって……」

エラゴンはかぶりをふった。「その話はローランから聞くといいよ。多少の傷やあざをつくっただけで、あとはどこもなんともない。ぼくは死ぬほど心配させられたけどね」

カトリーナは表情をくもらせながらも、見るからに強がって笑みを浮かべた。「ふたりとも、無事でよかった」

カトリーナと別れたエラゴンとサフィラは、野営地のかまどのそばに設置された食事用のテントに入り、肉やハチミツ酒で腹を満たした。外では風がうなりをあげ、テントの側面に雨が激しく打ちつけている。

ブタの三枚肉のローストにかぶりつくエラゴンに、サフィラがたずねる。〈その肉、どう？　おいしい？〉

「うまいぞ！」あごに肉汁をしたたらせながら、エラゴンはこたえた。

06 死者の思い出

「ガルバトリックスは常軌を逸しておるから予測がつけにくい。が、だからこそ、その思考には尋常な人間にありえんような欠陥もある。それを見つけられれば、エラゴン、おまえとサフィラでやつを負かすことができる」

ブロムはパイプをおろし、いかめしい顔で続けた。「そうなることを願っておる。エラゴン、わしの最大の望みは、おまえとサフィラが、ガルバトリックスと帝国を恐れることなく、実り多き人生を末永く送ることだ。わしが、すべての危険からおまえを守ってやれるといいんだが、残念ながら、それはわしの能力のおよばぬところじゃ。わしにできるのは、忠告を授け、いまこの世にいるうちにおまえを導くこと……息子よ、おまえに何が起ころうと、わしも、母さんも、おまえのことを愛している。それをわすれるな。御身に星の守りのあらんことを——ブロムの息子、エラゴン」

目をあけると、ブロムは消えていった。
嵐はすぎさったが、そのなごりでテントの天井が、からの革袋のようにたわんでいる。たれさがったテントの真ん中から、しずくがポタリと太ももに落ち、レギンスから肌へと冷たさが広がる。テントのロープを張りなおしたほうがいいのはわかっているが、エラゴンはベッドから起きあがる気になれなかった。
〈ブロムはマータグのことを——ぼくとマータグが異父兄弟だってことを、本当にひと言もいってなかったのか？〉
サフィラが、テントの外で丸くなったままこたえた。〈何度きかれても、こたえは同じ〉
〈でも、どうして？　なぜいわなかったんだ？　ブロムはマータグのこと、ぜったいに知ってたはずなのに。知らないはずがないのに〉
サフィラは気だるげにこたえた。〈本当の理由はブロムにしかわからない。けれどわたしが思うに、ブロムにとっては、マータグの話に時間を費やすよりも、あなたへの愛情を伝え、助言をあたえることのほうが、ずっと重要だったのでは？〉
〈だとしても、警告ぐらいできたはずだ！　ほんの二言、三言でじゅうぶんだったのに〉

〔なぜブロムがそうしなかったか、わたしにはわからない。ブロムについては、こたえが出ないこともある。エラゴン、あなたはそれを受けいれねば。彼の愛だけを信じなさい。そうした不安に心みだされないように〕

エラゴンは胸にのせた手を見おろした。両方の親指をならべてみると、左の親指の第二関節のあたりが、右のその部分よりしわが多い。そのかわり、右の親指には小さな切り傷がある。なんの傷かおぼえていないが、〈血の誓いの祝賀《アゲイティ・ブロドレン》〉のあとでついたものにはちがいない。

〔ありがとう、サフィラ〕エラゴンはいった。

ファインスターを攻落して以来、ブロムからの伝言を三度、サフィラの意識を通して、見て聞いている。そのたびに、ブロムの言葉やしぐさのなかに、前には見落としていたこまかいことに気づかされる。ブロムの伝言にふれることで、エラゴンは心満たされ、なぐさめられた。生まれてからずっと追いもとめてきた願望——父親の名を知り、自分が愛されていたと知ること——が、かなったからだ。

サフィラは温かい愛情でエラゴンの感謝を受けとめた。

腹を満たし、一時間近く休んでいるが、エラゴンの疲労感は消えていない。これくらいで消えるとは思ってもいない。長い戦闘で疲れた体が完全に回復するには、数週間は必要だと、経験でわかっている。ガルバトリックスの牙城ウルベーンに近づくにつれ、エラゴンもヴァーデンの戦士たちも、満足に体を休める暇もないまま、次の戦闘に向かわねばならなくなってくる。戦は戦士たちの体をぼろぼろに打ちのめし、戦うのもままならない状態まで追いこむだろう。そうした極限状態で、余裕をもって待ちうけるガルバトリックスとウルベーンで対峙《たいじ》しなければならないのだ。

エラゴンはあまり深く考えないことにした。

また、冷たいしずくが一滴、いきおいよく足に落ちてきた。エラゴンはいらだって、簡易ベッドから足を投げ出し、起きあがった。そしてテントのすみまで歩いてゆき、土の上にひざまずいた。

「デロイ・シャージャラヴィ！（土よ、動け）」いくつかの古代語を組みあわせ、前日にかけておいた拘束の魔法を解く。

目の前の土が沸騰するようにわきかえり、小石や昆虫やミミズといっしょにふきだしてきた。土のなかからあらわれたのは、長さ四、五十センチほどの鉄張りの箱だ。

エラゴンは箱をもちあげ、呪文を終えた。地面はまた元どおりになる。

かたくなった土の上に箱を置き、「レイドリン（ひらけ）」とつぶやいて、箱の上を手ではらった。カシャッと音がして、鍵穴のない鍵があく。

ふたをあけると、テントのなかが、あわい金色の光に包まれた。

ビロードの内張りのなかにおさまっているのは、グレイダーの〈エルドゥナリ〉、ドラゴンの〈心の核〉だ。宝石にも似た大きな石が、消えかけた炭火のように、おぼろな光を放っている。エラゴンは〈エルドゥナリ〉を両手でそっとすくいあげた。ふぞろいな切子面から伝わるぬくもりを掌《てのひら》に感じながら、脈打つ石の奥深くをのぞきこんだ。エレズメーラでグレイダーからたくされたときより、光の動きはのろく、数もずっと少なく見えるが、小さな光の粒はいまも石の中心部で星雲のように渦まいている。

エラゴンはいつもながら、終わることのない光の舞いに目を奪われた。何日もじっとすわってながめていられるぐらいだ。

〔さあ、またやってみよう〕サフィラの呼びかけに、エラゴンはうなずいた。

ふたりは力を合わせ、石の奥深くの、グレイダーの意識の源である星の海に、それぞれの意識を近づけていった。冷たく暗い海を進んでいくと、その先には絶望と無関心の深い海がどこまでも広がっている。広く深い悲しみに行く手をはばまれ、ふたりはただ立ちどまって泣くことしかできなくなる。

〔グレイダー……エルダ〕何度呼びかけても、なんのこたえもない。グレイダーの意識は無関心のままだ。

グレイダーの苦悩の重さに耐えきれなくなり、ふたりはやがて意識をしりぞかせた。

われに返ると、エラゴンはテントの支柱をノックする音に気づいた。アーリアの声が聞こえる。「エラゴン？　入ってもいいですか？」

エラゴンは鼻をすすり、涙のにじむ目をしばたたかせた。「どうぞ」

アーリアが入り口の垂れ布をあけ、灰色にくもる空のぼんやりとした光がテントにさしこんだ。アーリアの緑色の目――つりあがった無表情な目――を見ると、こみあげる想いで胸がチクリと痛くなる。

「何か変化はありましたか？」アーリアはそばに来てひざまずいた。戦闘用の武具ではなく、いまは黒い革のシャツとズボン、底のうすいブーツを身につけている。ギリエドでエラゴンが救い出したときと同じだ。洗いたての髪が、ずっしりと重いロープのようにうしろに長くたれている。そしていつものように、すりつぶした松葉の香り。アーリアはこの香りを魔法でつくりだしているのか、それとも生まれつきの香りなのか？　本人にたずねればよいのだが、エラゴンにとてもその勇気はない。

アーリアの問いかけに、エラゴンはかぶりをふった。

「よろしいですか？」アーリアがグレイダーの〈心の核〉を手でしめす。

エラゴンは場所をゆずった。「どうぞ」

アーリアは〈エルドゥナリ〉の両わきに手をのせ、目をとじた。

エラゴンはそのあいだだけ、堂々とアーリアを見つめることができた。ふだんなら失礼に当たる行為だ。どこからどうながめても、アーリアの姿は美の典型のようだ。むろん、鼻が高すぎる、顔は鋭角的すぎる、耳がとがっている、腕の筋肉がつきすぎていると、ほかの人はいうかもしれないが――。

アーリアがとつぜん息を吸いこみ、まるで火傷でもしたかのように〈心の核〉から手を放し、うなだれた。かすかにあごをふるわせている。「これほど不幸な魂をわたくしは知らない……助ける手だてがあるといいのですが。彼がみずからの力でこの闇からぬけ出せるとは思えない」

「このまま……」不安を口にすることがこわく、エラゴンはためらいながらも続けた。「正気を失ってしまうようなことは？」

「すでにそうなっていてもおかしくはない。いずれにしろ、狂気のふちをさまよっていることはたしかです」

エラゴンは深い悲しみをおぼえながら、アーリアとふたり、ただじっと黄金の石を見つめた。

やがてようやく口をひらく気持ちになるとたずねた。「ダウスデルトはどこに？」

「わたくしのテントに。グレイダーの〈エルドゥナリ〉と同じように、呪文をかけてかくしてあります。ここへもってきましょうか？　あるいは、必要なときまで、わたくしが保管していてもよろしいですが」

「そのままもっていてください。ぼくがもち歩くわけにはいかない。ガルバトリックスにあの槍《やり》の存在がわかってしまう恐れもあるし。それに、大切な宝をふたつとも同じ場所にまとめておくのは愚かなことだ」

アーリアはうなずいた。

エラゴンはまたもや胸に激しい痛みを感じた。「アーリア、ぼくは――」いいかけて、口を結ぶ。サフィラの視界に、近づいてくる人影が入ったからだ。鍛冶屋のホーストの息子、アルブレックらしき人影が――サフィラのゆがんだ視覚で見ると、弟のバルドルか見分けはつかないが――テントのほうへ走ってくる。

アーリアへの言葉に詰まっていたエラゴンは、この訪問客に助けられた。

「だれかが来る」といって、〈エルドゥナリ〉の箱のふたをしめた。

ぬかるみを走る足音がベチャベチャと聞こえたあと、アルブレックのさけぶ声がした。「エラゴン！　エラゴン！」

「どうした？」

「おふくろの陣痛が始まったんだ！　親父がおまえに来てほしいといってる。万一のことがあったら、おまえの魔法がたよりだからって。なあ、たのむよ、もし――」

エラゴンは話を全部聞くまでもなく、急いで箱に鍵をかけ、埋めなおした。外套《がいとう》をはおり、留め金に手まどっていると、アーリアがエラゴンの腕に手をかけた。

「わたくしもごいっしょしましょうか？　そういう場面に立ちあったことがあります。みなさんの許可さえいただければ、分娩《ぶんべん》を軽くすることができます」

エラゴンはためらうことなくテントの出入り口をしめした。「お願いします」

07

妻のために

一歩進むごとに、靴底にはりつく泥がローランの歩みをさまたげ、足の疲れに追いうちをかける。まるで地面がわざと靴をぬがせようとしているかのようだ。ぬかるんだ土はひどくすべりやすい。不安定な格好で足をつくと、かかとが泥ですべってしまう。しかも、それが深いときている。人間や動物や荷馬車がかわるがわる通るおかげで、地表二十センチほどは沼地同然。ヴァーデンの野営地をまっすぐ横ぎるこの道は、ほぼ通行不能と化している。たおれた草が道の両ぎわにところどころ残っているが、そこもじきに——道の真ん中をさけて歩く——男たちにふまれて消えてしまうだろう。

ローランは泥の道をさけて歩くようなことはしなかった。もはや服がよごれようが、かまやしない。疲れていてそれどころではない。わざわざ草の生えているところを選んで歩くより、泥道をまっすぐ進むほうが楽だ。

ぬかるんだ道を歩きながら、ローランはベラトーナのことを思い出した。魔法ネコとナスアダの会見のあと、ローランは町の北西にもうけた指令所で、戦士たちの中心となって、火災を消したり、通りにバリケードをつくったり、建物にかくれる帝国兵をさがしたり、武器を押収したりと、町の四分の一を統制することに全力をつくした。とてつもなく骨の折れる仕事だった。ふたたび戦闘が始まらないともかぎらないし、必要なことをやりとげられるかどうか悲観的になってしまう。あいつら、今夜ひと晩、殺されずに切りぬけられるといいが――。

左のわき腹に激痛が走る。ローランは息をとめ、歯を食いしばった。

卑怯者《ひきょうもの》めが。

町のなかで、どこかの屋根から石弓《クロスボウ》の矢が飛んできたのだ。死なずにすんだのは、運がよかったとしかいいようがない。矢が放たれた瞬間、たまたま戦士のひとり、モーテンソンがローランの前に歩み出たのだ。石弓の矢はモーテンソンの背中から腹をつらぬいたうえ、ローランに深手を負わせるほどの威力をもっていた。モーテンソンはその場で息絶え、石弓を射ったやつの姿は消えていた。

五分後、あやしい物音を聞いて馬屋を見に行った戦士がふたり、魔法を使ったと思われる爆発で命を落とした。

そうした奇襲が、町のいたるところでおこなわれていたようだ。多くはガルバトリックスの密偵が手引きしているにちがいないが、ベラトーナの住民も無関係とはいえない。軍隊が町に攻めてきて、自分たちの家を占拠しようとするのを――いかにヴァーデン軍の意図が高潔なものであっても――彼らはただ手をこまねいて見ているわけにはいかないのだ。家族を守らねばならないという、住民たちの使命感はわかる。だが、ヴァーデンは彼らを傷つけるために来たのではない、助けに来たのだ。それがわからない愚かな住民たちに、いらだちをおぼえずにいられなかった。

ローランはひげののびたあごをかきながら、ドワーフが重い荷を積んだポニーをわきにどかせるのを待って、また泥道を進みだした。

やがて自分たちのテントが近くなってくると、洗濯をするカトリーナの姿が見えた。熱い石けん水の入ったたらいにかがみこみ、血のついた包帯を洗濯板にこすりつけている。ひじまで袖をまくりあげ、髪を無造作にゆわえ、頬を赤くしてはたらいているが、ローランにはその姿がこれ以上ないほど美しく見えた。カトリーナは彼の癒やしであり、避難所でもある。カトリーナの姿を見るだけで、混乱して、折れそうになっている心が元気になる。

ローランに気づいたとたん、カトリーナは洗濯物を放りだし、赤くなった手をスカートでふきながら走ってきた。ローランは胸に飛びこんでくる彼女をしっかりと受けとめた。わき腹に痛みが走り、ウッとうめきがもれる。

カトリーナは体をはなし、顔をゆがめた。「やだ！　痛かった？」

「いや……だいじょうぶ。かすり傷だ」

カトリーナはそれ以上きかず、こんどはもっとやさしく抱きしめ、ローランの顔を見あげた。目には涙が光っている。

ローランはカトリーナの腰を抱き、言葉では表わせないほどの感謝をこめて、キスをした。カトリーナはローランの左腕を自分の肩にすうっとのせ、ローランはおとなしく彼女の肩を借りて歩きだした。

テントの前までもどると、ローランは大きく息を吐いて、椅子がわりの切り株に腰をおろした。そばの小さなかまどで火が燃えている。カトリーナがたらいの湯をわかした火で、いまはシチューがグツグツ煮えている。

カトリーナはローランのためにシチューをよそい、テントのなかからビールとパン半切れとチーズをもってきた。「ほかにほしいものは?」いつになくかすれた声でたずねた。

ローランはこたえるかわりに、彼女の顔を両手ではさみ、親指で頬をそっと二度なでた。カトリーナはぎこちなくほほえんでローランの手にふれ、気持ちをふるいたたせて洗濯にもどっていく。

ローランは皿の食べものをしばらく見つめてから、ようやく口にもっていった。まだ緊張がとれないせいか、胃が食べものを受けつける自信がない。だがパンをかじっているうちに食欲がもどってきて、シチューを一気にかきこんだ。

食事がすむと、皿を地面に置き、火のそばで手をあたためながら、マグに残ったビールをゆっくりと味わった。

「門がくずれたとき、音がここまで聞こえたのよ」カトリーナはぬれた包帯をしぼりながらいった。「意外に早く陥落したのね」

「ああ……味方にドラゴンがいるからね」

カトリーナはとなりのテントとのあいだにわたした仮設の物干しロープに、洗った包帯を干している。ローランはカトリーナのおなかに目を注いだ。おなかの子ども――ふたりの子どものことを思うたびに、心底誇らしい気持ちになるが、そこには一抹の不安もある。生まれてくる赤ん坊に、安全な家をあたえられるかどうか、わからないからだ。出産のときまでにこの戦が終わらなければ、カトリーナは彼のもとをはなれ、比較的安全なサーダで子どもを育てると決めている。

彼女を二度と失いたくない。

カトリーナはまた別の包帯をたらいにひたした。「それで、市街戦はどうだったの?」と、湯をかきまぜながらたずねる。「うまくいったの?」

「大変だったさ。エラゴンでさえ苦戦を強いられた」

「車輪のついた弩砲《バリスタ》があったと、負傷した戦士が話してたわ」

「ああ」ローランはビールで舌を湿らせてから、ヴァーデンがベラトーナをどう攻め落としたか、途中にどんな障害があったかを、大まかに話して聞かせた。「今日はたくさんの仲間を失ったが、もっとたくさん失ってもおかしくなかったんだ。それだけですんだのは、ジョーマンダーやマートランド隊長がうまく作戦を立てたからだ」

「でも、あなたやエラゴンがいなかったら、その作戦もうまくいかなかった。ふたりとも、本当に勇敢に戦ったわ」

ローランがハハッとひと声、大きく笑う。「それはな、どうしてだと思う？　本当のところ、戦士が十人いようが、ひとりとして本気で敵を攻めてるやつがいないからなんだ。エラゴンは気づいてないさ。あいつはつねに先陣を切って、帝国軍に向かっていたからな。だが、おれは気づいてる。ほとんどの連中が前に出るのをしぶって、よほどのことがないかぎり本気で戦おうとしない。武器をふりまわして派手な音をたてちゃいるが、じっさいはなんにもしてないのさ」

カトリーナは、あぜんとしている。「どうして？　みんな、そんなに臆病なの？」

「さあね。ただ……たぶん、相手の顔をまともに見て殺すことに、抵抗があるんだろうな。背中を向けてるやつを切るほうが、まだマシらしい。だから、自分たちのやりたくないことを、かわりにやってくれるやつを待つんだ。おれみたいなやつをな」

「ガルバトリックスの兵士たちにも、同じためらいがあると思う？」

ローランは肩をすくめた。「あるかもしれない。でも、ガルバトリックスにしたがうしかないんだ。戦えと命じられれば戦うさ」

「ナスアダだって、同じようにできるはずだわ。戦士たちが任務をおこたらないように、呪文をかけてもらうことだって――」

「それじゃあ、ナスアダもガルバトリックスと同じになってしまう。いずれにしろヴァーデンの戦士たちが、そんなことみとめるわけがない」

カトリーナは洗濯物から手を放し、ローランに近づいて額にキスをした。「あなたがやったこと、誇りに思うわ」つぶやくと、たらいの前にもどり、またよごれた布を洗濯板にこすりだした。「今日、指輪から感じたの……あなたに何かあったのかと思った」

「戦闘の真っただ中だったんだ。たえず何か感じても不思議じゃないさ」

カトリーナはたらいの水のなかで手をとめた。「いままでは感じなかったわ」

ローランはそこで、時間かせぎにビールを飲みほした。城塞で自分の身に起きたことのすべては、本当ならカトリーナには聞かせたくない。だが、カトリーナは真実を知るまで、安心して眠れないだろう。ごまかそうとすれば、かえってじっさいの話より悪いことを想像してしまう。それに、何があったかは、じきにヴァーデンじゅうに知れわたる。いまかくしたところで意味がない。

ローランはカトリーナに話すことにした。城の壁の崩壊はささいな事故で、死ぬような目にあったとは思われないよう、大まかに説明しようとした。だが自分の体験を語ることはむずかしく、何度も言葉に詰まった。話しおえると、ローランは記憶におしつぶされそうになり、だまりこんだ。

「少なくとも、あなたは難をまぬがれた」カトリーナはいった。

ローランはマグのひびを指ではじいた。「ああ」

水の跳ねる音がやみ、ローランはカトリーナの視線を全身にずっしりと感じた。

「あなたはこれまで、もっとずっと危険な目にあってきたのよね」

「まあ……そうだ」

カトリーナはやさしく声をかけた。「じゃあ、どうってことないじゃない?」ローランがこたえずにいると、彼女は続けた。「話してもらえないことが、何よりもつらいのよ。わかってるでしょう?」

マグカップをまた指ではじくと、親指の爪が割れた。割れた爪を人さし指で何度もこすってから、ローランはいった。「壁がくずれたとき、おれは死ぬと思ったんだ」

「だれだって思うわ」

「ああ、だがおれは、それでもいいと思ったんだ」苦痛の表情でカトリーナを見る。

「わからないか？　あきらめたんだ。逃げられないと気づいたとき、市場に連れていかれる子ヒツジみたいに、おとなしく死を受けいれたんだ。おれは――」

ローランは言葉に詰まり、マグを置いて、顔を手でおおった。嗚咽《おえつ》がのどにこみあげ、息ができなくなる。肩にカトリーナの手がふれるのを感じた。「おれはあきらめたんだ」怒りと嫌悪を自分にぶつける。「戦うのをやめたんだ……きみがいるのに……子どもが生まれてくるのに……」声が続かなくなる。

「さあ、もういいわ……」カトリーナはつぶやいた。

「あきらめたことなんかなかったのに。いままで一度も……きみがラーザックにさらわれたときだって」

「そうよ。わかってるわ」

「この戦いは終わらせなきゃならないんだ。こんなふうにいつまでも続いてたら……おれはもう……」ローランは顔をあげ、ハッとした。カトリーナも、いまにも泣きだしそうな顔をしている。ローランは立ちあがると、彼女をしっかりと抱きしめ、ささやいた。「ごめん……本当にごめんよ。悪かった……もう二度とあきらめたりしない。約束する」

「そんなことはどうでもいい」肩に顔をうずめたまま、カトリーナはくぐもった声でいった。

ローランはカトリーナの言葉に傷ついた。「おれは弱い男さ。でも、約束するという言葉ぐらいは信じてほしい」

「そういう意味じゃないの！」カトリーナは声をあげ、体をはなして、責めるような目でローランを見た。「ローラン、あなたはバカね」

ローランは苦笑した。「わかってる」

カトリーナはローランの首にしっかり抱きついた。「壁がくずれたとき、たとえどんな気持ちになったとしても、わたしはあなたを見くだしたりしないわ。いちばん大事なのは、あなたが生きてるってことだから。ねえ、壁がくずれていくとき、あなたに何かできることはあった？」

ローランは首をふった。

「じゃあ、何も恥じることはないわ。崩壊をとめられたのにとめなかったとか、逃げられたのに逃げなかったというなら、わたしはあなたに失望する。でも、あなたはやれることはすべてやった。手をつくしたうえで、無意味にさわいだりせず、運命を受けいれようとした。それは分別があるからよ。弱いからじゃないわ」

ローランは頭をさげ、カトリーナの額にキスをした。「ありがとう」

「それに、わたしにいわせれば、あなたはアラゲイジアじゅうでいちばん勇気があって、強くて、やさしい人よ」

ローランはカトリーナのくちびるにキスをした。緊張から解き放たれたように、カトリーナが笑い声をあげる。そして、ふたりにしか聞こえないメロディに合わせ、そのままいっしょに体をゆらしつづけた。

やがてカトリーナが体をポンとつきはなして洗濯にもどっていくと、ローランはまた切り株の椅子に腰をおろした。体のいたるところが痛むが、戦いおえて初めて、満ち足りた気持ちになれた。

テントの前を戦士や馬や、ときにはドワーフやアーガルたちが、とぼとぼと通りすぎていく。ローランは彼らの傷の具合や、武器や武具の状態を観察して、ヴァーデン軍のいまの雰囲気を読みとろうとした。ひとつだけはっきりいえるのは、アーガルをのぞくすべての戦士に、まともな睡眠と食事が必要だということ。そして、すべての戦士――とくにアーガル――は、頭からつま先まで、石けん水とブタ毛のブラシでみがくべきだということだ。

ローランはカトリーナに目をうつした。最初は楽しげに洗濯をしていたのに、いまはずいぶんいらいらしている。こすってもこすっても、包帯のよごれが落ちないのだ。顔をしかめ、小声で文句をいっている。

カトリーナが布を洗濯板にたたきつけ、あたりに水や泡が飛びちった。くちびるをぎゅっと結んで、たらいにかがみこむカトリーナを見て、ローランは切り株から腰をあげた。

「かしてごらん」近づいて声をかける。

「あなたのやることじゃないわ」カトリーナはぼそっといった。

「つまらないことというな。あそこにすわってるといい。おれが洗っちまうから……さあ、ほら」

カトリーナがかぶりをふる。「だめよ。休まなきゃならないのは、わたしじゃなく、あなたよ。それに、これは男の仕事じゃないわ」

ローランはフンと鼻を鳴らした。「だれが決めた？　男の仕事とか、女の仕事とか、要は必要なことをやるってことだ。さあ、あっちへ行って。すわれば気分もよくなるさ」

「ローラン、わたしはだいじょうぶよ」

「バカをいうんじゃない」ローランはやさしくどかそうとするが、カトリーナはたらいの前からがんとして動かない。

「だめよ。ほかの人にどう思われることか」カトリーナはテントのそばのぬかるみを行きかう男たちをさして、そういいはった。

「ほかのやつがどう思おうと知ったことじゃない。おれは、だれとでもない、きみと結婚したんだ。きみを手伝って、おれの男がさがるなんていうやつがいたら、そいつはアホだ」

「でも――」

「でもじゃない。さあ早く、行った行った」

「でも――」

「議論は終わりだ。いうことをきかないなら、おれがあそこまで運んでいって、切り株にしばりつけるぞ」

カトリーナのしかめっ面が、とまどいの顔に変わった。「嘘《うそ》でしょ?」

「嘘《うそ》じゃない。さあ、よけて！」たらいの前をしぶしぶゆずるカトリーナに、ローランはおこった声でいった。「がんこ者め！」

「それは自分でしょ。あなたのがんこさは、ラバにも負けないわ」

「そんなことはない。おれはがんこなんかじゃない」ローランはベルトをはずし、鎖《くさり》帷子《かたびら》のシャツをぬいで、テントの支柱にかけると、手袋をぬいでチュニックの袖をまくりあげた。空気は肌に冷たく、包帯は――洗濯板にさらしっぱなしになっていたせいで――もっと冷たいが、たらいの湯は温かく、じきに布も温かくなってきたので苦にならなかった。ごつごつとした洗濯板に布をこすりつけるたびに、手首のまわりに虹色の泡の山ができていく。

ちらっと目をやり、カトリーナがすわってくつろいでいるのを見て、ローランは安心した。でこぼこした切り株の椅子で、どれほどくつろげるかはわからないが。

「あなた、カモミール茶はいかが？」カトリーナが声をかけてきた。「今朝、ガートルードに新鮮な茶葉をいただいたの。ポットにいれてくるわ」

「いいね」

ふたりだけの心地よい静寂のなか、ローランは黙々と洗濯物をかたづけていった。

作業をこなすうちに、だんだん気分も晴れてきた——槌《つち》をふりまわさずにすむことがうれしいし、カトリーナがそばにいるだけでこのうえなく満たされた気持ちになる。

最後の洗濯物をしぼり、いれたてのお茶をカトリーナといっしょに飲もうとしたとき、混雑する道の向こうから、ふたりの名を呼ぶ声がした。

人や馬のあいだをぬって、革のエプロンをした男がぬかるんだ道を走ってくる。鍛冶屋の息子バルドルだった。ひじまである分厚い手袋はすすがこびりつき、指の部分は使いこんでカメの甲羅のようにかたく、つるつるになっている。ぼさぼさの黒髪を革のバンドでおさえ、額にしわを寄せている。父親のホーストや兄のアルブレックより背が低いとはいえ、じゅうぶんに大柄で筋骨たくましい体をしている。小さいころから鍛冶場で父親の手伝いをしてきたおかげだ。

親子三人はこの日、だれもベラトーナの戦いに参加していない。貴重な鍛冶職人を戦いで失うわけにいかないからだが、ローランはナスアダに例外をみとめてほしいと思っている。窮地におかれたとき、彼らはもっとも信頼できる有能な戦士たちだ。

ローランは何かまずいことでも起きたのかと、洗濯物を置き、手をふいて待った。カトリーナも切り株から腰をあげ、ローランに近づいてくる。

走ってきたバルドルは、呼吸を整えると、あわてた口調でいった。「急いで来てくれ！　おふくろのお産が始まって――」

「場所は？」カトリーナがすかさずたずねる。

「おれたちのテント」

カトリーナはうなずいた。「すぐに行くわ」

バルドルは感謝の笑みを浮かべ、また走っていった。

カトリーナがテントのなかで仕度するあいだ、ローランはたらいの水で火を消した。薪がジュッと音をたて、いやなにおいの蒸気がふきあがる。

不安と興奮からか、体が自然にてきぱきと動いた。

命に別状がないといいが……。

エレインの年齢と、予定日をかなりこえてしまったことを、女たちが心配そうに話していたのをおぼえている。自分やエラゴンに昔からずっとやさしかったエレイン。ローランにとっては母親のような存在だ。

「用意はいい？」カトリーナが青いスカーフを頭にまいて、テントから出てきた。

ローランはベルトと槌《つち》をつかみとった。「うん、行こう」

08

痛みの価値

「さあナスアダさま、これはもう必要ありませんね。ようやくやっかい払いできますよ」

侍女のファリカが、ナスアダの前腕から亜麻布の包帯を静かにはがしていく。部族の将軍ファダワーと〈ナイフの試練〉で度胸くらべをした日から、ずっとまいていた包帯だ。

ファリカが包帯をはずすあいだ、ナスアダはすりきれて穴のあいた長いタペストリーに目を向けていた。意を決し、ゆっくりと視線をさげる。〈ナイフの試練〉で勝利したあと、傷を見るのは初めてだ。生々しい傷痕はとても直視できず、じゅうぶんに癒えるまで見るのをさけてきたのだ。

前腕の傷痕は左右対称ではない。左腕に六本、右腕に三本、長さ八センチから十センチの傷がまっすぐに走っている。右腕のいちばん下の、ほかの傷より長さが倍でジグザグになっているのは、痛みに耐えきれずナイフがそれたところだ。

傷の周囲は皮膚にしわが寄り、薄いピンクに変色していた。だが傷そのものは、ナスアダの黒い肌の色より多少うすくなった程度で、心配したほど白くなってはいない。これなら、さほど目だたないだろう。皮膚の表面から五、六ミリ、かたくもりあがった傷痕は、まるで細い鉄の櫛《くし》が入っているかのようだ。

ナスアダは傷痕を、複雑な思いで見つめた。

遊牧の民である部族の習慣は、子どものころ父親に教わっているが、ナスアダはほとんどの人生をヴァーデンとドワーフのなかですごしている。遊牧民の儀式は、宗教にかかわるものぐらいしか――それも、たまにしか――おこなっていない。部族伝統の〈太鼓踊り《ドラムダンス》〉を習得したいと思ったことも、根気のいる〈名前呼びの会〉に参加したいと思ったこともないし、何より、〈ナイフの試練〉で人を負かしたいと思ったことなど一度もない。

しかしいまこうして、まだ若く美しいさかりの娘でありながら、ナスアダは腕に九つの大きな傷を負うことになった。もちろん、ヴァーデンの魔術師に命じて、傷痕を消してもらうこともできるが、それでは〈ナイフの試練〉の勝者の権利を放棄することになる。遊牧の民にも、君主としてみとめてもらえなくなるのだ。

すべすべとしたきれいな腕で、殿方の目を引くことはもうないだろうと思うと悔しいが、ナスアダは傷痕が誇らしくもあった。それは勇気の証であり、ヴァーデン軍への献身をおのずと表わすものだ。だれが見ても、ナスアダの人格がひと目でわかるだろう。それこそが、容姿のよしあしより重要なことなのだ。

「どうですか？」ナスアダは腕をのばし、サーダ国のオーリン王に問いかけた。

書斎の窓辺で町を見おろしていたオーリン王は、ふりかえって顔をしかめた。眉間に寄せた深いしわで、目が黒くかげって見える。いまは鎧兜《よろいかぶと》をぬいで、厚手の赤いチュニックに、白い毛皮でふちどられたローブをはおっている。「気味が悪いね」といって、町の景色に視線をもどす。「かくしておきなさい。おおやけの場では不適切だ」

ナスアダは腕をじっと見つめていった。「いいえ。かくしたりしません」半袖のレースの袖口をおろし、ファリカを部屋からさがらせる。

中央にしかれた豪華なドワーフ製のラグを横ぎって、窓辺のオーリンに歩みよると、戦火の跡を見わたし、ほっとした。西の防壁のほうは、二か所を残してすべて鎮火している。ナスアダはオーリンに視線をうつした。ヴァーデン軍とサーダ国が、帝国軍に攻撃を始めてからの短期間で、オーリン王は人が変わったようにまじめになった。好奇心旺盛な変わり者という印象はうすれ、いまはつねにけわしい顔をしている。ナスアダは最初、その変化を歓迎した。オーリン王が大人になったように感じたからだ。しかし戦が長引くにつれ、自然哲学について熱心に語っていたころのオーリンを、なつかしく思うようになった。たまにいらいらさせられることはあっても、彼のとっぴな行動で気持ちが晴れることも多かった。

何より、オーリンはその変化によって、ライバルとして危険な存在になった。最近の様子を見ていれば、オーリンがヴァーデン軍の指揮官の座をねらっていることは、容易に想像できる。

この人と結婚したら幸せになれるのだろうか？　ナスアダは思いうかべてみた。

容姿は悪くない。高くほっそりとした鼻に、がっしりとしたあご、かすかに口角のあがった表情ゆたかな口。長年の武術の稽古で鍛えた体はたくましい。知的であることはまちがいないし、性格もおおむね好感がもてる。

しかし、ナスアダはわかっている。もしオーリンがサーダ国の王でなければ、もし自分の地位やヴァーデンの独立性をこれほど脅かしていなければ、結婚など考えてもみないだろう。

この人は果たしていい父親になれるのだろうか?

オーリンは細い石の窓枠に手をのせてもたれかかると、ナスアダのほうを見ずにいった。「アーガルとの同盟はやめるべきだ」

ナスアダは不意を打たれた。「どうしてまたそんなことを?」

「われわれにとって、害でしかないからだ。本来なら仲間であるはずのベラトーナの人間たちが、怪物と同盟を組んだことで、われわれを嫌悪する。われわれが家に乗りこんでも、武器をすてようとしない。アーガルと手を組んだわれわれより、それに対抗しているガルバトリックスのほうが、公正で分別があるように思えるからだ。なぜアーガルの仲間になるのか、ふつうの人間には理解できないんだ。アーガルがガルバトリックスに利用されたことも、シェイドの指揮でトロンジヒームを攻撃させられたことも、ふつうの民は知らないんだから。おびえきった農夫に、そういうこまかいことを説明できるものではない。彼らがわかっているのは、ずっと昔から忌みきらい、恐れてきた怪物たちが、自分の家にせまっているということだけだ。しかもその先頭にいるのは、火をふく巨大なドラゴンと、人間よりエルフに見えるようなライダーだ」

「アーガルの協力は必要です」ナスアダがいった。「戦士の数が少なすぎるから」

「どうしても必要ということはないはずだ。わたしの言い分が正しいことは、きみもわかっているんだろう？　そうじゃなければ、なぜベラトーナの攻撃にアーガルを参加させなかった？　なぜ町に入るなと命じた？　連中を戦場から遠ざけておくだけでは不十分なんだよ、ナスアダ。アーガルと手を組んだ話は国じゅうに知れわたっている。状況を打開するには、この不吉な計画を終わらせることだ。さらなる害をもたらさないうちにね」

「無理だわ」

オーリンがいきおいよくふりむき、怒りでゆがんだ顔をナスアダに向けた。「きみがアーガルの指揮官ガルジヴォグの協力を受けいれたことで、人々が死んでいるんだぞ。わたしの兵も、きみの戦士も、帝国兵も……みな死んで、埋められていく。この同盟に、彼らの命を犠牲にするだけの価値はない。なぜきみがそれほどこだわるのか、わたしにはまったく理解できない」

ナスアダはオーリンの視線をまともに受けとめられなかった――夜、眠ろうとするとき、いつものように襲ってくる罪悪感や自己批判が、痛烈によみがえってくるからだ。ナスアダは、町のはずれに目をやり、高い塔から立ちのぼる煙を見つめながら、ゆっくりと口をひらいた。「わたしがこだわる理由は、アーガルとの同盟を続けることで、より多くの命を救えると期待しているから……もしガルバトリックスを倒せば――」

オーリンが信じられないという声をあげる。

「確信はありません」ナスアダが言葉をついだ。「それはわかっています。でも、わたしたちは可能性にそなえる必要がある。ガルバトリックスを倒したあと、わたしたちがしなければならないのは、人々をこの戦いから立ちなおらせ、帝国の廃墟《はいきょ》から、新しい強い国をつくること。そうした過程のなかで初めて、百年におよぶ長い戦いのすえ、わたしたちは平和を手にすることができる。それが、ガルバトリックスを倒したあとのいちばん弱いときに、アーガルに攻撃されたのでは意味がないではありませんか」

「やつらはいずれ攻撃してくるさ。昔からずっとそうだった」

「じゃあ、ほかに方法があるというんですか？」ナスアダはいらだっていた。「アーガルをうまくしたがわせるようにすべきです。わたしたちの大義でしばったほうが、刃向かわれる可能性は少なくなるはずだわ」

「方法ならある」オーリンはうなった。「追い出すことだ。ナー・ガルジヴォグとの契約を破棄し、アーガルを追いはらえばいい。この戦いに勝利したあとで、新たに連中と条約を結べばいい。われわれは望みどおりの条件を出せる立場にあるはずだ。あるいは、もっといい方法は、エラゴンとサフィラ率いる大隊をスパインに送って、連中を完全に消しさることだ。何世紀も前にライダー族がすべきだったことをやればいい」

ナスアダはあぜんとしてオーリンを見た。「契約を破ったりしたら、アーガルは怒りくるい、ただちに攻撃してくるわ。帝国とアーガル、いっぺんに両方と戦うなんて無理です。みずからそんな事態をまねくなんて、愚の骨頂だわ。分別あるエルフやドラゴンやライダー族が――かんたんにアーガルをほろぼす力があるにもかかわらず――その存在をゆるしてきたのよ。わたしたちもその例にならうべきだわ。彼らは、アーガル族を絶滅させるのはよくないと思った。あなたにもわかってほしい」

「分別だと？　ふん！　彼らの分別が、何かよい結果でももたらしたというのか？　では、ある程度は生かしておこう。だが、今後百年以上、根城から一歩も外に出られないように、あとはみな殺してしまえ！」

オーリンの苦しげな声と張りつめた表情に、ナスアダは首をひねった。いったい全体、何が彼をこれほど激昂《げっこう》させているのか？　こたえはすぐに浮かんだ。よく考えれば容易にわかることだった。

「ベラトーナでだれかを亡くしたのね……？」ナスアダは問いかけた。

オーリンは拳をにぎりしめ、窓の桟をぎこちなくこづいた。全身の力をこめてなぐりつけたいのに、それをおさえ、さらに二度こづく。「ボロメオ城でいっしょに育った友人だ。きみは会ったことがないはずだ。騎兵隊の副官のひとりだった」

「いったい何が？」

「ご想像のとおり。西門の近くで、馬屋を確保しようとしていたときだ、飛びだしてきた馬番に、熊手でいきなりつきさされた。われわれが追いつめると、その男は、アーガルのことをああだこうだとわめき、ぜったいに降伏しないとかさけんでいたが……たとえ降伏しても、無駄というもの。わたしがこの手で切りすてた」

「そう……」

オーリンがうなずくと、王冠の宝石がきらりと光った。

「でも、いくらつらくても、悲しみで判断をくもらせてはいけない……むずかしいのはわかっている——ええ、もちろんわかってます！　でも、あなたはサーダの民のためにも、自分に強くならなくては」

「自分に強く？」オーリンは吐きすてるような口調でいった。

「そう。わたしたちは、ふつうの人たちより多くを求められる。だから、この責務にふさわしいと証明するには、ふつうの人より有能でいるようつとめなければ……わたしの父はアーガルに殺された。それでも、ヴァーデンのためになると思ったからこそ、アーガルとの同盟をためらわなかった。わが軍全体のために最善だと思えば、何者にもわたしをじゃまさせない。それがどんなに痛みをともなうことであっても」ナスアダは腕をあげ、オーリンに傷痕を見せた。

「では、それがきみのこたえというわけだな？　アーガルと関係を断つことはありえないと」

「ええ」

オーリンの冷静すぎる反応が、ナスアダを不安にさせた。

オーリンは窓枠をにぎりしめ、町に視線をもどした。指には四個の大きな指輪が光っている。そのうちのひとつ、アメジストの指輪の表面にきざまれているのは、サーダ国の紋章だ——ヒイラギの小枝をまたぎ、竪琴を見おろす、角の生えた牡《お》ジカ。それと対をなす砦《とりで》と高い塔。

「少なくとも」ナスアダはいった。「今回は、痛みを感じない兵士には遭遇しなかった」

「〝笑いながら死ぬやつら〟のことか」オーリンは、ヴァーデンのあいだで広まっている名を使って、ぼそっとこたえた。「それに、マータグとソーンもあらわれなかった。それが気にかかっている」

すこしのあいだ、ふたりは無言のままだった。

ナスアダは話題を変えてたずねた。「ゆうべの実験は？　うまくいったのですか？」

「疲れて実験どころではない。さっさと寝たよ」

「そう」

やがてふたりは暗黙の了解で、壁ぎわにおしやられた机に向かった。紙や帳面や巻物が山と積まれた光景を見て、ナスアダはため息をついた。ほんの三十分ほど前に、部下たちがきれいにかたづけたばかりなのに。

　ナスアダはいちばん上の、もうすっかり見なれた報告書に目を注いだ。ベラトーナの包囲戦のあいだに、ヴァーデンが捕らえた捕虜のうちわけだ。重要人物の名は赤インクで書かれている。その数についてオーリン王と話しあっていたとき、侍女のファリカが包帯をとりにやってきたのだ。

「どうすれば収拾がつくのか、さっぱりわからない」ナスアダは正直なところをいった。「捕虜のなかから、監視要員をつのることもできる。そうすれば、あまりたくさんの戦士を残していかずにすむだろう」

　ナスアダは報告書をつかみあげた。「ええ。でも、どの人間を使えばいいのか、選びだすのが大変。ヴァーデンの魔術師たちはもう死ぬほど消耗して、そんなことができる状態じゃないし……」

「魔術師の会ドゥ・ヴラングル・ガータは、古代語の誓いを破る方法を見つけたのか？」ナスアダが首をふると、オーリンはさらにたずねた。「なんの進展もないと？」

「使えそうなものは何も。いちおう、エルフにもきいてみたんです。でも、彼らが長い歳月をかけても、わたしたちがこの数日で得た以上の収穫はなかったらしい」

「その問題だけは、いますぐにでも解決せねば、戦いに支障が出てくるぞ」オーリンがいった。

ナスアダはこめかみをおさえながらこたえた。「わかっています」

帝国に攻めいった場合、どんな課題に直面するか？　ファーザン・ドゥアーのドワーフのもとをはなれる前、ナスアダはあらゆる課題を予測したつもりだった。しかし、いま直面しているこの問題は、まったくの想定外だ。

問題が初めてあきらかになったのは、〈バーニングプレーンズの戦い〉のあとだった。帝国軍のすべての指揮官、そして兵士たちの大部分が、ガルバトリックスに古代語による忠誠の誓いを立てさせられていたのだ。彼らをけっして信用してはいけないと、ナスアダとオーリンはすぐに気づいた。たとえガルバトリックスと帝国が崩壊したあとでも、それは変わらないだろう。その結果、帝国から逃亡してくる者があっても、古代語の誓いにしばられているかぎり、ヴァーデンの仲間に加えるわけにはいかないのだ。

当初は、ナスアダもさほど深刻に考えていなかった。戦争に捕虜はつきものだ。オーリン王との取り決めで、捕虜はサーダ国に送り、土木工事や採石や運河づくりなどの労働につかせることになっていた。

ところが、ファインスターの町を征圧したとき、初めてその問題が重くのしかかってきた。

ガルバトリックスの送りこんだ密偵が忠誠の誓いを立てさせたのは、ファインスターの帝国兵だけにとどまらなかったのだ。貴族やそれに仕える役人、無作為に選ばれたような一般の民までが、無理やり誓いを立てさせられていた――ナスアダは、その数すべてを把握しているとは思っていない。だが特定できた者については、ヴァーデンをむしばむことのないよう、監禁する必要がある。ヴァーデンに加わることを望む人間で、信頼のおける者をさがすのは、ナスアダが想像するよりはるかに困難なことだった。

監禁する人数が多くなったせいで、ファインスターに残す戦士の数も、当初の予定の倍にふやさねばならなかった。また大量の民が収監された町は、ほとんど機能が麻《ま》痺《ひ》している。町を飢えから守るには、ただでさえ不足しているヴァーデン本隊の兵糧を、そちらにまわさなければならない。その状況が長くもつはずもないのに、そこにまたベラトーナが加わったのだ。

「ドワーフ軍の到着がおくれているのが痛いな」オーリン王がいった。「彼らがいれば、ずいぶん助かるのに」

ナスアダもうなずいた。いまヴァーデンにはドワーフが数百人しか残っていない。あとは、故フロスガー王の葬儀と、王の後継者選びのためにファーザン・ドゥアーにもどった。そのことでナスアダは何度グチったことか――。

戦のあいだだけ代理の王をおくよう説得をこころみたが、ドワーフ族は石のようにがんこで、伝統の儀礼でおこなうといってゆずらない。その結果、戦闘のさなかに、ヴァーデンをほったらかしていなくなってしまった。

結局、ドワーフ族は新しい王として、フロスガーの甥《おい》オリクを選び出し、ふたたびヴァーデンに合流するため、はるか遠いビオア山脈を出発した。いまこうしているあいだも、サーダの北の――トゥードステン湖とジエト川のあいだあたりの――広大な原野を行進しているはずだ。

ナスアダは、ドワーフ軍が到着しても、すぐに戦える状態かどうか気がかりだった。元来、ドワーフ族は人間よりじょうぶとされているが、それでも、この二か月ずっと歩きっぱなしなのだ。どんなにがんじょうな種族といえど、疲労は相当なものだろう。

来る日も来る日も同じ景色ばかりで、うんざりしているにちがいない。

「いまでも手にあまるほど捕虜がいるのに、この先ドラス＝レオナを征圧したら……」ナスアダはかぶりをふった。

オーリンが急に活気づいたようにいった。「いっそのこと、ドラス＝レオナは回避したらどうだろう？」机に積まれた大量の用紙をかきわけ、ドワーフがつくったアラゲイジアの地図を見つけだすと、報告書の山の上に大きく広げた。

机の上がでこぼこしているせいで、地形の様子が変わって見えた。ドゥ・ウェルデンヴァーデンの西に山々がある。ビオア山脈には盆地、ハダラク砂漠には渓谷、スパイン山脈の北端は――下にならんだ巻物のせいで――波打っている。

「ほら」オーリンが中指で地図をさし、ベラトーナから首都ウルベーンまでの道すじをたどる。「ここをまっすぐ進めば、ドラス＝レオナに近づかずにすむ。一気に横断するのはむずかしいだろうが、やってできないことはない」

オーリンの提案は考慮するまでもなかった。すでにその方法は考えてみたのだ。

「リスクが大きすぎます。たとえ迂回《うかい》しても、ドラス＝レオナの帝国兵が攻撃してくるでしょう。ヴァーデンの密偵によると、ガルバトリックスはドラス＝レオナに相当な兵を配備しているらしいし、へたをすれば、わたしたちは一度にふた手から攻撃されることになる。そうなれば、この戦自体、敗北は決まったようなもの。やはり、ドラス＝レオナの征圧は不可欠です」

　オーリンは軽くうなずいて、ナスアダの言い分をみとめた。「では、アロウの軍隊も呼びもどさねばなるまい。ドラス＝レオナに侵攻するなら、ありったけの戦士を召集せねば足りないだろう」

「ええ。アロウの包囲戦は、なんとか今週じゅうに終わらせるつもりです」

「エラゴンを送らずにすむよう願いたいものだな」

「ええ。そこは別の作戦を考えています」

「なるほど。それで、当面は？　これらの捕虜をいったいどうする？」

「これまでどおり、監視と囲いと南京錠で対処するしかない。呪文で行動を制限すれば、あまり厳重な監視もいらなくなるでしょう。ほかに解決策は思いつかない。みな殺しにする以外。でも、わたしは――」ガルバトリックスを倒すためとはいえ、やってはいけないこともある。「わたしは……そんな過激な手段にはたよりたくない」

「たしかに」オーリンは地図の上でコンドルのように肩をいからせ、ベラトーナとドラス＝レオナとウルベーンを結ぶ、かすれたインクの三角形をのぞきこんだ。

地図をにらんでいるオーリンに、ナスアダはたずねた。「ほかに対処すべきことは？ジョーマンダーに指示を伝えなければ。長老会議もわたしの出席を待っているので」

「心配だ」

「何が？」

オーリン王は地図を手ではらった。「この作戦そのものが、最初からまちがっていたのではないかと……われわれの部隊も同盟軍もいま、危険なほどあちこちに散らばっている。もしガルバトリックスがみずから戦いに乗り出す気になれば、わが軍隊など、サフィラに襲われるヤギの群れ同様、ひとたまりもない。われわれの戦略は、ガルバトリックスとの直接対決に、エラゴンとサフィラと、できるだけ多くの魔術師を動員することにかかっているんだぞ。しかし現時点で、部隊にはほんの少数の魔術師しかいないではないか。ウルベーンでイズランザディのエルフ軍と合流するまで、すべての魔術師を一か所に集めることはできない。つまりそれまでは、悲惨なぐらい無防備ということだ。傲慢さがガルバトリックスをおしとどめているというのはあくまでも推測で、こっちの罠《わな》が準備できるまでやつがじっとしている保証はどこにもないのだぞ」

その不安はナスアダも同じだった。だがいまは、オーリン王に共感するより、自信をもたせることのほうが大切だ。王の決意がゆらいでは、任務のさまたげになり、部下の士気にも影響をおよぼす。「まったく無防備というわけではないわ」ナスアダはいった。「いまはちがう。ダウスデルトを手に入れたのだから。ガルバトリックスとシュルーカンが根城から出てきたとしても、あの槍《やり》があれば、もしかしたら本当に殺せるかもしれない」

「そうだろうか」

「それに、心配してもしょうがない。ドワーフたちを急かして連れてくることはできないし、わたしたちも一足飛びにウルベーンへ進軍はできない。かといって、このましっぽをまいて逃げるわけにもいかない。だから、いまの状況をあまり思い悩むのはやめましょう。わたしたちにできるのは、いさぎよく運命を受けいれる努力をすること。ガルバトリックスの出方をあれこれ予測して、動揺するのだけはぜったいにいや。わたしはそんなふうに、ガルバトリックスに自分の心を支配されたくはない」

09
産声と慟哭《どうこく》

さけび声が響いた。耳をつんざくような、甲高く耳ざわりな声。人間のものとは思えない。

エラゴンは、針でつつかれたように体をこわばらせた。

一日の大半を、戦って死ぬ男たちを目にし、みずからの手でおおぜい殺してきたにもかかわらず、エレインの苦悶《くもん》の声を聞くと、恐怖をおぼえずにいられなかった。その声のすさまじさに、無事に出産できるのかどうか不安になる。

エラゴンのすわる樽《たる》の横では、アルブレックとバルドルが地面にしゃがんでいた。太い指で足もとの草を一本ずつ引きぬいては、葉や茎をこまかくちぎっている。額には汗がにじみ、けわしい目にはいらだちと絶望が浮かんでいる。アルブレックとバルドルはときどき視線をかわしたり、母親のいるテントのほうを見たりするだけで、まわりをいっさい遮断して、ひたすら地面をにらんでいる。

すぐそばでローランも樽《たる》にすわっていた。横向きに寝かせた樽が、体を動かすたびにぐらぐらゆれる。

テントのまわりのぬかるんだ道には、カーヴァホールの村人数十人が集まっていた。大半がホーストの友だちやその息子たちだ。女たちは、治療師のガートルードとともにエレインの出産を手伝っている。

そのうしろに、そびえたつようにサフィラがいた。首は弓のようにしなり、尾が狩りをするときのように痙攣《けいれん》している。紅色の舌をシュッシュッと出して、空気の味からエレインや赤ん坊の情報をかぎとろうとしている。

エラゴンは筋肉痛になっている左腕をさすった。もうここで待ちはじめて数時間になる。夕暮れも近い。あたりの影が、まるで地平線へとどこうとするかのように、黒く長くのびている。空気がひんやりとしてきた。蚊やレースの翅《はね》をもつカワトンボが、近くのジエト川から飛んできている。

またさけび声が静寂を破った。

村人たちの体がびくっと動き、厄払いの身ぶりをしたり、近くの者と小声で言葉をかわしたりしている。いくら声をしのばせても、エラゴンにすべてはっきりと聞こえてきた。エレインの出産がいかにむずかしいか、噂《うわさ》している。ある者は神妙な声で、早くしないと母子ともにあぶなくなるといっている。

またある者がいう。「女房を亡くすなんて、平時にだって大変なことだ。ましてこんなときに、こんな場所で……」

「まったく運の悪い……」

エレインの難産はラーザックのせいだという声や、ヴァーデンに合流するための旅のせいだという声もある。

アーリアが出産を手伝うことに不信感をしめす声も、ひとつやふたつではなかった。

「あの女は人間じゃなくエルフだぞ」大工のフィスクがいう。「自分の種族のところにいりゃあいいものを。たのんでもいないのに、首をつっこまないでもらいたいな。どんな魂胆か、わかったもんじゃないだろう?」

ありとあらゆることが聞こえてきたが、エラゴンはそれを顔に出さず平然としていた。鋭い聴覚のことを知れば、村人たちは気まずい思いをするだけだ。

樽《たる》をきしませ、ローランが身を乗り出した。「おれたちに何かできることは――」

「ない」アルブレックがこたえる。

エラゴンは外套《がいとう》をかきよせた。寒さが骨身にしみるようになってきた。だが、エレインの試練が終わるまで、ここをはなれるつもりはない。

「あっ」ローランが興奮したように声をあげた。

アルブレックとバルドルが同時にふりむいた。

カトリーナがよごれた布をひとかかえもってテントから出てくる。入り口の垂れ布があいたとき、簡易ベッドに横たわるエレインと、その足もとにホーストと――だれかはわからないが――村の女が立ってるのが見えた。

カトリーナは男たちのほうをちらりとも見ずに、ノーラとフィスクの妻イソルドがぼろ布を煮沸しているかまどへ小走りで駆けていった。

ローランが身じろぎをして、樽が二度キーッときしんだ。カトリーナを追うかにも見えたが、ローランはその場にとどまった。アルブレックもバルドルも動かない。村人たちをふくめ、男たちはみなまばたきひとつせずに、カトリーナの動きを追っていた。

エレインのさけび声がまたあたりをつんざき、エラゴンは顔をゆがめた。苦痛はいっこうにおさまる気配がない。

またテントの入り口があいて、腕まくりをしたアーリアが飛びだしてきた。ほつれた髪をなびかせながら、近くのパビリオンへ足早に歩いていく。テントのかげに立っていたエラゴンの護衛のエルフ三人のうち、細面の女エルフ、インヴィデアと切迫した様子で話したあと、またエレインのテントのほうへもどっていった。

エラゴンはすぐにアーリアを追いかけ、たずねた。「どんな具合ですか？」

「よくありません」

「どうしてこんなに長くかかるんです？　呪文でお産を助けることはできないんですか？」

アーリアの張りつめた表情が、さらにけわしくなった。「できます。わたくしが詠唱すれば、最初の三十分で子宮から赤ん坊を出してあげられたでしょう。ですがガートルードや村の女性たちは、わたくしにかんたんな呪文しか使わせてくれない」

「バカな！　なぜです？」

「魔法を、わたくしを恐れているのです」

「じゃあ、害はないといえばいい。古代語でそう告げたら、彼女たちはあなたを信じるしかなくなる」

アーリアは首をふった。「そんなことをすれば、状況を悪化させるばかり。自分たちの意志に反して、言いなりにされると思い、わたくしを追いはらうでしょう」

「カトリーナなら——」

「彼女のおかげで、かろうじてかんたんな呪文だけは使わせてもらえたのです」

またエレインの悲鳴が響いた。

「痛みをやわらげることもさせてくれないんですか？」

「この程度のことしか」

エラゴンはテントのほうへ向きなおり、「それなら——」と、歯を食いしばってうなった。

アーリアの手がエラゴンを引きとめた。左腕をつかまれ、当惑してふりかえると、アーリアは首をふった。「いけません。長い時をへてきた風習です。あなたが割って入れば、ガートルードに恥をかかせ、反感を抱かせる。村の女性たちを敵にまわすことになります」

「そんなことはかまわない！」

「ええ。でも、信じて――いまはほかの人たちとここで待つことが、いちばん賢明なのです」それを強調するように、アーリアはエラゴンの腕を放した。

「あんなに苦しんでいるのに、放っておくことなんてできない！」

「よく聞いて。あなたはここにいたほうがいいのです。エレインはわたくしがかならず助けます。約束しますから、あなたはあそこに行かないで。無用ないさかいと怒りをまねくだけ……」

エラゴンはすこし迷ったあと、いらだたしげに顔をしかめ、お手あげとばかりに両手をふりあげた。エレインのさけび声がまた響く。「わかった」といって、アーリアの耳もとに近づいた。「でも、どんなことがあっても、エレインと赤ん坊を死なせないでください。何をしてもかまわないから、ぜったいに死なせないで」

アーリアは真剣なまなざしでエラゴンを見た。「子どもを殺すことなど、わたくしがゆるしません」

アーリアがテントのなかに消えるのを見とどけると、エラゴンはローランとアルブレックとバルドルのところへもどり、樽《たる》にぐったりと腰をおろした。

「彼女は何を?」ローランがたずねる。

エラゴンは肩をすくめた。「やれるだけのことは、やっているそうだ。ぼくらはここで待つしかない……それだけだ」

「もっといろいろしゃべってなかったか?」バルドルがいう。

「同じようなことのくりかえしさ」

太陽がオレンジ、深紅としだいに色を変えながら、地平線に近づいている。西の空に浮かんだ嵐のなごりのちぎれ雲が、夕日と同じ色に染まっている。ツバメの群れが空から舞いおりてきて、蛾《が》やハエや、そのほかの飛ぶ虫たちを夕食にしている。

時間とともに、エレインの声に力がなくなってきた。いまはもうさけび声はときれ、低いうめき声がもれてくるだけだ。エラゴンはその声を聞きながら、背中がむずむずするほどもどかしさを感じていた。本当なら、いますぐにでもエレインを苦痛から解放してやりたいのに、アーリアの忠告に逆らうこともできない。エラゴンはしかたなくそこにすわり、爪を噛《か》みながら、サフィラとおざなりの会話をかわしていた。

太陽がついに地表に達し、巨大な卵の黄身のように、地平線にじわじわと広がってゆく。ツバメの群れにまじって、コウモリのかたい羽の音がかすかに聞こえてきた。

その鳴き声はけたたましく、エラゴンの耳につきささるほどだ。

そのとき、エレインのひときわ甲高いさけびが、あたりの音をすべてかき消した。二度と耳にしたくないと思うようなさけび声だった。

そして、深い静寂がおとずれた。

次の瞬間、赤ん坊の大きな産声が響きわたった——太古の昔から変わらぬその泣き声は、新しい命の誕生を告げるファンファーレだ。

アルブレックとバルドルがにっこりと笑い、エラゴンとローランも顔をほころばせた。待っていた男たちが歓声をあげる。

だが歓喜は長く続かなかった。テントのなかから、女たちの悲痛な泣き声が聞こえてきたのだ。エラゴンは恐怖で背すじが寒くなった。

「嘘《うそ》だ！」

エラゴンははじかれたように立ちあがった。まさか……まさか死ぬはずがない……アーリアと約束したんだから……。

エラゴンの心の声にこたえるように、アーリアがテントの垂れ布をあけ、信じられない速さでエラゴンのほうへ走ってきた。

「何があったんだ？」バルドルが飛びつくようにたずねる。

アーリアはそれにはこたえず、エラゴンにいった。「来てください」

「何があったんだよ！」バルドルが声を荒げ、アーリアの肩をつかもうと手をのばした。

アーリアは目にもとまらぬ速さでバルドルの手首をつかみ、うしろにねじりあげた。

バルドルは背中を丸め、痛みに顔をゆがめている。

「妹の命を助けたければ、じゃまをしないで待っていなさい！」アーリアはバルドルをアルブレックの腕のなかへ荒々しくおしやると、くるりと背を向け、またテントのほうへ歩きだした。

「いったい何があったんですか！」エラゴンはアーリアに追いついて問いかけた。

アーリアは真剣なまなざしでエラゴンを見た。「赤ん坊は無事。でも、猫の口をもって生まれた……」

女たちが嘆き悲しむ理由がそれでわかった。猫の口をもって生まれた子どもが過酷なアラゲイジアに生きていくのはむずかしい。まず食べることが困難だ。親が食事をあたえ、生きのびることはできるかもしれないが……。

「エラゴン、赤ん坊を治してあげてください」アーリアがいった。

「ぼくが？　でも、ぼくにそんな経験は……あなたは？　そういう治療のことなら、あなたのほうがずっとくわしいでしょう」

「もしも赤ん坊の容姿をつくりかえたら、人々はわたくしが赤ん坊を盗み、別の子と取りかえたと思うでしょう。人間がエルフのことをどういっているか、よくわかっています——わかりすぎるぐらいに。わたくしがやるしかないなら、そうします。でもそれでは、あの子が取りかえ子として生涯つらい思いをする。そのような運命から救えるのは、エラゴン、あなたしかいないのです」

エラゴンはうろたえた。他人の人生を背負うことなど、もうまっぴらだ。それでなくても、たくさんの責任を負っているのに——。

「あなたがあの子を治すのです」アーリアは有無をいわせぬ口調でいった。

エルフ族にとって子宝がどれほど貴重であるか、エラゴンは思い出した。その気持ちは、どの種族の子に対しても同じなのだ。

「必要なときは、力をかしてくれますか？」

「もちろんです」

〔もちろんわたしも〕サフィラがいった。〔いうまでもないこと〕

「よし。じゃあ、やるよ」ブリジンガーの柄《つか》をにぎって覚悟を決めると、エラゴンはアーリアをうしろにともない、テントに向かって歩きだした。

毛織の重い垂れ布をおしあけた瞬間、ロウソクの煙が目にしみた。壁ぎわにカーヴァホールの女たち五人がかたまっていた。その泣き声が痛いほど胸につきささってくる。みな放心状態で、体をゆさぶり、衣服や髪をかきむしって泣いている。

エレインのベッドの足もとで、ホーストがガートルードといいあらそっていた。ホーストの顔は赤くむくみ、疲労のしわが濃くきざまれている。

丸々とした治療師ガートルードは、布の包みを胸に抱いていた。もぞもぞと動きながら、大きな泣き声でさわぎに加わっているその包みが、顔は見えなくとも、赤ん坊だとわかる。ガートルードのふっくらとした頰は汗で光り、髪は肌にはりついている。袖をまくった腕は、いろいろな体液でよごれている。

ベッドの頭のほうでは、カトリーナが丸いクッションにひざをつき、エレインの額の汗をふいている。

エラゴンには、エレインがいつもとはまるでちがう人に見えた。顔はげっそりとやつれ、落ちくぼんだ目は焦点がさだまらず、ぼうっとしている。涙が目じりからこめかみへ、もつれた髪へと伝っていく。エレインは口をかすかに動かし、意味をなさないことをつぶやいた。その体は血のしみついたシーツでおおわれている。

ホーストもガートルードも、そばに近づくまでエラゴンが来たことに気づかなかった。カーヴァホールを出てからエラゴンはずいぶん成長したが、それでもまだホーストのほうが頭ひとつ分大きい。

エラゴンを見て、ホーストの暗い顔に一瞬、希望の光がさした。

「エラゴン！」鍛冶屋のホーストはエラゴンの肩を大きな手でたたくと、立っているのもやっとという様子で、その肩にもたれかかった。「聞いたか？」

質問ではないのだろうが、エラゴンはうなずいた。

ホーストはガートルードのほうをほんの一瞬、すばやく見やると、ショベルのようにりっぱなあごひげを動かして、ぐるりとくちびるをなめた。

「この子……なんとかなるだろうか？」

「わからないけど……やってみるよ」

エラゴンは手をさしだした。ガートルードはすこしためらってから、温かい布の包みをその腕にあずけ、当惑の表情でさがっていく。

布の包みのなかに、女の子のしわくちゃな小さな顔が埋まっていた。皮膚はまだ赤黒く、はれぼったい目をぎゅっととじている。自分のあつかいに怒りをしめすように、顔をしかめている――エラゴンにはそれが、ごく当然の反応に思えた。

「たのむ」ホーストがいった。「何かできることがあれば……」

女たちの泣き声がいちだんと甲高くなり、エラゴンは顔をしかめた。

「ここじゃできないから」

テントから出ていくエラゴンを、ガートルードがうしろから呼びとめた。「あたしもいっしょに行くよ。赤ん坊の世話をできる人間が、ひとりは必要だろう」

治療の最中にガートルードにうろうろされたくはないが、ふと、アーリアの〝取りかえ子〟の話を思い出した。カーヴァホールの村人のだれか、信用のある人間が立ちあって、赤ん坊の変身を見とどければ、子どもを取りかえてなどいないことがわかってもらえる。

「どうぞお好きなように」エラゴンはしかたなくそういった。

テントを出ると、腕のなかで赤ん坊が身をよじり、泣き声をあげた。

村人たちが立ちあがり、こちらを指さしている。

アルブレックとバルドルが近づいてきた。エラゴンがかぶりをふると、兄弟は足をとめ、心細げな目でエラゴンの姿を追っていた。

アーリアとガートルードを両わきにともない、エラゴンは自分のテントをめざして野営地を歩いた。

そのあとを、サフィラが地面をふるわせながらついてくる。

通り道にいる戦士たちがみな、あわててわきによける。

赤ん坊に振動をあたえないように、できるだけ静かに歩いた。赤ん坊の体には、暑い夏の日の、森の地面のようなきついにおいがからみついていた。

エラゴンのテントに近づいたとき、二列ならんだテント群のあいだに、魔法少女エルヴァの姿が見えた。黒と紫のドレスに身を包んだエルヴァは、重苦しい表情を浮かべ、大きなスミレ色の目でエラゴンをじっと見ている。長いレースのベールを頭の上にあげ、額についたドラゴンの印——エラゴンのゲドウェイ・イグナジアに似た銀色の星形の印——をあらわにしている。

エルヴァは言葉を発したわけでも、エラゴンの歩みをさまたげたわけでもない。だが警告はじゅうぶんに伝わってきた。少女の存在そのものが、エラゴンを非難しているのだ。赤ん坊の運命に干渉し、悲惨な結果をまねく——そんなあやまちを二度とおかしてはならない。万が一そんなことがあれば、赤ん坊に害をあたえるだけでなく、エルヴァを生涯の敵にすることになる。

あらゆる力を得たいまでも、エラゴンはエルヴァが恐ろしかった。他人の魂をのぞき見、痛みや苦しみを感じ、予知する能力のせいで、エルヴァはアラゲイジアでもっとも危険な存在のひとりとなっている。

どんなことがあっても、この子に害はあたえたくない。エラゴンは暗いテントに入りながら、新たな決意がわいてくるのを感じた。

10 子守歌

テントのなかには、しずみゆく夕日のかすかな光しかない。すべてのものが、花崗《かこう》岩の彫刻のように灰色に見える。

エルフの視力をもつエラゴンには、何もかもはっきりと見えるが、ガートルードのために呪文を唱えた。「ネイナ・ハヴィタ・ウン・ボーラ（白く丸い光をつくれ）」

テントの天井近くに、小さな魔法の光が浮かんだ。白い光の球は、まわりに熱を感じさせることなく、ランタンのように明るく輝いている。剣が炎をふかないように、「ブリジンガー」の呪文はさけた。

背後でガートルードが足をとめるのがわかった。ふりかえると、治療師は手さげ袋をかかえこみ、魔法の光を凝視している。なじみ深いガートルードの顔は、カーヴァホールの家を思い出させる。エラゴンは思いがけず、故郷がひどくなつかしくなった。

ガートルードはおずおずと視線をさげた。「なんていう変わりようだ」エラゴンを見ていう。「あたしがつきっきりで看病した、あの熱にうなされた坊やは、どこかへいなくなっちまったようだ」

「でも、ぼくのことはよくわかってるだろう?」エラゴンはいった。

「いいや。もうわからなくなったよ」

その言葉は気にかかるが、くよくよ考えている暇はない。気をとりなおし、ベッドに向かった。まるでガラスでもあつかうかのように、赤ん坊をやさしく毛布の上に寝かせる。置いた瞬間、赤ん坊はにぎりしめた手をふりあげた。エラゴンがほほえんで、指先でそっと手にふれると、赤ん坊が小さな声をもらした。

「何をどうするつもりだい?」壁ぎわの椅子に腰をおろし、治療師がたずねる。「どうやって治すんだい?」

「どうやって治そうか……」

そういえば、アーリアがテントのなかにいない。名前を呼ぶと、一瞬の間のあと、外から返事が聞こえてきた。「ここです」テントの厚い布を通して、アーリアのくぐもった声がこたえる。「わたくしはここで待ちます。助けが必要なときは、こちらへ意識を送って。すぐにまいります」

エラゴンはすこしだけ眉をひそめた。治療のあいだアーリアがそばにいて、自分の知らない言葉をおぎない、まちがいを正してくれるだろうとあてにしていたのだ。

〈まあ、いいか。ここからでもたずねられる。それにこのほうが、アーリアが赤ん坊を取りかえたなんて、ガートルードにあらぬ疑いをかけられずにすむ〉

エラゴンはアーリアの用心深さに感心した。前にだれかの子どもを盗んだと、非難されたことでもあるのだろうか？

ベッドをきしませながら、そろそろと腰をおろし、女の子の顔をのぞきこんだ。サフィラも自分を通して、赤ん坊を見つめているのがわかる。エラゴンはまた眉間にしわを寄せた。赤ん坊は世の中のことなど何も知らず、毛布の上ですやすやと眠っている。

〈どうしたらいいだろう？〉エラゴンは問いかけた。

〈ゆっくりやること。まちがって自分のしっぽを咬《か》まないように〉

エラゴンはうなずいてから、いたずら心でたずねた。〈それって、おまえはやったことがあるの？　しっぽを咬《か》んだことが？」

　サフィラはつんとしてだまっているが、いろいろな感覚が一瞬にして伝わってきた――木々や草、輝く太陽、スパインの山々の景色、赤いランの甘い香り、しっぽを戸にはさまれたような、とつぜんの鋭い痛み。

　エラゴンはひとりでクスッと笑ってから、治癒の呪文を組みたてることに神経を集中させた。それは三十分近くもかかる作業だった。呪文が意図したとおりにはたらくよう、サフィラといっしょに難解な文章を何度も読みなおし、語句や言い回し、発音のしかたまで、ひとつひとつ時間をかけてしっかりと確認した。

　サフィラとの無言の会話のさなか、ガートルードが椅子の上で身を乗り出していった。

「どこも変わってないね。治療がうまくいかないんだろう？　あたしにかくさなくていいんだよ、エラゴン。若い時分には、いろんな子をとりあげたもんだ」

　エラゴンは眉をつりあげ、おだやかな声でいった。

「治療はまだ始まってもいないんだよ」

　ガートルードはおとなしくすわりなおした。手さげ袋から黄色の毛糸玉と、編みかけのセーターと、つやつやとしたカバの木の編み棒二本をとりだすと、器用に指を動かし、慣れた手つきで編み物を始めた。

編み棒の規則的な音が、エラゴンの心を落ちつかせた。小さいころよく耳にした音だ。涼しい秋の夜長、台所の暖炉の前にすわり、大人たちの話に耳をかたむけたことを思い出す。大人たちは食後のパイプをふかし、黒ビールを飲みながら談笑していた……。

やがて、ようやく安全な呪文ができあがり、古代語をまちがえずに発音できると確信すると、エラゴンはサフィラのエネルギーも借りて、最初の言葉を唱えようとした。

そこで、ふと思いたった。

エルフが魔法で木や花を好きな形に変えたり、自分やほかの生き物の体を変えたりするとき、彼らは呪文をいつも歌にして唱えるのだ。いまもそうするのがふさわしいように思えた。だがエラゴンが知っているエルフの歌は、ほんのわずかしかない。しかも、複雑で美しいメロディを、どれひとつとして正確に――どころか適当にも――詠じることができない。

エラゴンはかわりに、記憶の奥深くにある歌を使うことにした。幼いころ、伯母のマリアンがまだ病気になる前に、よく歌ってくれた歌。子どもが夜ぐっすり眠れるように、カーヴァホールの母親たちが、遠い昔から歌ってきた子守歌だ。

そのかんたんなメロディはすぐに思い出せた。おだやかな音色が、赤ん坊をうまくなだめてくれるといいが。

エラゴンはゆっくりと歌いだした。静かな歌声が、暖炉の火のように暖かく、テントのなかに広がっていく。魔法を使う前に、赤ん坊に古代語で語りかけた。ぼくはきみの友だちで、いまからきみのためにいいことをする、信じてほしいと。

女の子はそれにこたえるように、眠ったままかすかに体を動かした。こわばっていた顔が、おだやかになる。

最初の呪文を詠じた。ふたつの文からなる単純な呪文を、祈りの言葉のようにくりかえした。すると、赤ん坊のからだがかすかにふるえた。そして、小さな生き物が身じろぎでもするかのように、皮膚がゆっくりと動きだした。

エラゴンのやろうとしているのは、かんたんなことではなかった。生まれたての赤ん坊の骨はやわらかく、大人のそれとはまったくちがう。ヴァーデンの戦士たちの骨を修復するのとは、勝手がちがうのだ。

まず気をつけなければならないのは、治すところを、大人の骨や肉や皮膚で埋めないことだった。体のほかの部分の成長と、つりあいがとれなくなるからだ。

だがいちばんの問題は、その子の顔を、どのような顔にするかということだった。目の前の赤ん坊は、これまで見たどの赤ん坊とも同じに見える。丸くずんぐりとして、これといって特徴がない。エラゴンのやり方しだいでは、いまはかわいらしく見えたとしても、年を追うにつれ、異様な顔に変わってしまうかもしれない。

そうしたことをふまえ、エラゴンは慎重に治療を進めた。一度に変化させるのはほんのすこしだけで、そのたびに手をとめて考える。子守歌にのせて、顔の深部の骨や軟骨から、表面の皮膚へじわじわと進んでいく。

いつのまにか、外にいるサフィラもいっしょに歌を口ずさんでいた。深みのある声が、空気をふるわせている。サフィラのハミングの音量に合わせて、魔法の光がチカチカ明滅するのは不思議な現象だ。あとでサフィラにたずねてみよう……。

言葉と呪文と時を費やしながら、夜はふけていった。時間のことは頭になかった。赤ん坊が腹をすかせて泣いたときは、エネルギーを注ぎこんでやった。

エラゴンもサフィラも、赤ん坊の意識に――未熟な意識にどんな影響をおよぼすかわからないため――ふれないよう気をつけたが、それでもうっかりかすめてしまうことがあった。漠然としてつかみどころがないが、荒々しくのたうつような感情の海がそこにはある。ふれると、ほかのものすべてが無意味に思えてしまうような意識だ。

かたわらでは、ガートルードがあいかわらず編み棒の音を響かせていた。編み目の数をまちがえたときや、毛糸をほどくはめになったときだけ、規則的なリズムがとぎれる。

長い時間をかけて、赤ん坊のきれいな口もとができあがっていった。そのあいだじゅう、皮膚は液体のように流れていた。

ずいぶん気を使い、手間どったが、ついにサフィラがいった。

〔もうじゅうぶん。それぐらいにして〕

エラゴンはやれるだけのことはやったと、みとめることにした。それ以上手を加えて、かえっておかしくなってもこまる。

子守歌をやめると、舌がはれて干からび、のどがひりひりした。ベッドから身を起こそうとしても、体がこわばっていて、すぐにはまっすぐに立てなかった。

魔法の光のほかに、治療を始めたときと同じあわい光がテントに広がっていた。日はとっくにしずんだのに！　と思い、よく見ると光は東からさしている。
〔どうりで、体がこんなに痛いはずだ。ひと晩じゅう、ここにすわってたんだ！〕
〔わたしだって同じ〕サフィラがいった。〔わたしの骨も、あなたのと同じように痛い〕
エラゴンはそれを聞いておどろいた。サフィラはふだん、どんなに体が消耗しても、不快感をうったえることなどないのだ。ベラトーナの戦闘は、見た目よりはるかに体の負担になったらしい。頭のなかでそう考えたとき、サフィラが気づき、エラゴンの意識からかすかにあとずさった。〔どんな状態だろうが、ガルバトリックスの送りこんでくる大軍など、軽くふみつぶしてやるわ〕
〔わかってるさ〕
ガートルードが編み物をしまって立ちあがり、そろそろとベッドに近づいてきた。
「まさかこんなものを目にするとは。しかも、それをやったのが、ブロムの息子エラゴン、あんただとはね」治療師はエラゴンの顔をのぞきこんだ。「ブロムがあんたの父親だったんだろう？」

エラゴンはうなずき、しゃがれた声でこたえた。「そう。父親だった」

「いわれてみれば合点がいくよ」

いまはその話をする気にはなれず、エラゴンはただうなずいて、魔法の光を一瞬で——心のなかで呪文を唱えて——消した。テントのなかは、夜あけ前のぼんやりとした灯《あか》りだけになった。エラゴンはすぐに闇に目が慣れたが、ガートルードは眉をひそめ、まばたきしながら、きょろきょろとエラゴンの姿をさがしている。

赤ん坊を抱きあげると、その体は温かく、ずっしりと重みを感じた。自分の疲労感が魔法を使ったせいなのか、ただ単に長時間の作業のせいなのかも、よくわからない。

腕のなかの女の子を見つめると、急に守りたい気持ちがわいてきた。

「セ・オノ・ヴァイサ・イリア」幸多かれと祈る。呪文とはいえない言葉だが、人生のなかでふりかかる苦痛を、すこしでもとりのぞいてあげられればと思う。少なくとも、この子に笑顔をあたえられるように。

そのとおりになった。女の子の小さな顔に、大きな笑みが広がり、とてもうれしそうに声をあげた。

「バーブー！」

エラゴンも笑みを浮かべ、ふりむいて歩きだした。

入り口の垂れ布をあけると、テントのまわりに人が集まっていた。立っている者、すわっている者、しゃがんでいる者、大半がカーヴァホールの村人だ。アーリアとエルフたち数人は、彼らとはすこしはなれた場所にいる。名も知らぬヴァーデンの戦士たちも何人かいる。近くのテントのかげに、黒いベールで顔をかくしたエルヴァの姿も見えた。

これだけの人数が何時間もそこで待っていたのに、エラゴンは気配をいっさい感じなかった。サフィラや護衛のエルフがそばにいたとはいえ、安穏としていたことの言いわけにはならない。

〔もっと気をつけないと〕エラゴンは自分にいいきかせた。

人垣のいちばん前に、ホーストと息子たちが心配そうな顔で立っていた。エラゴンが抱いているものを見て、ホーストが眉をぎゅっと寄せた。何かいおうと口をひらくが、なんの言葉も出てこない。

仰々しいセレモニーなど必要なかった。エラゴンはただホーストのもとへ歩みより、赤ん坊の顔を彼のほうへ向けた。ホーストはぴくりとも動かない。やがてその日に涙がじわりとにじんできて、喜びと安堵《あんど》で顔がくしゃくしゃになった。悲しんでいるのかと見まちがうほどだ。

エラゴンは赤ん坊をホーストにわたしながらいった。「ぼくの手は、こういう仕事をするには血に染まりすぎているけど、助けになれてよかった」

ホーストは中指の先で赤ん坊の顔にふれ、かぶりをふった。「信じられん……本当に信じられん」といって、エラゴンを見つめる。「エレインもおれも、おまえには一生かかっても返せん恩義ができた。もし――」

「恩義なんて……」エラゴンは静かにいった。「こういう能力があれば、だれだって同じことをやったはずだ」

「だが、この子を治してくれたのはおまえだ。おまえには本当に感謝している」

エラゴンはすこしためらってから、ホーストの言葉にこたえて頭をさげた。

「名前は考えてるの？」

鍛冶屋はにっこり笑って娘の顔をのぞきこんだ。「エレインが賛成してくれれば、ホープと名づけようと思っている」

「ホープか……いい名前だ」ぼくらの人生にも多少なりとも希望《ホープ》が必要だ。「エレインの様子は？」

「疲れてるが、だいじょうぶだ」

アルブレックとバルドルもそばに来て妹と対面した。エラゴンに続いてテントからあらわれたガートルードと、それまで遠慮していた村人たちも、そこに加わった。待っていた戦士たちも寄ってきて、赤ん坊の顔をひと目見ようと首をのばしている。

やがてエルフたちも長い手足をのばし、人垣に近づいてきた。エルフの姿を見たとたん、人々がわきにどき、場所をあける。ホーストが体をこわばらせ、ブルドッグのようにあごをつきだして見守るなか、エルフたちはひとりずつのぞきこんで調べては、ひと言ふた言古代語をつぶやいていく。村人たちのうたぐるような視線は、まったく気にかけていないようだ。

エルフが残り三人になったころ、テントのかげからエルヴァが飛びだしてきて、列のうしろにならんだ。エルヴァの順番がまわってくると、ホーストは気が進まない様子ながらも、赤ん坊を低くさしだした。背の低いエルヴァは、さらに背のびをしてようやく女の子の顔をのぞきこんだ。

エラゴンはかたずをのんで見守ったが、エルヴァの反応は黒いベールにかくれてよく見えない。

エルヴァは地面にかかとをおろし、ゆったりとした足どりでテントのあいだの道を歩いていった。二十メートルほど歩いたところで足をとめ、エラゴンのほうをふりかえった。

エラゴンは首をかしげ、片眉をあげて、少女の顔をうかがった。

エルヴァはコクリとひとつぶっきらぼうにうなずき、すぐにまた歩きだした。

少女のうしろ姿を見送るエラゴンのもとに、アーリアが音もなくやってきた。「誇りをもっていいのですよ」エルフはつぶやいた。「赤ん坊はすこやかで、きれいな顔。エルフの熟練の魔術師であっても、あなた以上のことができたかどうかわかりません。このすばらしいこと――新しい顔と未来が贈られたことを、あの子はけっしてわすれないでしょう。もちろん……わたくしたちもけっしてわすれません」

アーリアもほかのエルフたちも、新たな尊敬の念で自分を見ているのがわかったが、エラゴンにとっていちばん意味があるのは、アーリアの称賛だった。「いい教師がいたおかげです」と、同じくらい静かな声でこたえる。

アーリアはそれに異議は唱えなかった。

ホーストと娘のまわりで村人たちがわきかえる様子を見つめたまま、エラゴンはアーリアのほうへ顔を寄せた。

「エレインのこと、いろいろとどうもありがとう」

「いいえ。すべきことをしたまでです」

ホーストが妻に赤ん坊を見せるため、自分のテントにもどったあとも、村人たちはなかなか解散する様子がなかった。彼らと握手をしたり、質問にこたえたりするのにいいかげん疲れたころ、エラゴンはアーリアにいとまを告げ、テントにもどって垂れ布をとじた。

〈敵の急襲でもないかぎり、十時間はだれとも会いたくない。たとえナスアダであっても〉エラゴンはサフィラにそういって、簡易ベッドに身を投げ出した。〈ブロードガルムに伝えておいてくれるか？〉

〈了解。ゆっくりお休み、小さき友よ。わたしも眠る〉

エラゴンはふうっと息を吐くと、腕で顔をかくし、朝の光をさえぎった。呼吸がおだやかになり、意識がぼんやりとして、不思議な景色と音に包まれていく。目ざめたまま夢想しているあいだだけ、エラゴンは自分の使命や、その日起きたつらいできごとをわすれられる。それは、現実のようでも空想のようでもあり、鮮烈でも透明でもあり、まるで色つきガラスでできた映像のような夢だ。夢のなかで、風のささやきのように、耳にも記憶にも残らない静かな子守歌が流れていた。その郷愁のメロディがエラゴンをなだめ、子どものころのような安らぎに導いてくれるのだった。

11

戦士に休息はない

城のなかの、ナスアダが本営をおくことにした部屋の外では、護衛隊のナイトホークス――ドワーフと人間とアーガルふたりずつが扉を守っていた。護衛たちが無表情な目でローランをにらみ、ローランも眉ひとつ動かさずにらみ返す。

これは以前にもやったことのあるゲームだ。ナイトホークスの隊員たちは素知らぬ顔をしているが、頭のなかでは、ローランをどうすれば手ぎわよく殺せるか作戦を練っている。自分もいつも同じことをしているから、ローランにもよくわかる。

こっちがすばやくうしろにさがれば……向こうは横に広がる。ローランは考えた。人間がまず先にかかってくるだろう。人間はドワーフより反応が速い。うしろのアーガルたちはそれで出おくれる……まずは、あの矛槍《ほこやり》を奪いとる。むずかしいが、できないことはない。どちらかひとつは奪う。場合によっては槌《つち》を投げつける。矛槍《ほこやり》を手に入れたら、ほかのやつらとは距離をおいて戦える。ドワーフはかんたんに倒せるだろう。問題はアーガルだ。凶暴でみにくいあいつらを……あそこの柱を盾に使えば、ひょっとしたら――。

ギーッと音をたて、二列の護衛にはさまれた鉄張りの扉がひらかれた。十歳か十二歳ぐらいの、あざやかな衣装を着た使者があらわれ、異様に大きな声を張りあげた。

「ナスアダさまがお会いになります！」

何人かの護衛の体がピクッと動き、ほんの一瞬、視線が宙をさまよった。ローランはにっこり笑って彼らの横を通りすぎ、扉の奥に入った。いまの一瞬のすきで、少なくともふたりは、反応する間もないままあの世行きだ。

またの機会にな。ローランは心のなかでつぶやいた。

そこは長方形の殺風景な部屋だった。広い部屋にふつりあいな小さなラグが床にしかれ、左手の壁には虫食いのある細いタペストリーがかかっている。右手には細長いアーチ窓がひとつ。それ以外はなんの飾り気もない。壁ぎわに長い木のテーブルが置かれ、書物や巻物や文書類が積みかさなっている。

テーブルの周囲には、色あせた真鍮《しんちゅう》の鋲《びょう》で革を張りつけた、がんじょうそうな椅子が何脚か置かれているが、ナスアダも、まわりにいる十二人の戦士たちも、だれひとり腰をおろしていない。ジョーマンダーの姿は見えないが、ローランの知っている顔が何人かいた。部隊でともに戦った上官や、戦闘の最中見かけたことがある者、部隊で人づてに噂《うわさ》を聞いたことのある者もいる。

「――だから、それが彼の頭痛の種になろうと腰痛の種になろうと、知ったことではないわ!」ナスアダは声を張りあげ、右の掌《てのひら》をテーブルにバンとたたきつけた。「蹄鉄《ていてつ》がないなら、使いものにならない馬たちを、食べてしまったほうがマシというもの。わかった?」

問いただされた男たちが、いっせいに同意の返事をした。おびえているようにさえ聞こえる。

ローランにはその様子が奇異にも見えたが、女であるナスアダが戦士たちから――そしてローランから――これほどの敬意を得ていることに感心せずにいられなかった。ナスアダはローランが知っているなかでも、もっとも決断力と知性をもちあわせた人物のひとりだ。どんな場所に生まれついても、かならず高い地位につく人だろうと思う。

「さあ、行って」その言葉で八人がぞろぞろと出ていくと、ナスアダはローランを手まねきでテーブルのほうへ呼びよせた。

ローランを待たせたまま、ナスアダはインク壺《つぼ》に羽根ペンをひたし、小さな巻物に何か書きつけ、小間使いの少年にわたしした。「ドワーフのナールヘイムにとどけるのよ。こんどこそかならず返事をもらってくること。さもないと、アーガルの雑用とそうじ係にまわすわよ」

「かしこまりました、ナスアダさま」少年はすくみあがってこたえ、駆けていった。

ナスアダは目の前の用紙をめくりながら、顔をあげずにいった。「ローラン、よく休めましたか?」

なぜそんなことに興味があるんだ?「いいえ、あまり」

「それはよくないわね。ひと晩じゅう起きていたの?」

「ひと晩じゅうというわけでは。鍛冶屋の奥さん、エレインがお産で——でも」

「ええ、聞いているわ。エラゴンが赤ん坊を治療するあいだ、ずっと起きていたわけではないのね?」

「はい。疲れていたので」

「少なくとも、それだけの分別はあったということね」ナスアダは手をのばして、テーブルの上から別の紙をとりあげ、目を通してから、書類の山に加えた。そして事務的な口調を変えず、続けた。「あなたに任務があります、ストロングハンマー。アロウの包囲戦に向かった部隊が、予想外に強い抵抗にあっている。隊長のブリグマンはこの状況を打開できずにいる。すぐにでもかたづけて部隊をこちらにもどしたいのに――。あなたにアロウに行って、ブリグマンと交代してもらいたいの。南門に馬を用意してあるわ。まずはファインスターへ飛び、そこからアロウへ向かってもらう。ここからファインスターまでは、十五キロごとに新しい馬を用意する。でも、そこから先は自力で調達すること。アロウには四日以内に到着してもらいたい。休息をとったとしても、包囲戦を終わらせるまで、おおむね……三日」ナスアダは視線をあげてローランを見た。「いまから一週間で、アロウの町にヴァーデンの旗を立てること。どんな手段を使おうとかまわないわ、ストロングハンマー。かならず終わらせて。もしあなたにできなければ、エラゴンとサフィラをアロウに送らなければならなくなる。そのあいだに、ここがマータグやガルバトリックスに襲われたら、わたしたちは無防備同然」

そしてカトリーナにも危険がおよぶ。ローランは腹にわきおこる不快感をぬぐえなかった。たった四日でアロウにたどりつくなどあまりに過酷。ぼろぼろに疲れたこんな体では——。しかも、そんなに短い時間で町を占領せよという。過酷どころか、正気の沙汰ではない。うしろ手にしばられたまま、クマととっ組みあいのケンカをしろといわれているようなものではないか。

ローランはひげの上から頬をかいた。「おれには包囲戦の経験がありません。少なくとも、こんなのは——。この任務には、おれよりふさわしい人間がいるはずです。マートランド・レッドビアードは？」

ナスアダはそっけなく手をふって否定した。「片腕でそんなに遠くまで馬を駆ることはできない。ストロングハンマー、あなたはもっと自信をもつべきよ。たしかに、戦術のことだけでいえば、ヴァーデンにはもっとふさわしい人間がいる——歴戦の兵《つわもの》も、父親世代の有能な戦士たちに鍛えられた者もいる。でも、ひとたび剣をぬいて戦場に立てば、いちばん重要なのは、知識や経験などではなく、勝つことなのよ。あなたはどうやらその技を身につけたらしい。それに何より、あなたは運をもっている」

ナスアダは書類を置き、テーブルに手をついて身を乗り出した。「あなたは戦えることを証明した。人の命令にしたがうことができることも――相手によりけりとはいえ――証明した」

ローランは肩をいからせたくなるのをこらえた。エドリック隊長の命令にそむいて科せられたムチ打ちの罰の、焼けつくような屈辱の痛みがよみがえってくる。

「部隊を統率できることも証明した。そこで、ローラン・ストロングハンマー、あなたにさらなる能力があることを証明してもらいたいの」

ローランはつばを飲みこんでいった。「わかりました」

「よかった。とりあえずあなたを隊長に昇格させます。アロウでの任務に成功すれば、その肩書きがずっとあなたのものになる。その後の功績いかんによっては、それ以上、あるいはそれ以下の肩書きになることもありえるけれど」ナスアダは視線をテーブルにもどし、書類の山をかきわけはじめた。そこにうずもれている何かを、さがしているようだ。

「ありがとうございます」

ナスアダはぶつぶつとあいまいな声でそれにこたえた。

「アロウではどれくらいの部隊を率いることになりますか?」ローランはたずねた。

「ブリグマンには千名の部隊を引き連れていかせたけど、いまや実戦に使える戦士は八百たらず」

ローランは思わず口走りそうになった。たったそれだけか?

まるで聞こえたかのように、ナスアダはぶっきらぼうにいった。「アロウの防御はここまで堅固ではないと、思いこんでいたのよ」

「カーヴァホールの男たちをふたりか三人連れていっていいですか? 前にいってましたよね、村人たちといっしょに戦っていいと。もし――」

「ええ、ええ」と、手をふってさえぎる。「いったことはおぼえているわ」ナスアダはくちびるをすぼめ、考えた。「いいでしょう。好きな人を選んで連れていきなさい。一時間以内に出発できるならね。何人連れていくかは知らせてちょうだい。人数分の馬を手配させます」

「カーンも連れていっていいですか?」ローランは、何度もいっしょに戦ったことのある魔術師の名前を出してたずねた。

ナスアダはうつろな目で壁を見つめてから、うなずいて――ローランをほっとさせ――またさがしものを始めた。「ああ、あったわ」書類の山から引っぱりだしたのは、革ひもでしばった筒状の羊皮紙だった。「アロウとその周辺の地図。フェンマーク州一帯の拡大地図もある。これをしっかり頭にたたきこんでおくといいわ」

ローランは丸めた地図を受けとり、ふところにしまった。

「それと、これは」ナスアダは赤いロウで封印した四角い羊皮紙を手わたした。「あなたへの任命状。それと」――二通目は最初のより厚みがある――「こっちは命令書。ブリグマンにこれを見せて。でも、彼にはわたさず、あなたがもっていること。たしかあなたは、読み書きをならったことがないのよね？」

ローランは肩をすくめた。「必要ありますか？　数なら数えられるし、人なみに勘定もできる。親父がいってました。おれたちに文字を教えるなんぞ、犬にうしろ足だけで歩くことを教えるのと同じだって――笑っちまうけど、それくらい無意味ってことだ」

「農場で暮らしていたなら、それでよかったかもしれない。でも、いまはそうじゃない」ナスアダはローランのもった書状をさしていった。「ことによると、そのなかのどれかが、あなたの処刑を命じる命令書かもしれない。ストロングハンマー、そこがあなたの問題なのよ。あなたに極秘の命令書をとどけたくても、かならずほかの人に読んでもらわなければならない。わたしに報告があっても、あなたは部下のだれかを信用して、代筆してもらわなければならない。つまり、あなたをあやつるなど造作ないということ。だから、わたしはあなたを完全には信用できない。ヴァーデン軍のなかで、もっと上に立ちたいと思うなら、だれかに読み書きをならうことです。さあ、もう行って。ほかにもかたづけなきゃならない問題があるから——」

ナスアダが指をパチンと鳴らすと、小間使いの少年がひとり走ってきた。少年の肩に手をのせ、身をかがめていった。「ジョーマンダーをさがしてきてほしいの。市場の通りのどこかにいるわ。ほら、あの家が三軒建ってるところの——」と、言葉を切り、まだそこに立ったままのローランを、眉をつりあげて見た。「ストロングハンマー、何かほかにいいたいことが?」

「はい。アロウへ発《た》つ前に、エラゴンに会いたいんです」

「なんのために?」

「ベラトーナの戦闘の前にかけてもらったバリアが、ほとんど消えてしまって」

ナスアダは眉をひそめた。「三軒が焼けおちた、あの市場の通りよ。場所はわかった？　さあ、じゃあ、行ってきて」少年に指示を伝え、背中をポンとたたいて送り出すと、ナスアダは体を起こしていった。「それはひかえたほうがいいでしょう」

ローランはナスアダの返事に困惑しながらも、だまって説明を待った。

説明はあったが、遠まわしな言い方だった。「魔法ネコとの会見のとき、エラゴンがどれだけ疲れていたか、あなたは気づいたかしら？」

「立っているのがやっとという感じでした」

「そのとおり。彼にはやることがありすぎるのよ、ローラン。あなたにわたしにサフィラにアーリアに、その他もろもろの人を守って、まだほかにもすべきことがある。マータグとガルバトリックスとの戦いがせまっているいま、力を節約しておかなければならないのに。ウルベーンに近づくにつれ、対決のときは昼夜問わず、いつやってきてもおかしくないのよ。よけいなことでわずらわせて、彼を消耗させてもいいと思う？　子どもを治療するのはりっぱなことだけど、それでこの戦いを犠牲にする恐れだってあったのよ！

あなたはスパインの自分の村で、魔法のバリアなしにラーザックと戦ったでしょう。従弟のことを思うなら、そしてガルバトリックスを倒したいなら、バリアなしで戦うことを思い出してほしい」

　その言葉を聞いて、ローランは頭をさげた。ナスアダのいうとおりだ。「すぐに出発します」

「ありがとう」

「では失礼……」

　ローランは扉に向かって歩きだした。敷居をまたぐ寸前に、ナスアダが呼びとめた。「ストロングハンマー」

　ローランはまだ何かあったかと、ふりむいた。

「なるべくアロウを焼きはらうことのないように。町を再建するって、容易なことではないのよ」

12 剣で踊る

エラゴンは退屈のあまり、すわっている丸石をいらいらとかかとでけった。

エラゴンとサフィラとアーリア、そしてブロードガルムと護衛のエルフたちは、ベラトーナの東にのびる道ぞいの土手で長い時間休んでいた。あたりには収穫期の青々とした畑が広がり、ジエト川の大きな石橋、その先にレオナ湖がある。道は湖の南端でふた手に分かれている。右はバーニングプレーンズやサーダ方面へ続く道、左は北のドラス＝レオナ、やがてはウルベーンへとつながる道だ。

ベラトーナの東門のあたりは町の内から外まで、数千の人間、ドワーフ、アーガルたちがつらなり、統制がとれずにごったがえしている。寄せ集めの部隊のなかには、徒歩の戦士のほかに、オーリン王の騎馬隊もいて、馬たちが鼻息を吐きながら闊歩《かっぽ》している。

戦士たちの集団のうしろには、荷馬車、荷車、ブタを乗せた馬車といった輸送車が二キロ以上も続き、その両側をのろのろと歩いているのは、サーダ国から連れてきた牛や、途中の農場で補充した牛の大群だ。そのモーモーという声や、ラバやロバの甲高い声、ガチョウの鳴き声、荷馬のいななきが、いたるところでやかましく響いている。

エラゴンは耳栓をしたいぐらいだった。

〔こういうこと、もう何度もやってるんだから、もっと要領がよくなってもいいのにな〕と、サフィラに同意を求め、丸石からぴょんと飛びおりる。

サフィラが鼻を鳴らした。〔わたしが追いたてれば、一時間もかからずに整列させてやる。そうすれば、こんなに待たずにすむ〕

エラゴンはそれを聞いて笑った。〔ああ、おまえならできる……でも、うっかりしたことはいえないぞ。ナスアダなら、本当におまえにやらせかねない〕

エラゴンはふと、ローランのことを考えた。ホーストとエレインの赤ん坊を治療した夜から、顔を見ていない。いまどうしているのか、遠くはなれた従兄のことが心配だった。

「まったくバカなことを」バリアの呪文をかけなおさずに行ってしまったローランのことを思い、エラゴンはぼそっと吐きすてた。

〔彼は経験豊富なハンター〕サフィラは指摘した。〔みすみす獲物の餌食になるような愚かなことはしない〕

〔わかってる。でも、自分ではどうにもならないこともあるから……細心の注意をはらうべきだよ。手足をなくしたり、死体袋に入れられて帰ってきてからじゃおそい〕

エラゴンは重苦しい気持ちをふりはらうように手足をぶらぶらさせ、その場で飛びはねた。これから数時間、サフィラの背にじっとすわっていることを思うと、体を動かしたくてたまらなかった。サフィラと飛ぶのはうれしいが、部隊ののろい歩みに合わせて、二十キロかそこらの同じ範囲を、ハゲワシのようにぐるぐるまわって一日すごすことを考えると、うんざりしてくる。サフィラとふたりだけなら、今日の夕方にはドラス＝レオナに着いているはずなのに！

エラゴンは道をはなれ、たいらな草地のほうに走っていった。アーリアや護衛のエルフたちの視線にかまわず、そこでブリジンガーをぬき、ブロムが最初に教えてくれた構えの姿勢をとった。靴底の下の地面を足裏に感じながら、ゆっくりと息を吸い、腰を低くかまえる。

短い気合とともに、剣を頭上にふりあげ、ななめにふりおろした。人間、エルフ、アーガルにかかわらず、鎧《よろい》ごと真っぷたつにする一撃だ。地面すれすれのところで切っ先をとめた。刃がほんのかすかにふるえている。緑の草地を背に、青くあざやかな鋼が、幻想的にさえ見える。

もう一度息を吸って前へ飛びだし、憎き敵であるかのように空気に剣をつきさした。速さや威力より正確さに重きをおいて、基本の動きをひとつずつ練習する。

体がじゅうぶんに温まると、はなれたところに立っている護衛たちに目をやった。

「だれか、ぼくと一戦まじえてくれないか？」声をあげてたずねた。

エルフたちはたがいに顔を見あわせたが、その表情は読めない。すると、ウィアデンという名のエルフが前に進み出た。「よろしければ、わたしがお相手しましょう、シェイドスレイヤー。兜《かぶと》の着用をお願いできれば」

「了解」

エラゴンはブリジンガーを鞘《さや》におさめると、サフィラのところへ駆けもどり、鱗《うろこ》で親指が切れるのも気にせず背によじのぼった。鎖帷子《くさりかたびら》とすね当てと腕甲は着けているが、兜《かぶと》だけは草のなかに転がり落ちないように、鞍袋《くらぶくろ》にしまってある。兜を出すとき、鞍袋の底に、毛布で大事にくるまれた包みが見えた。グレイダーの〈心の核〉をおさめた箱だ。包みに手をふれ、偉大なる黄金のドラゴンに無言で敬意を表わすと、鞍袋をとじ、サフィラの背から飛びおりた。

頭巾と兜をかぶりながら、緑の草地へもどった。切った親指をなめ、あまり血がしみ出ないことを願いながら手袋をはめる。それぞれに同じような呪文で剣の刃に、透明だが空気にうっすらとゆらぎが生じる薄いバリアを張り、相手を傷つけないようにしたうえで、自分たちの体を守るバリアははずした。

エラゴンとウィアデンは向かいあい、たがいに礼をして剣をかまえた。

エラゴンはエルフのまばたきひとつしない黒い目と、じっとにらみあった。相手の目に視線をすえたまま、ウィアデンの右にまわりこむため、じわじわと足を進めていく。右利きのエルフなら、右の守りが甘いはずだ。

エルフはエラゴンに正面を向けたまま、草をふみしめ、ゆっくりと横を向いた。

エラゴンは数歩進んで、足をとめた。熟練の剣士ウィアデンはまったくすきがなくて、わきにまわることができない。不意打ちを食らわすのは無理だ。

〔ただし、何かで気をそらせれば――〕

だが、それを思いつく前に、ウィアデンが攻めてきた。エラゴンの右ひざをつくかに見せかけ、手首を返して、胸と首にふりあげる。

エルフの動きは速いが、エラゴンはそれ以上に速かった。ウィアデンのわずかな動きからいち早く意図を読みとり、半歩さがってひじを曲げ、剣を顔のほうへふりぬいた。

「やあっ！」ブリジンガーがウィアデンの剣とぶつかり、鋭い音が響きわたる。

エラゴンは力づくで、ウィアデンをおしもどすと、すぐさま追いかけて、続けざまに攻めた。

草地で剣をまじえた数分間、エラゴンは最初の突き――ウィアデンの腰に切っ先が軽くふれた――と、二本目の突きもとったが、あとはまったく互角の状態が続いた。ウィアデンがエラゴンの動きを見さだめ、攻めや守りのパターンを予測するようになったからだ。これほど俊敏で強靭《きょうじん》な相手と剣をまじえる機会はめったになく、エラゴンは勝負を心から楽しんでいた。

だが、楽しい気分でいられなくなったのは、立てつづけに四本つかれたときだ。右肩をひと突き、あばらをふた突き、腹部に強烈な一撃。剣の痛みもさることながら、エラゴンのプライドがひどく傷ついた。エルフが自分の防御をいともかんたんにかいくぐったことが、気がかりだった。これが本物の戦いでウィアデンが本当の敵なら、最初の数ふりで倒していただろうが、それでもなぐさめにはならない。

〔そんなに打ちこまれてはいけない〕サフィラが意見する。

〔ああ、わかってるよ〕エラゴンはうなった。

〔かわりに張りたおしてあげようか？〕

〔いや……今日のところはいいよ〕

エラゴンは苦々しい気分で剣をおろし、ウィアデンに手あわせの礼をいった。

エルフは頭をさげ、「どういたしまして」といって、仲間のほうへもどっていった。

エラゴンは地面にブリジンガーを――ふつうの鉄で鍛えた剣ならしないことだが――つきさすと、柄頭《つかがしら》に両手をあずけ、人や家畜で埋めつくされた道をながめた。巨大な石の防壁から続く道は、混乱がずいぶんおさまり、それほど待たずに進軍の角笛がふかれそうだ。

だがエラゴンは、それをじっと待っている気にはなれなかった。

サフィラのとなりにいるアーリアを見て、エラゴンは口もとをゆるめた。ブリジンガーを肩にのせ、ぶらぶらと歩いていくと、アーリアの剣をさしていった。「お手あわせ願えませんか？　あなたとは、ファーザン・ドゥアーで一度打ち合ったきりだ」にやっと笑い、ブリジンガーをふってみせる。「あれからぼくも、すこしは成長したと思うけど」

「そうですね」

「どうですか？」

アーリアはヴァーデン軍を非難めいた目でちらりと見て、肩をすくめた。「お相手しましょう」

たいらな草地へ移動しながら、エラゴンはいった。「前みたいにかんたんにやられませんよ」

「ええ、そうでしょうね」

アーリアは剣をかまえ、十メートルほどはなれてエラゴンと向きあった。

エラゴンは自信を感じつつ、すばやく足を進めた。どこへ攻めこむかは決めている。左肩だ。

アーリアは大地にしっかり足をすえ、よける気配がまるでない。残り四メートルまでせまったとき、アーリアが笑った。美しい顔を引きたてる、やさしげな、輝くばかりの笑み。エラゴンはとまどい、ひるんだ。

ふいに、剣が一本の線となって目の前に飛びこんできた。

エラゴンはブリジンガーをふりあげ、かろうじて剣をかわした。その瞬間、腕に振動を感じる。目測をあやまって、切っ先がアーリアの柄《つか》か刃か体をかすめたのだ。これが相手に攻撃のすきをあたえた。

いきおいのついた体をとめるまもなく、剣をにぎる手が横にはじきとばされた。さらに、みぞおちに鋭い痛みを感じたかと思うと、エラゴンはアーリアの剣に腹をつかれ、地面にたたきつけられた。

うめき声がもれ、肺の空気がどっとぬける。あおむけのまま、息を吸おうと空に向かって口をあけるが、腹が石のようにかたく、空気を吸いこめない。目の前に真っ赤な星がちらつき、気を失うかと思うほどの不快感……。何秒かして、ようやく筋肉のこわばりがとれ、大きくあえいで息をした。

頭がはっきりすると、ブリジンガーをささえに、そろそろと立ちあがった。剣に寄りかかり、老人のように背を丸め、腹の痛みがおさまるのを待った。

「卑怯《ひきょう》な手を使いましたね……」エラゴンは歯を食いしばった。

「いいえ。弱みをついただけ。卑怯なわけではありません」

「あれが……ぼくの弱みだと？」

「戦いにおいては、ええ、そうです。まだ続けますか？」

こたえのかわりに芝土からブリジンガーを引きぬくと、エラゴンはつかつかと最初の位置にもどり、剣をかまえた。

「では」とアーリアはこたえ、剣をかまえた。

二本目は、エラゴンがより用心深く足を進め、アーリアのほうが積極的に動きだした。緑色の澄んだ目でエラゴンをじっと見すえ、慎重に間あいを詰めてくる。

アーリアの体がぐいっと動くたびに、エラゴンはビクリとする。

いつしか息をとめていたことに気づき、緊張を解こうとつとめる。

エラゴンは一歩ふみこんで、ありったけの力と速さで、アーリアの肋骨《ろっこつ》へ切りこんだ。

アーリアはすかさずそれをさえぎり、がら空きになったエラゴンのわきをついてきた。

鈍い刃が左手の甲をかすめ、鎖帷子《くさりかたびら》の籠手《こて》がキーッと鳴る。エラゴンはすぐさま平手で剣をはらいのけた。

その瞬間、アーリアの胴が無防備になった。だが切りかえすには接近しすぎている。

エラゴンはとっさに柄頭《つかがしら》を相手の胸骨におしつけ、さっき自分がやられたように、アーリアを地面へはじきとばそうとした。

ところが、アーリアがくるりとまわってそれをかわした。エラゴンのおしだした柄は空を切り、体は前へつんのめっていく。

何がどうしたのかわからないまま、気がつくとエラゴンは動けなくなっていた。首にはアーリアの腕がまきつき、のどもとにはバリアを張った、冷たくてつるりとした刃がおしつけられている。

アーリアがうしろから、耳もとにささやきかける。「リンゴを枝からもぐほどかんたんに、頭を切りおとせますよ」

アーリアは腕を解き、エラゴンをつきはなした。

エラゴンがむかむかしながらふりかえると、アーリアはすでに剣をかまえ、やる気満々の顔で待っていた。

エラゴンは怒りにまかせて飛びだした。

しだいに激しさを増しながら、ふたりは立てつづけに剣をぶつけあった。まずはアーリアがエラゴンの足を攻め、エラゴンはそれをかわし、アーリアの腰に切りかかる。アーリアはさっと飛びのき、日の光にきらめくブリジンガーをよける。相手に応酬の間をあたえず、エラゴンが下手からふりあげると、アーリアはやられると見せかけ、いともかんたんにはじきかえす。最後は、アーリアが前にふみだし、ハチドリの羽のように軽く、エラゴンの腹を切りさいた。

アーリアは剣をふりぬいた姿勢でぴたりととまった。顔はエラゴンのすぐそばにある。額に汗が光り、頬は紅潮している。

大げさなほど慎重に、ふたりは身をほどいた。

エラゴンはチュニックのしわをのばし、アーリアのそばにしゃがみこんだ。戦いのかっかとした気持ちは燃えつき、完全とはいえないまでも、落ちついて考えられるようになった。

「どうしてだ……？」静かに問いかけた。

「あなたはガルバトリックスの兵と戦うことに、慣れすぎているのです。彼らはあなたの腕におよぶべくもない。だから、あなたは成りゆきまかせで戦っている。それは破滅のもとです。攻撃のしかたが、あまりにわかりやすい——自分の腕力にたよりすぎ、防御が甘くなっているのです」

「力をかしてくれますか」エラゴンはたずねた。「手があいているとき、稽古をつけてくれませんか？」

アーリアはうなずいた。「もちろん。わたくしができないときは、ブロードガルムにたのむといいでしょう。彼の剣術の腕も、わたくしに引けをとりません。訓練あるのみです。適切な相手と訓練して、経験を積むのです」

礼をいおうと口をひらきかけたとき、サフィラのものではない意識の存在を感じた。広漠として、恐ろしくて、憂いでおおわれた意識。悲嘆があまりに深すぎて、のどが苦しくなり、目の前の色すべてが光沢を失って見える。そして、それがまるで、耐えがたいほどの努力を要する行為であるかのように、黄金のドラゴンが低い、のろのろとした声で言葉を発した。

〔学ばねばならぬ……おのれが見ているものを見ぬく術《すべ》を……〕

意識はすぐに消え、あとには真っ暗な虚空だけが残った。

エラゴンはアーリアを見た。アーリアもおどろいている。同じようにグレイダーの声を聞いたのだ。その向こうで、ブロードガルムやほかのエルフたちも、ざわざわとつぶやきあっている。

サフィラは道ばたで首をのばし、背中にくくりつけられた鞍袋《くらぶくろ》をのぞこうとしている。

みんなに聞こえたのだ。

エラゴンはアーリアといっしょに立ちあがり、サフィラのもとへ走った。

〔彼はわたしにこたえない。もどってきたことはたしかなのに、自分の悲しみにしか耳をかたむけない。ほら……〕

エラゴンはサフィラとアーリアと思考をひとつにして、鞍袋の底にかくしてあるグレイダーの〈心の核〉に意識を近づけた。ドラゴンの遺《のこ》した〈エルドゥナリ〉は、これまでより活気があるようにも感じられるが、依然として外との接触をさけている。伴侶のライダー、オロミスをガルバトリックスに殺されてからずっと、グレイダーの意識は物憂げで無関心なままだ。

三人が無感覚な状態から呼びさまそうとしても、グレイダーはかたくなに無視している。冬眠するクマの頭のまわりで飛ぶハエほどにしか、気にかけてくれない。

それでもエラゴンには、グレイダーが完全に無関心とは思えないのだった——さっきの言葉を考えると。

だが結局、三人は負けをみとめ、それぞれ自分の体に意識をもどした。

アーリアがエラゴンに向かっていった。「じかに手をふれてみたらどうでしょう……？」

エラゴンはブリジンガーを鞘《さや》におさめ、サフィラの前足を踏み台にして肩によじのぼった。鞍《くら》にすわると、うしろを向いて、鞍袋のバックルをはずしにかかる。

バックルを片方だけはずしたとき、大隊の先頭のほうで、進軍を知らせる角笛がけたたましくふき鳴らされた。それを合図に、人間と家畜の長い行列がいっせいに動きだした。行列のぎこちない歩みは、一歩ごとになめらかに、たしかになっていく。

エラゴンはどうすべきかまよって下を見た。アーリアがそれにこたえ、手をふっている。「今夜にしましょう！　さあ、行って！　風のなかへ！」

エラゴンは手早く鞍袋《くらぶくろ》のバックルをとめ、鞍の両側のストラップに足を入れ、空中でふりおとされないようきつくしめた。

サフィラが身をかがめ、歓喜の咆哮《ほうこう》とともに飛びたった。おどろいて身をすくめる人間や、駆けだす馬をよそに、サフィラは巨大な翼を羽ばたかせ、〝かたくて不都合な〟地面をはなれ、広々とした空へどんどんのぼっていく。

ようやくベラトーナをはなれられると思うとほっとして、エラゴンは目をとじて、顔を上むけた。この一週間、食べることと体を休めることしか――ナスアダの指示により――ゆるされず、ウルベーンへ向けて飛べる日を心待ちにしていたのだ。

町の高い建物や塔がはるか下になり、サフィラが水平飛行になると、エラゴンは話しかけた。〔グレイダーはよくなると思うか？〕

〔けっして元どおりにはならない〕

〔ああ。でも、なんとか悲しみに打ち勝ってほしい。ぼくには彼の助けが必要なんだ、サフィラ。知らないことが多すぎる。彼がいなければ、だれにもきくことができないよ〕

サフィラはしばらくだまったまま、翼の音だけを響かせていた。〔急がせることはできない」やがてサフィラはそういった。〔彼は、ドラゴンとライダーに起こりうる最悪の悲劇を味わった。あなた、わたし、そしてほかのだれを助けるにしろ、彼が生きる決意をしてからでなければ。それまでは、だれの言葉も彼にはとどかない」

13

強行軍

獲物を追う猟犬の吠《ほ》え声が、うしろからどんどんせまっていた。

ローランは手綱をぐいっと引き、疾走する軍馬の上で体を前傾させた。地面をけるひづめの振動が、雷鳴のように響いてくる。

カーン、マンデル、バルドル、デルウィン、ハマンドの五人とローランは、七百メートルほどうしろの領主の館で、馬屋から馬を盗んで逃げている。

馬丁たちは泥棒に親切ではなかった。剣を見せるだけで馬を手ばなしはしたが、ローランたちが出ていくなり、館の護衛に知らせたらしい。十人ほどの男たちが、猟犬の群れとともに追ってきた。

「あそこに入れ!」ローランはさけんで、カバの林を指さした。ふたつの山あいから細くのびる林は、きっと小川にそってのびているはずだ。

ローランにしたがって、五人の男たちはふみならされた道をはなれ、林へと馬を飛ばした。荒れた地面になり、馬は速度こそあまり落ちなかったが、穴につまずいて足を折ることも、乗り手を投げ出すこともありうる。危険にはちがいないが、猟犬につかまるよりはマシだ。

ローランは馬に拍車をかけ、土ぼこりのからんだのどで声をかぎりにさけんだ。

「ハイヨーッ！」

牡馬《おすうま》はどんどん速度をあげ、カーンの馬に追いついていく。

だが、いくら拍車をかけてもムチ打っても、これほどの全力疾走には限界がある。馬を死ぬまで走らせるような残酷なことはしたくないが、任務の成否がそれにかかっているならやむをえない。

カーンの横にならぶと、ローランはさけんだ。「においを呪文で消せないか？」

「そんな呪文は知らん！」カーンはこたえた。ふきつける風と馬の駆ける音にまぎれ、かろうじて声が聞こえてくる。「むずかしすぎる！」

ローランは毒づき、肩ごしにうしろを見た。

猟犬の群れは、道の最後のカーブを曲がってくる。長く引きしまった体を猛烈な速さでのばし、まるで地面の上を飛んでいるかのようだ。はなれていても、ローランには犬の赤い舌が見えた。白い犬歯まで見えそうだ。

カバの林に入ると、ローランは低い枝や倒れた幹に気をつけながら、なるべく木々にそって山へと馬を走らせた。ほかの五人もそれにならい、馬にムチを打って全速力で斜面をのぼってくる。

右を見ると、マンデルが上体をかがめ、すさまじい形相でまだら馬を走らせている。この三日間というもの、若いマンデルの体力と忍耐力にはおどろくばかりだ。父親のバートをカトリーナの父親スローンに殺されて以来、マンデルは自分が大人たちとまったく遜色ないことを、必死で証明してきたようだ。過去二回の帝国軍との戦闘では、まさに面目をほどこす戦いぶりだった。

太い枝が目の前にせまってきて、ローランは頭をさげた。兜《かぶと》に当たって、乾いた枝先が折れる音と感触がある。ちぎれた葉がローランの右目をふさぎ、風に飛ばされていった。

木々をぬって山を駆けのぼるうち、牡馬《おすうま》の息づかいがどんどん苦しげになっていった。わきの下からうしろをのぞき見ると、猟犬の群れは三、四百メートル後方までせまっている。あと数分もすれば、まちがいなく追いついてくる。

クソッ！ ローランは心のなかで毒づき、周囲にすばやく目を走らせた。左手には密集する木々、右手には草深い斜面。どこかに何か、なんとかして追手をまく手段はないか？

疲れで頭がぼんやりとして、あやうく見のがすところだった。二十メートルほど前方にシカの歩く道が交差している。小道は斜面をうねうねとくだり、林のなかへ消えている。

「ドウ！……ドウドウ！」ローランはあぶみの上でそりかえり、手綱を強く引いた。走る速度は落ちたが、馬は鼻息荒く首をふってあばれ、ハミを食いちぎろうとしている。

「こらこら、やめろ」ローランはうなって、手綱をさらに強く引いた。

「急げ！」男たちにさけび、馬を木々の生いしげるほうへ進ませた。

木かげに入ると、空気はピリッと冷たく、ほてった体にはありがたい。だが心地よさにひたるまもなく、馬が頭をぐいっとふもとの小川に向け、斜面を転がるように走りだした。蹄鉄《ていてつ》が地面の枯れ葉をギシギシとふみしめていた。ローランは前方に転げおちないよう、上体をほとんどたいらになるまでそらし、足を前につっぱり、ひざで体を固定した。

ふもとまでおりると、馬は石だらけの小川を蹄鉄《ていてつ》の音を響かせてわたりだした。小川の水が、ローランのひざまで跳ねあがってくる。

小川をわたりきったところで馬をとめ、うしろの仲間たちをたしかめた。木の生いしげる斜面を、五人の乗った馬が数珠つなぎでおりてきている。

その上の、ローランたちがいまさっき入った木かげのあたりから、犬の吠《ほ》える声が聞こえてくる。

もう迎え撃つしかないのか……。

ローランはそう思って、またひとり毒づいた。馬を駆りたてて小川からはなれ、うっすらとついた道をたどって、コケにおおわれた土手をのぼりだした。

小川のほど近くに、シダが壁のように茂っていた。壁の向こうは空洞になっている。そこに木が倒れているのが見えた。うまく置けばバリケードがわりになるかもしれない。

連中が弓をもっていなければいいが……。

ローランは手をふって男たちを呼んだ。「こっちだ！」

手綱をピシャリと打ち、シダの壁を通りぬけた。茂みにぽっかりあいた空間に入りこむと、鞍《くら》をつかんで馬からすべりおりた。地面に足がついたとたん、ガクリとひざの力がぬける。ささえがなければ、倒れるところだ。顔をしかめ、馬の肩に額をおしあて、呼吸を整えながら、ふるえがおさまるのを待つ。

ほかの五人も集まってきて、汗のにおいと馬具の音で空気がこもった。馬たちは苦しそうに胸を上下させながら、ぶるぶるっと体をふる。口のはしから黄色い泡がしたたっている。

「手伝ってくれ」ローランはバルドルに声をかけ、倒木を手でしめした。

ふたりは倒木を地面からもちあげようと、太い根もとに手を入れた。ローランは歯を食いしばった。腰や太ももが痛みに悲鳴をあげる。三日間、全速力で馬を飛ばしてきた——十二時間鞍にまたがって、眠るのは三時間たらずという強行軍で、おどろくほど体が打ちのめされている。

これじゃ、酔って吐きそうで、意識が朦朧《もうろう》としてる状態で戦場に立ってるようなものだ。ローランはその事実に狼狽《ろうばい》しながら、倒木を適当な位置にうつして、腰をのばした。

男たちは馬の前に立ち、ふみつけられたシダの壁に向かってそれぞれ武器をかまえた。茂みの外では、追ってくる犬の吠《ほ》え声がいちだんと大きくなっている。けたたましい声が木々にこだまして耳ざわりだ。

ローランは神経を張りつめ、槌《つち》をかまえた。

そのとき、犬の吠え声にまじって、耳慣れないメロディが聞こえてきた。カーンが呪文を唱えているのだ。古代語のもつパワーのせいで、ローランのうなじがゾクゾクした。魔術師カーンは息もつかず短い言葉を続けざまにつぶやいているが、ローランには不明瞭な音にしか聞こえない。

呪文が終わるや、カーンは仲間に手をふり、声をひそめ、緊迫した様子でいった。

「ふせろ！」

いわれたまま、ローランは身をかがめた。こんなときはいつも、自分が魔法を使えないという事実に、悪態をつきたくなる。戦士のどんな技をもってしても、魔法にはとうていかなわない――自分にその力がないために、意志と言葉だけで世の中を変えられる者たちの、言いなりにならねばならないのだ。

目の前のシダがガサゴソとゆれた。猟犬が茂みに黒い鼻先をつっこみ、においをかぎながら、空洞をのぞきこんできた。デルウィンがシッといって、犬の頭をたたき切ろうと剣をかまえるが、カーンが鋭くのどを鳴らし、手をふってそれを制した。犬はとまどうかのように、眉間にしわを寄せた。もう一度空気のにおいをかぐと、紫にはれた舌であごをぺろりとやり、茂みから顔を引っこめた。

シダの壁から犬の顔がなくなると、ローランはとめていた息をゆっくり吐いた。カーンのほうをふりむき、眉を片方つりあげて説明を求めたが、カーンはただ首をふり、くちびるに指をおしあてる。

まもなく、別の二匹が下生えから首を入れ、なかをのぞいてきた。だが最初の犬と同じく、すぐに引っこんでいく。

やがて猟犬たちはみな鼻を鳴らしながら、獲物はいったいどこに行ったのかと、あたりをさがしだした。

かくれているあいだ、ローランはレギンスの内もものあたりが、黒っぽいしみでよごれていることに気づいた。手をふれてみると、指先に血のまじった粘液がうっすらとつく。水疱《すいほう》のできたところが、しみになっているのだ。

太ももだけではない。水疱《すいほう》は手にも——手綱の摩擦で、親指と人さし指のあいだに——かかとにも、そのほか不都合なところにもできていた。

ローランは不快感もあらわに、指先を地面でぬぐった。

近くで身をかがめている男たちに目をやると、みな姿勢を変えたり、武器をにぎりなおしたりするたびに、どこかしら痛そうに顔をゆがめている。自分同様、だれひとりとして、体調のいい者などいないのだ。

次に休憩をとるときに、カーンにみんなを治療してもらおう、とローランは思った。だがカーンの疲れがあまりひどければ、自分の水疱はそのままでもいい。アロウにたどりつく前にカーンが力を使いはたすぐらいなら、痛みをがまんしたほうがいい。アロウの占拠には、カーンの能力がかならず必要になる。

勝利を義務づけられている包囲戦のことを考え、ローランは胸に手を当て、ふところをたしかめた。自分では読めない命令書の束と、つとまるかどうかわからない任務の任命状が、チュニックのなかにしっかりとおさまっている。

長く張りつめた数分がたったころ、猟犬が一匹、上流の林のほうを見て、興奮したように吠《ほ》えだした。ほかの犬もそちらに駆けだし、ワンワン吠えながら獲物の追跡にもどっていく。

吠《ほ》え声が遠のくと、ローランはそろそろと立ちあがり、木々や茂みにすばやく目を走らせた。「だいじょうぶだ」と、声をひそめて合図する。

男たちも茂みのなかで立ちあがった。長身でぼさぼさ頭――口もとに深いしわがあるが、ローランより一歳年上なだけ――のハマンドが、カーンをにらみつけていった。「なんであれをもっと早くやらなかったんだよ？　へんぴな道を手あたりしだいに走ったり、首の骨を折りそうになりながら、山をくだったりする前によ」ハマンドは小川のほうを指さした。

カーンも同じように声を荒げていい返した。「思いつかなかっただけのことさ。犬の歯型でぼこぼこになるのを救ってやったんだ、すこしは感謝してもいいだろうが」

「よくいうよ。それよりあんた、もっと呪文の勉強に精を出せよ。こんなわけのわからないところまで犬に追われちゃかなわんぞ――」

「そこまでだ」ふたりのケンカが手に負えなくなる前にと、ローランが割って入り、カーンに向かっていった。「呪文で護衛たちからも身をかくすことはできるのか？」

カーンは首をふった。「犬にくらべりゃ人間はだましにくい――たいていの人間は、ってことだが」と、バカにした目でハマンドを見る。「ぼくらの姿をかくせても、通った痕跡を消すのは無理だ」ぐしゃぐしゃにふみつぶされた茂みや、ぬかるんだ地面のひづめの足あとを手でしめした。「ぼくらがここにいることは、早晩知られる。犬が注意をそらしているうちに逃げ出せば――」

「馬に乗れ！」ローランは命じた。

ぼそぼそと悪態をつき、ため息をもらしながら、男たちはそれぞれの馬にまたがった。わすれものはないか、最後にもう一度、シダの茂みをたしかめると、ローランはみんなの先頭に馬を進め、そっと拍車をかけた。

男たちは木々の天蓋の下を出て、谷間をはなれ、アロウへの果てしない旅にもどった。

目的地アロウにたどりついたところで、いったい何をすればいいのか、見当もつかなかった。

14 ムーンイーター

エラゴンは肩をまわして、アーリアとブロードガルムと剣で打ち合った午後の首の疲れをほぐしながら、ヴァーデンの野営地を歩いた。

大きく広がるテントの海の真ん中に、孤島のようにひとつ、小さな丘がある。エラゴンはそこにのぼり、両手を腰に当て、たそがれどきの風景を見わたした。眼前に暗く広がるレオナ湖は、野営地のトーチの灯《あか》りをあびて、小波《さざなみ》がオレンジ色に光っている。テント群と湖岸のあいだに、ヴァーデン軍が移動してきた道が走っている。敷石を漆喰《しっくい》でかためた広い道路は――ジョードの話によると――ライダー族がガルバトリックスにほろぼされる以前に建設されたものらしい。三、四百メートル北の湖ぞいに、小ぢんまりとした漁村がある。目の前で軍隊が野営を張るなど、住民にとってはいい迷惑だろう。

〔学ばねばならん……おのれが見ているものを見ぬく術《すべ》を……〕

ベラトーナを発《た》ってからというもの、エラゴンはずっとグレイダーがもらした忠告のことを考えている。あれ以上のことをいわなかったので、言葉の真意がわからない。だからエラゴンはあの謎めいた指示を、文字どおりに受けとめることにした。そしてまさに、目の前のものすべてを見る努力をしている。どんなに小さくても、とるに足らないことに思えても、それがもつ意味を考えようとしている。

だが、努力はあまりむくわれていないようにも感じる。どこのどんなものを見るときも、あらゆる細部に目を向けているつもりだが、それでもなお気づけないことがあるのだ。たとえ気づいたとしても、意味不明なことばかり。たとえば、漁村のなかに見える三本の煙突から、なぜひとつも煙が出ていないのか？

そうした徒労感はあるものの、エラゴンの努力は、ある一点ではむくわれた。アーリアとの剣の打ち合いで、毎回負けとはかぎらなくなったのだ。相手の動きをより注意深く――シカを狩るときのように――観察し、勝ちも何度か奪えるようになった。しかし、まだ力で上まわるどころか互角ですらない。アーリアより強い剣士になるために、何を学べばいいのか、だれに教えを乞うべきかもわからないのだ。

〔アーリアのいうとおり、たよるものは経験しかないのか〕エラゴンは思った。〔でも経験を積むには時間がかかるし、いまのぼくにいちばん足りないのも時間だ。もうじきドラス＝レオナに行って、それからウルベーンに行って……ガルバトリックスとシュルーカンとの対決まで、あと数か月足らずしかない……〕

エラゴンはため息をついた。顔をゴシゴシこすり、何かもっと気が晴れることを考えようとした。だが、気持ちを切りかえようとするたびに、いつも同じ不安や疑問にもどってしまう。犬が骨をくわえてふりまわすように、意味のない挑戦をくりかえしているかのようだ。

物思いにふけりながら丘をくだり、自分のテントの方向へ、道順を気にせずぶらぶらと歩いた。歩くことが、いつも心を静めるのに役に立つ。薄暗い野営地ですれちがう人は、みなエラゴンを見て道をあけ、拳を胸に当て、たいていは「シェイドスレイヤー」と小声であいさつをする。エラゴンはそのたびに、ていねいにうなずきかえす。

十五分ほど、考えながら歩いたり立ちどまったりしていると、何かを熱っぽく語るような甲高い女の声に、思考をさえぎられた。気になって声のほうへ歩いていくと、ほかのテント群からはなれて、節くれだったヤナギの木の下に、ひとつだけテントが張られていた。このあたりでヴァーデン軍に薪にされずに残っている唯一の木だ。

ヤナギの屋根の下には、世にも奇妙な光景があった。

大将のナー・ガルジヴォグをはじめとするアーガルが十二人ほど、小さな焚《た》き火をかこみ、その輪のなかに、ネコの姿をした魔法ネコが何十匹もまじっているのだ。不気味にゆれる影が、アーガルの恐ろしげな顔――太い眉、いかつい頬骨、がっしりとしたあご、額から後頭部へぐにゃりとつきだす角――をいっそうきわだたせている。手首に革の腕甲をまき、肩から手織りのストラップをななめにかけているだけで、上半身はむき出しだ。

ガルジヴォグのほかに、カルが三人いた。巨大なカルとならぶと、百八十センチはくだらないふつうのアーガルが、子どものように小さく見える。

魔法ネコたちはほとんどが焚き火の前でしっぽひとつ動かさず、耳を前方にじっとかたむけて立っているが、なかには地面に寝そべっているネコ、アーガルのひざや腕を枕に寝ているネコもいる。おどろいたことに、カルの広い脳天で丸くなっているネコまでいる。白くほっそりとしたその雌ネコは、右の前足をカルの頭からたらし、額の真ん中をわがもの顔でおさえている。図体の大きさはくらべものにならないが、魔法ネコたちもアーガルと同じぐらい獰猛《どうもう》に見えた。戦う相手として、どちらを選ぶかといえば、エラゴンのこたえはあきらかだ。アーガルはわかりやすいが、魔法ネコは……まったく予測がつかない。

焚《た》き火の向こう側、テントの前に、薬草師アンジェラがいた。折りたたんだ毛布の上にあぐらをかいてすわり、原毛のかたまりから糸をつむいでいる。紡錘《スピンドル》をぐるぐるまわす様子に、ついうっとりと見入ってしまいそうだ。

アーガルも魔法ネコも、アンジェラを食いいるように見つめていた。

「——でもね、ホードの動きがおそすぎたの。怒れる赤目のウサギは、彼ののどを咬《か》み切って殺してしまった。ウサギは森へ飛ぶように消え、歴史から姿を消したの。ところが——」アンジェラは身を乗り出し、声をひそめて続けた。「その近辺を通るとき……あたしもたまに通るんだけど……いまでも、カブみたいに食いちぎられたシカやフェルドノストの死骸を見ることがあるのよ。まわりには異様に大きなウサギの足あとが残っててね。それに、クヴォスの戦士がいまでもたまに行方をくらますんだけど、そんなときはかならず発見されるの……のどを咬み切られた死体がね」

アンジェラはまた体を起こした。「テリンはもちろん、友の死に愕然《がくぜん》として、ウサギを追おうと思った。でも、ドワーフたちはまだ彼を必要としていたの。テリンは砦《とりで》にもどり、それから三日と三晩、包囲戦をもちこたえた。でも、兵糧は底をつきかけ、戦士たちは傷だらけになっていた。

四日目の朝、ついに希望が消えるかというとき、はるか遠く、雲の晴れ間に見えたの。ミムリングを先頭に、ドラゴンの雷群《らいぐん》がやってきた。ドラゴンを見て恐れをなした敵は、武器をすてて荒野に逃げていった」アンジェラは口をゆがめた。「これでクヴォスのドワーフは救われ、めでたしめでたし。ミムリングが地面におりてくると、鱗《うろこ》がダイヤモンドみたいにすきとおっていて、テリンはおどろいたわ。それはね、太陽のそばを飛んだからなの――仲間のドラゴンを呼びに行くため、どんなドラゴンも飛んだことのない、ビオア山脈の頂上より高い空を飛んだのよ。以来、テリンは〝クヴォスの包囲戦の英雄〟と呼ばれ、彼のドラゴンは〝ダイヤモンドのミムリング〟と呼ばれ、しあわせに暮らしたの。でも、本当のところをいうと、テリンは年をとっても、ずっとウサギを恐れていたのよ。それが、クヴォスで本当にあったお話」

アンジェラが話しおわると、魔法ネコたちは満足げにのどを鳴らし、アーガルたちは相槌《あいづち》を打つように低くうなった。

「いい話だった、ウルスレック」ガルジヴォグは岩がゴロゴロと転がるような声でいった。

「どういたしまして」

「でも、ぼくが聞いた話とはちょっとちがうな」エラゴンはそういって、灯《あか》りのなかに歩み出た。

アンジェラの表情が明るくなる。「そりゃあね、ウサギにやられっぱなしだなんて、ドワーフがみとめるわけないわよ。あんた、ずっとその暗がりにかくれて聞いてたの？」

「最後のとこだけね」エラゴンはいった。

「じゃあ、いいところを聞きのがしたわね。でも、今夜はこれ以上話す気はないわよ。もうのどがからからだもの」

カルやアーガルたちが次々と腰をあげ、エラゴンは足の裏に振動を感じた。ひざからおろされた魔法ネコたちは、あちこちでミャーミャーと不満げな声をあげている。

焚《た》き火をとりかこむ、角の生えた奇怪な顔の集団を見ると、エラゴンは剣の柄《つか》に手をかけたい衝動をおさえなくてはならなかった。ともに戦い、旅や狩りをして、思考を調べたことさえあるのに、アーガルの存在にはいまだ違和感をぬぐいきれずにいる。頭では味方であるとわかっていても、敵として戦ったときの数々の恐怖を、骨と筋肉が本能的におぼえているのだ。

ガルジヴォグがベルトにつけた革の巾着から何かをとりだした。焚《た》き火ごしに太い腕をアンジェラのほうへのばすと、アンジェラは糸つむぎのスピンドルを置き、両手でそれを受けとった。雪玉のようにきらきら光る、エメラルドグリーンの水晶球だ。アンジェラは衣装の袖にそれをすうっと入れ、またスピンドルをつかんだ。

ガルジヴォグがいった。「ウルスレック、いつかわれらのテントに来なさるといい。アーガル族の物語をたっぷりお聞かせしよう。話のじょうずな語り部がいるのだ。スタヴァロスクのナー・トゥルクワの勝利の顚末《てんまつ》など、あれが語るのを聞けば、血がかっかと熱くなり、月に向かって吠《ほ》え、角で強敵と戦いたくなる」

「それは、角があればの話だわね」アンジェラがいった。「でも、喜んでお話をうかがいに行くわ。あしたの夜はいかが？」

巨大なカルがうなずいた。

横からエラゴンがたずねる。「スタヴァロスクって、どこにあるの？　初めて聞く地名だな」

アーガルたちが肩をいからせた。ガルジヴォグが頭を低くして、雄牛のように鼻を鳴らす。「ファイアースウォード、どういうつもりだ？」カルは声を荒げた。「わしらを侮辱して、決闘をいどむのか？」手をにぎったりとじたりする動作は、威嚇にほかならない。

エラゴンは慎重に口をひらいた。「侮辱なんかしてないよ、ナー・ガルジヴォグ。正直にたずねただけなんだ。スタヴァロスクって地名、本当に聞いたことがないから」

アーガルたちのあいだに、ぼそぼそとおどろきの声が広がっている。

「なんということだ」ガルジヴォグがいった。「スタヴァロスクのことを知らない人間がいる？　われらの偉大な勝利のことは、北の荒野からビオア山脈一帯まで、すべての地で歌われたのではなかったのか？　少なくとも、ヴァーデンのなかでは話にあがっているはずだ」

アンジェラがため息をつき、糸をつむぐ手から顔をあげずにいった。「ちゃんと話したほうがいいわよ、エラゴン」

エラゴンは意識の底で、サフィラがこのやりとりを見守っているのを感じた。衝突がさけられないとなれば、寝床から飛んでこようとしているのだ。

エラゴンは言葉をよく選んでいった。「ぼくはヴァーデンとそんなに長くいるわけじゃないからわからないけど、だれもそんな話は——」

「ドラジル！」ガルジヴォグはアーガル語で悪態をついた。「あの角なしの裏切り者は、おのれの負けをみとめる度胸もないわけだ。嘘《うそ》つきの腑《ふ》ぬけ野郎め！」

「だれのこと？　ガルバトリックス？」エラゴンは恐る恐るたずねた。

その名前に反応して、魔法ネコたちがシューッと怒りの声を発する。

ガルジヴォグはうなずいた。「そのとおり。やつは力の座につくと、われら種族を絶滅させようと、スパインに大軍を送りこんできたのだ。われらの村をたたきつぶし、骨を焼きはらい、帝国兵が通った地は黒くこげ、無残に変わりはてた。われらも戦った——最初は喜んで戦い、やがては絶望しつつも戦った。それしか道がなかったのだ。われらには逃げ場もかくれ場もないのでな。ライダー族ですら屈したのだ、だれがアーグラールグラを守ってくれる？

しかし、われらは運がよかった。偉大なる大将、ナー・タルクーガがわが軍を率いていたからだ。タルクーガはかつて人間に捕らえられたことがある。長い年月、角つきあわせてきた経験から、人間の考えが読めたのだ。多くの部族が彼の旗のもとに集まった。そして、ガルバトリックスの兵を山脈の細い道に誘いこみ、両側から襲いかかったのだ。大虐殺だ、ファイアースウォード。あたりは血の海で、わしの背丈より高い死体の山がいくつも積みあがった。いまでもスタヴァロスクを歩けば、骨がくだける音がする。コケの下に、小銭や剣や鎧兜《よろいかぶと》のかけらが見つかるだろう」

「そうだったのか！」エラゴンが声を張りあげた。「子どものころから話は聞いてたんだ。ガルバトリックスがスパイン山脈で軍隊の半分を失ったとね。でも、どうして消えたか、その真相はだれも教えてくれなかった」

「半分どころではない」ガルジヴォグは肩をまわし、のどの奥からしわがれ声を響かせた。「こうなったら、われらが勝利の話を広めるのだ。あんたらの種族の語り部や吟遊詩人を見つけて、ナー・タルクーガの歌を教えてやらねばならん。広くあちこちで吟じてもらわねば」ガルジヴォグは心を決めたようように、コクリとひとつうなずいた

――巨大な頭でそれをやると、相当な迫力がある。「では、これで失礼する、ファイ

アースウォード、ごきげんよう、ウルスレック」

アンジェラがクックッと笑いだした。

「どうしたの？」エラゴンはおどろいてふりかえる。

アンジェラはにっこり笑った。「もうじきどこかのテントであわれなリュート奏者が、どんな顔をするのか、想像してたのよ。だって入り口をあけたら、十二人のアーガル――そのうち四人はカル――がずらりと外に立って、アーガルの文化を教えるって息まいてるんだから。悲鳴が聞こえなかったらおどろきだわ」

エラゴンもつられて笑いながら、地面に腰をおろし、枝の先で炭火をつついた。足に温かい重みを感じた。見ると、白いネコがひざの上で丸くなっている。なでようとして手をとめ、ネコにたずねた。「いいかな？」

魔法ネコはしっぽをさっとふるだけで、あとは知らん顔だ。

失礼にあたらなければいいがと思いつつ、ネコの首を恐る恐るなでてみた。すると、ゴロゴロとのどを鳴らす大きな音が、夜気に広がった。

「彼女、あんたを気に入ったみたい」アンジェラがいった。

その言葉がやけにうれしい。「彼女、だれなの？　いや、そのつまり、きみはだれ？

名前は？」気分を害していないか心配で、魔法ネコをちらりと見る。

アンジェラが静かな声で笑った。「彼女の名はシャドーハンター（影の狩人）。というより、魔法ネコの言語ではそういう意味の名前ってこと。正しくは……」薬草師はそこで、動物がうなるようなみょうな咳《せき》ばらいをして、エラゴンはうなじに鳥肌が立った。「シャドーハンターはグリムラ・ハーフポーとつがいだから、彼女は魔法ネコ族の女王といってもいいわね」

ネコののどを鳴らす音が大きくなる。

「なるほど」エラゴンはほかの魔法ネコを見まわした。「ソレムバンはどこ？」

「ひげの長い雌ネコを追いかけまわしてる。自分の半分ぐらいの年のね。まったく、子ネコみたいにバカなことを……でも、だれだって、たまには多少のバカをやってもいいわよね」スピンドルを動かす手をとめ、新しくよった糸を木の円盤のまわりにまきつけると、また軸棒をまわして糸をよりはじめた。「あんた、質問がたくさんありそうな顔してるね、シェイドスレイヤー」

「あんたに会えば会うほど、どんどん混乱してくるよ」

「会えば会うほど？　そりゃあまた、ずいぶん決めつけた言い方ね。いいわ、なんでもこたえるから、きいてごらんなさいよ」

本当になんでもこたえてくれるのかうたぐりながらも、エラゴンは質問を考え、結局こうたずねた。「ドラゴンの雷群《らいぐん》って？　そんな言葉――」

「ドラゴンの群れをさすのにふさわしい言葉よ。群れで飛んでるときの音を聞けば、あんたも納得するわ。十頭、十二頭、もっとそれ以上のドラゴンが頭上を飛んでごらんなさいよ、あたりの空気が雷鳴みたいにとどろくんだから。巨大な太鼓のなかにすわってるようにね。それに、ドラゴンの集団をほかになんて呼ぶ？　ワタリガラスの秘密結社、ワシの集会、ガチョウのにぎやか倶楽部、カモの一座、カケスの楽団、フクロウの議会、いろいろ言い方はあるけれど、ドラゴンは？　腹ぺこ集団？　聞こえがよくないでしょ。炎とか恐怖の軍団とか？　総合的に見れば、恐怖っていうのがぴったりなんだけど――恐怖のドラゴン軍団……やっぱりダメ。ドラゴンの群れは雷がふさわしい。あんたもただ剣をふりまわして、古代語を唱えるだけじゃなく、そういうことを勉強すれば、ちゃんと理解もできるんだろうけどね」

「いや、あんたのいうとおりだよ」エラゴンはそういって、アンジェラを喜ばせた。サフィラの満足感も、とぎれることのない意識のリンクから伝わってくる。ドラゴンの雷群……ぴったりな呼び方だ。

　エラゴンはすこし思案してから、別の質問をした。「ガルジヴォグはどうしてあんたのこと、ウルスレックって呼んだの？」

「大昔、いっしょに旅したとき、アーガルがあたしにその称号をくれたのよ」

「意味は？」

「ムーンイーター」

「ムーンイーター？　みょうな名前だなあ。どうしてそんな名をつけられたの？」

「もちろん、あたしが月を食べたから。ほかにどんな意味がある？」

　エラゴンは眉をひそめ、しばし魔法ネコをなでることに集中した。

　そしてまたたずねた。「なぜガルジヴォグは、あんたに石を贈ったの？」

「話をしてあげたから。当たり前だと思うけど？」

「でも、あれはなんなの？」

「石ころよ。気づかなかった？」アンジェラが非難めいた舌うちをする。「あんたね、まわりのことに、もっと注意をはらわなきゃダメよ。ちゃんと見てないと、だれかにナイフでさされるかもしれない。そうしたら、あたしはいったいだれと謎かけ問答をすればいい?」と、髪をゆさりとはらう。「さあ、続けて。次の質問は? あたしこのゲーム、意外と好きかも」

エラゴンは「えっ?」とばかりに眉をつりあげたが、アンジェラには伝わるはずもない。「チュンチュンってなんのこと?」

薬草師はけたたましい声をあげて笑った。一部の魔法ネコが、歯を見せてニヤリと笑うような顔をしたが、シャドーハンターだけは不愉快そうに、エラゴンの足に痛いほど爪を食いこませた。

「それはね」アンジェラはまだ笑いがとまらない。「どうしてもこたえが知りたいなら、最高の話を聞かせたげる。じつはね……何年か前、ドゥ・ウェルデンヴァーデンのはずれを旅してたとき、都や町や村から遠くはなれた西の果てで、たまたまグリムラと行きあったの。そのころ彼はまだ、小さな部族の族長で、まだ前足も両方そろってた。グリムラはそのとき、巣から落っこちたコマドリの雛《ひな》をいじめてたのよ。ただつかまえて食べたのなら、気にとめなかったわ。だって、それがネコの習性だもの。ただけど彼は、かわいそうなコマドリを痛めつけてた――羽を引っぱったり、尾をかじったり、逃がしては、たたき落としたり」鼻にしわを寄せて不快感を表わす。「やめなさいっていったの。でもグリムラは、うなってあたしを無視した」アンジェラはけわしい目でエラゴンを見た。「あたしね、無視されるのが大きらいなの。だから、コマドリをとりあげて、指をひとふりして、呪文をかけてやったのよ。それから一週間、彼が口をあければ、小鳥みたいにチュンチュンさえずるようにね」

「さえずる?」

アンジェラは笑いをこらえるような顔でうなずいた。「あんなに笑ったのは初めてだったわ。ほかの魔法ネコたちは、丸々一週間、彼に近づけなかったはずよ」

「それであんたのこと、恨んでるわけだ」

「だからなんなの?　敵のひとりやふたりつくれないようじゃ、腰ぬけ――いえ、それ以下だわ。それに、あのときのグリムラの顔を見ただけでも、やりがいがあったわよ。あのおこりようといったら!」

シャドーハンターは警告めいた声でうなり、また爪を立てた。

エラゴンが顔をしかめていう。「どうやら話題を変えたほうがよさそうだ」

「ふうん、そうねえ……」

エラゴンが次の話題をふろうとしたとき、野営地の奥のほうで大きな悲鳴があがった。テント群のどこかで悲鳴は三度あがって、静かになった。リュート奏者はアーガルの一団を見て気絶したにちがいない。

エラゴンはアンジェラと顔を見あわせ、いっしょにふきだした。

15

魔法のうわさ

〔もう夜もおそい〕

エラゴンがテントに向かって歩いていると、サフィラが呼びかけてきた。テントのわきで丸めた体が、トーチのほの暗い光で青い石炭のように輝いている。サフィラは重たいまぶたを片方あけて、エラゴンを見た。

エラゴンはサフィラの頭のそばに腰をおろした。額をサフィラの体におしあて、とげのつきでたあごを抱きかかえる。〔ああ、ほんとだ〕エラゴンはこたえた。〔おまえは寝たほうがいい。一日じゅう風のなかを飛んできたんだからな。さあ、朝までゆっくりお休み〕

サフィラは返事のかわりに一度まばたきをした。

テントのなかに入ると、エラゴンは安らげるようにロウソクを一本灯《とも》した。ブーツをぬいで、簡易ベッドの上に正座した。ゆっくりと呼吸して、心を開放し、まわりの生き物すべてに意識をのばす。地中の虫から、サフィラ、ヴァーデンの戦士たち、そしてかろうじて残っている植物にも――そのエネルギーはあまりにも希薄で、ごく小さな動物の輝きとくらべても、感知するのがむずかしい。

長い時間、心を空にしてそこにすわり、鋭いものからかすかなものまで、無数の感覚を感じとりながら、規則的に息を吸って吐くことだけに集中した。

遠くはなれた場所から、かがり火のまわりに立つ男たちの話し声が聞こえた。夜気が彼らが意図する以上に声を遠くまで運んでくる。エラゴンの鋭い聴覚には、言葉の一つひとつが聞きとれる。エラゴンには彼らの心のなかも感じとれた。その気になれば思考を読みとることもできるが、プライバシーを尊重して、会話だけに耳をかたむけた。

太い声の男がいった。「――で、連中が上からにらみおろしてただろ、おまえが下賤《げせん》の卑しい人間みたいにな。友好的に話しかけても、ろくにこたえもしねえ。ぷいと横向いて歩いてった」

「そうなんだ」別の男が相槌《あいづち》を打つ。「それにあの女たち――彫像みたいにきれえだが、さっぱり愛想がなかったな」

「それはおまえがぶさいくだからだ、スヴァーン、そのせいさ」

「おれの親父があちこちで乳しぼりの娘をくどいてたのは、おれのせいじゃないぞ。それにな、おまえこそ人を非難できる面かよ。その顔を見ると、子どもがうなされる」

太い声の男がうなった。別のだれかが咳《せき》ばらいをしてつばを吐く。薪に当たってジュッという音まで、エラゴンの耳には聞こえた。

三人目の男が話を始めた。「エルフのことが気に食わないのは、おれもみんなと同じだが、まずはこの戦に勝つことが先決だ」

「だが、そのあとでエルフが人間に矛先を向けてきたらどうする?」太い声の男が問いかえす。

「そうだそうだ」スヴァーンが続けた。「シユノンとギリエドを見てみろよ。ガルバトリックスがあれだけの力と軍勢をもってしても、エルフの侵攻をとめられなかったんだぞ」

「とめようとしなかったからだろ」三人目の男がいった。

長い沈黙が続いた。

やがて太い声の男が口をひらいた。「だとしたら、そいつも相当気になるところだが……それでも、ガルバトリックスはどうあれ、もしエルフが自分たちの昔の領土をとりかえしに来たら、人間はどうやって対抗する？　連中はおれたちより速いし強いし、ひとり残らず魔法を使えるんだぞ」

「ああ、でもおれたちにはエラゴンがいるじゃないか」スヴァーンがいう。「エラゴンなら、その気になれば、ひとりでエルフを森に追いかえせるさ」

「エラゴンが？　まさか！　あいつの見てくれは、人間よりずっとエルフに近いだろうが。おれはあいつの忠義心など、アーガルのそれほどにしか信用してねえぞ」

三人目の男がまた話しだした。「なあ、気づいてたか？　エラゴンはいつだってきれいにひげをそってること。どんなに早朝に出発するときでもな」

「ひげそりに魔法を使ってんじゃねえのか？」

「自然の摂理に反することだろ。それに、これだけあちこちでいろんな魔法が飛びかうと、こう思いたくなる。おれたちはどこか洞窟にでもかくれてるから、そのあいだに魔術師同士で勝手に殺しあってくれとな」

「おまえ、肩に矢がささったとき、治療師にやっとこじゃなく、魔法でぬいてもらったろ。あのときは、そんな文句いってなかったよな」

「まあな。でも、そもそもガルバトリックスがいなければ、おれの肩に矢がささることもなかったんだ。やっぱりすべての元凶はガルバトリックスとやつの魔法なんだ」

だれかがフンと鼻を鳴らす。「だがな、おれは全財産を賭けてもいいぞ。ガルバトリックスがいようがいまいが、おまえさんは、いずれは矢がつきささる運命だ。血の気が多すぎるし、戦うしか能のない男だからな」

「エラゴンはファインスターでおれの命を救ってくれたんだ」スヴァーンがいった。

「わかってるって。もしその退屈な話をまた始めたら、一週間おまえに鍋をみがかせるぞ」

「ああ、でも彼は……」

またしばらく沈黙が続き、太い声の戦士のため息がそれを破った。「おれたちには、自分の身を守る術《すべ》が必要だ。そこが問題なんだ。人間は、エルフや魔術師やアラゲイジアのありとあらゆる異様な生き物にふりまわされっぱなしだ。エラゴンのようなやつはいいが、おれたちにそんな幸運はねえ。おれたちに必要なのは――」

「おれたちに必要なのは」スヴァーンが引きとっていう。「ライダー族だ。彼らがいれば、世の中がすべてうまくいく」

「へっ！　ドラゴンはどうするよ？　ドラゴンなしでライダー族はありえんだろうが。それに、ライダー族がいたって、おれたちは自分で自分を守れねえ。それが不安なんだ。ガキじゃあるまいし、母ちゃんのスカートのかげにかくれちゃいられんだろ。だが、夜中にシェイドでもあらわれてみろ、首を切りおとされずにすむ術《すべ》はないんだぞ」

「それで思い出したんだが、バースト卿《きょう》の話を聞いたことがあるか？」三人目の男がいった。

スヴァーンがうんうんと相槌《あいづち》を打った。「自分の心臓を食ったって聞いたぞ」

「おいおい、なんの話だ？」太い声の戦士がたずねる。

「バーストだ」

「バースト？」

「ギリエドのそばに私有地をかまえてる伯爵だ」

「村人をいたぶるために、ラムア川に騎馬兵を進めたとか——」

「そう、そいつだ。村に乗りこんで、村人にガルバトリックスの兵になれと命じる。いつものことさ。だが、そのときは村人が抵抗して、バーストや騎馬兵に襲いかかった」

「勇敢だな」太い声の男がいった。「無謀だが、勇気はある」

「ああ。だが、バーストの巧妙さにはかなわない。前もって、弓兵隊に村をとりかこませていたのさ。村の男の半分が殺され、残りは半死半生の目にあった。そこまではおどろくことじゃない。バーストは攻撃を先導した村人を捕らえた。首根っこをつかみあげ、素手で頭をもぎとったんだ！」

「嘘《うそ》だろ」

「ニワトリみたいにだ。しかも、その男の家族を、生きたまま燃やすよう命じたらしい」

「人間の首をもぎとるとは、アーガルみたいに強いやつなのか」スヴァーンがいった。

「きっとからくりがあるんだ」

「魔法じゃねえのか？」太い声の男がいった。

「聞いた話によると、昔から腕っぷしが強く、頭の切れる男だったらしい。若いころ、手負いの雄牛を拳ひとつで殺したって話もある」

「やっぱり魔法くさいな」

「おまえは、どんな暗がりにも、邪悪な魔術師がひそんでると思ってるからな」

太い声の戦士はうなっただけでだまりこんだ。

その後、男たちはちりぢりに見まわりに出てゆき、エラゴンの耳に話し声は聞こえなくなった。ふだんなら気持ちが動揺するような会話だったが、瞑想《めいそう》の最中は平静でいられた。しかし、あとで考えてみるために、話の内容は記憶のすみにとどめておく。

頭のなかの整理がつき、心がおだやかになったところで意識をとじ、目をあけて、ゆっくりと正座を解き、筋肉の緊張をほぐした。

ふと、ロウソクの火が目にとまり、形を変える炎にしばらくうっとりと見入った。

やがて、テントのなかに置いたサフィラの鞍袋《くらぶくろ》に歩みより、羽根ペンと筆とインク壺と、数日前ジョードに恵んでもらった羊皮紙と、同じくジョードにもらった書物『ドミア・アバ・ウィアダ』――『運命の支配』をとりだした。

ベッドにもどると、インクでよごすことのないよう、重い書物を体からじゅうぶんはなして置いた。それから、盾を盆のようにひざにのせ、湾曲した面に羊皮紙を広げた。インク壺《つぼ》をあけ、タンニンのにおいが鼻にツンとするのを感じながら、オークの木の虫こぶでつくったインクに羽根ペンをひたす。

ペン先を壺のふちにつけ、よぶんなインクを落とすと、慎重に紙の上におろした。カリカリと静かな音をたてながら、自分の母語をルーン文字で書きつける。書きおえると、前夜のできばえとくらべてみる。ほんのすこしだけ上達したのをたしかめ、手本としている『ドミア・アバ・ウィアダ』のルーン文字ともくらべてみる。

きれいに書くのがエラゴンにはとくにむずかしい。形に気をつけながら、アルファベットの書きとりをあと三度くりかえした。それが終わると、今日のできごとや思ったことを書きとめる。これは文字の練習にもなるし、その日に見たことやおこなったことを理解するのにも役に立つ。

根気のいる作業だが、むずかしいからこそ意欲を掻《か》きたてられる。エラゴンはそれが楽しかった。それに、こうしていると、語り部ブロムに、ルーン文字の意味をひとつずつ教わったことを思い出す。エラゴンにとっては、父親の存在が近くに感じられる唯一の時間なのだ。

書きたいことをすべて文字にすると、ペンをきれいに洗って、筆にもちかえ、こんどは古代語の象形文字が書きつづられた羊皮紙を広げた。

エルフのリドゥエン・カヴェイディの、複雑で流れるような字体をつづることは、ルーン文字よりはるかにむずかしい。それでもエラゴンが根気よく続けるのには、ふたつの理由がある。もちろん、この字体に慣れておきたいから。そして、古代語で何かを書くとき、この字体で書けばほとんどの人に意味を知られずにすむからだ。

エラゴンは記憶力はいいほうだが、それでもブロムやオロミスに教わった呪文を、ずいぶんわすれていることに気づいた。そこで、自分の知っている古代語をまとめて、辞書をつくることにしたのだ。辞書というものはもともとあったにせよ、自分でとりくんでみて初めて、こうした一覧表のありがたみに気づかされた。

数時間、辞書づくりに没頭して、書きものの道具を鞍袋《くらぶくろ》にしまうと、入れかわりにグレイダーの〈心の核〉をおさめた箱をとりだした。いつものように無感覚な老ドラゴンを目ざめさせようとするが、やはり無駄だった。だが、それだけではあきらめず、エラゴンはあけた箱の横にすわって、『ドミア・アバ・ウィアダ』の——ほとんどなじみのない――ドワーフの宗教儀礼のページを声に出して読みはじめた。

やがて夜がふけ、真夜中になるころ、ようやく本を置き、ロウソクの火を消してベッドに入った。それからごく短い時間、目ざめたまま幻想的な夢のなかをさまよい、東の空がほの白くなるころ起きあがる。また新しい一日の始まりだ。

16 アロウ

ローランと五人の男たちが道ぞいのテント群にたどりついたのは、午前中だった。極度の疲労でくもったローランの視界に、ヴァーデンの陣営はぼんやりとかすんで見えた。その南一・五キロ先にアロウの都があるが、大まかな外観が見えるだけだ。氷河のように白い防壁、かんぬきのかかった大きな門、堅固な石の塔がいくつもつきだしている。

ローランは馬の鞍《くら》にしがみつくようにして、野営地に駆けこんだ。馬は倒れる寸前だ。くしゃくしゃな髪の少年が駆けよってきて、くつわをつかんで馬をとめた。

ローランは何が起きたのかよくわからず、ただ少年を見おろし、しばらくたってからしゃがれ声でいった。「ブリグマンを呼んできてくれ……」

少年は何もいわずきびすを返し、土ぼこりをあげながら、テントのあいだを裸足で駆けていった。

ローランはそれから一時間も待たされたように思えた。馬の苦しげなあえぎと張りあうように、耳のなかで血液の音がドクドクと響いている。足もとに目を落とすと、地面がまだ動いているように見える。地中へトンネルが掘られ、無限のかなたまで後退していくようだ。どこかで拍車の音がした。戦士が十人ぐらい近くに集まってきて、槍《やり》や盾に寄りかかり、興味深げにローランたちを見物している。

野営地の奥から、青いチュニックを着た肩幅の広い男が、折れた槍を杖《つえ》がわりにして、のろのろと歩いてきた。あごは大きなひげでおおわれているが、鼻の下にはひげがなく、汗が光っている――痛みによるあぶら汗なのか、暑さのせいなのかは、わからない。

「ストロングハンマーか？」男がいった。

ローランはうなってこたえた。鞍《くら》をにぎる手をゆるめると、ふところからしわくちゃになった四角い羊皮紙をとりだし、ナスアダからの命令書を手わたした。

ブリグマンは親指で封蠟《ふうろう》を破り、命令書をじっと読んだあと、その手をおろし、まったくの無表情でローランを見た。

「到着を待っていた」ブリグマンはいった。「四日前、ナスアダのおかかえの魔術師が交信してきて、出発したことは聞いていたが、まさかこれほど早く着くとは」

「かんたんではなかった」ローランがこたえる。

ブリグマンはくちびるをゆがめた。「そう……だろうな」命令書をローランに返す。「ストロングハンマー、いまからあなたが指揮官だ。ちょうど西門から攻めこもうとしていたところだ。自分で攻撃の指揮をとりたいだろう？」短剣のように鋭い質問だ。

目の前が急にかたむいたような気がして、ローランは馬の鞍《くら》にしがみついた。だれかと議論して、言い負かす気力などとてもない。

「今日の攻撃は中止する。そう伝えてくれ」

「気でもちがったか？　そんなことで、どうやって町を攻略するつもりだ？　早朝からずっと攻撃の準備をしてきたんだ。あんたが寝不足を解消するまで、ここでのんびり待つつもりはない。二、三日のうちに包囲戦を終わらせろと、ナスアダにいわれてるんだ。アングヴァードの名にかけて、わたしはそれをやりとげる！」

ローランはブリグマンにしか聞こえない低い声音で、うなるようにいった。「攻撃は中止だと伝えるんだ。命令にそむくなら、逆さ吊りにしてムチ打ちの罰だ。おれが休息をとって、状況を把握できるまで、どんな攻撃も許可しない」

「あんたはどうかしてる。そんなことで——」

「口をとじて、任務を果たせないなら、おれがあんたをぶちのめす——いますぐここでだ」

ブリグマンは鼻孔を広げた。「その状態で？　どう見ても無理だ」

「おれを甘く見るな」本心から出た言葉だった。いまの状態で、どうやってブリグマンを倒すかはわからないが、体の奥深くにある細胞が、できると確信していた。

ブリグマンは葛藤するような表情を見せたあと、「わかった」と、吐きすてた。「ふたりで泥まみれでぶったおれてるのを、部下たちに見せるわけにはいかないからな。あんたがそうしろというなら、このまま待機させよう。だが、時間が無駄になるのは、わたしのせいではないからな。あんたが自分で責任をとるがいい」

「よくわかってるさ」ローランはいった。しめつけられるような痛みをのどに感じながら、馬からおりる。「この包囲戦にこんなに手間どっているのは、あんたの責任だってこともな」

ブリグマンが険悪な表情になった。ローランは、自分への嫌悪感が憎悪に変わったのを見てとり、もっとうまく対応すべきだったと反省した。

「テントはこっちだ」

目がさめたとき、まだ午前中だった。

テントを満たすやわらかい光が、ローランの気持ちをふるいたたせた。最初は、ほんの何分かしか眠っていないのかと思った。しかし、それにしては頭も体もずいぶんすっきりしている。

丸々一日無駄にしてしまったことに気づくと、ローランはそっと自分をののしった。

薄い毛布をかけているが、心地よい南の気候にはほとんど必要ない。しかも、ブーツと服をつけたままだ。ローランは毛布をはぎ、体を起こそうとした。

全身の筋肉がちぎれそうな気がして、思わず息をとめ、うめいた。あおむけに倒れ、テントの天井を見つめてあえぐ。激痛はすぐにおさまったが、体じゅうがズキズキとうずいている——数か所がとくにひどい。

しばらくして、ようやく力を蓄えると、体を横に向け、やっとの思いで足をベッドからおろした。そこで一度息を整える。立ちあがるという行為が、とてもなく困難なことに思えた。

なんとか両足で立つと、ローランは苦々しい笑みを浮かべた。おもしろい一日になりそうだ。

ほかの五人はすでに起きて、テントの外で待っていた。だれもがげっそりと疲れていて、ローランと同じぐらい動きがぎこちない。みんなとあいさつをかわしたあと、ローランはデルウィンの前腕の包帯をさしてたずねた。「痛みはおさまったか?」酒場の主人に果物ナイフで切られた傷だ。

デルウィンは肩をすくめた。「まあまあだ。いざとなりゃ、戦える」

「そうか」

「まずは何から始める?」カーンがたずねた。

ローランは太陽に目をやり、正午までどれぐらい時間があるかはかった。「まずは散歩だ」

ローランは男たちを連れて、野営地の中心から順にテントをまわって歩いた。部隊の現在の状況、武器の状態を調べるためだ。ときおり足をとめ、言葉をかわした印象では、戦士たちは疲れはて、意気消沈しているようだ。それでも、ローランの姿を見て、多少は元気づいたようにも見えた。

野営地の南端まで歩いたところで、計画どおりローランは視察を終えた。そこからアロウの堂々たる大建造物をじっと観察した。

アロウの町は二段式の造りになっていた。外側は広く、多数の低い建物が建ちならんでいる。内側はそれよりせまく、建物はしだいに高くなり、町の中央付近にもっとも高い建物がある。二段式の町は丸ごと防壁でかこまれている。防壁には五か所に門が見える。二か所が北と東の道路へ出る門、残る三か所は南向きの水路をまたぐ門。町の西側には、絶え間なくゆれる海が広がり、水路の水が注ぎこんでいるはずだ。堀がないことだけが救いか……ローランは思った。

北向きの門は破城槌《はじょうづち》を打ちこんだ傷があり、門前の地面は荒れて、戦闘の跡がありありと残っている。投石機が三台、弩砲《バリスタ》が四台。ローランが〈ドラゴンウィング号〉でなじみになった兵器だ。防壁の前には、くずれおちそうな攻城塔が二棟ならんでいる。兵器のそばで男たちが数人すわりこみ、パイプをふかしたり、革のシートを広げてサイコロ遊びをしたりしている。巨大な一枚岩の都市を前にして、なんともおそまつな装備だ。

アロウをとりまく低い平地は、海へとなだらかに傾斜している。緑の大地に点在する無数の農場は、いずれも木製の柵でかこまれ、わらぶきの小さな家が少なくとも一軒ずつある。またいたるところに、広い地所をもつ石造りのりっぱな屋敷が見られる。各邸宅が高い防壁と——ローランが推測するに——門衛で守られている。農場の領主や裕福な商人が住んでいるのだろう。

「どう思う?」ローランはカーンに問いかけた。

魔術師はかぶりをふった。たれた目をどんよりとくもらせてこたえる。「山を相手に包囲戦をやるようなものだな、これは」

「そのとおり」ブリグマンが近づいてきて、そういった。

ローランは何もいわなかった。自分がどれほど意気消沈しているか、まわりに知られたくなかった。ナスアダはどうかしてる。たった八百の戦士で、本当にアロウを征圧できると信じてるのか? 八千の戦士にエラゴンとサフィラでもいれば別だが、これじゃとても……。

めに。

それでも、なんとか策を見つけなければならない。何をおいても、カトリーナのために。

ローランは町に目をすえたまま、ブリグマンにいった。「アロウのことを、くわしく知りたい」

ブリグマンは杖《つえ》がわりの槍《やり》を地面にねじこんでから、話しはじめた。「ガルバトリックスは用意周到だ。われわれが陸路を遮断する前に、アロウに食糧をたっぷり備蓄させていた。見てのとおり、水には不自由しない。たとえ水路の流れをそらしても、町のなかに泉や湧水がいくつもある。カブばかり食ってたんじゃ、民もいずれうんざりするだろうが、そうでなけりゃ、町から出ずに冬までもちこたえることも可能だろう。それに、ガルバトリックスはアロウに相当な数の兵を駐屯させている——われわれの二倍以上はいる。それに加え、通常の駐留部隊もいる」

「どうしてそれがわかったんだ?」

「情報提供者だよ。しかし軍事経験のない男だったから、アロウの弱点を見つけると安請合いしたのだ」

「なるほど」

「夜陰にまぎれて、小隊を町に侵入させることになった。彼はその手引きをしてくれることになっていたんだ」

「それで？」

「待てど暮らせど、あらわれない。翌朝、胸壁の上にその男の生首がのっていた。東門のところに、いまも置かれたままだ」

「そうか。門はここから見える五か所以外にまだあるのか？」

「ああ、あと三か所。波止場のそばに、水路三本分の門と、その横に人間と馬の出入りする門、あっちのはしにもうひとつ陸の門」ブリグマンは町の西側をさした。「ほかの門と造りは同じだ」

「どれかひとつでも、破壊できそうなのはないか？」

「かんたんではない。海岸側はせますぎて、作戦行動に向いていない。弓や投石から退避する場所もない。したがって残る選択肢は、いま見えている門と、西側の門。町の周囲は、海側以外、どこも同じような地形だ。だからわれわれは、いちばん手前の門を攻撃目標に選んだ」

「門扉は何でできてる？」

「鉄とオーク材。いま突破できなければ、何百年でももちそうだ」

「魔法で防御されてるのか?」

「ナスアダが魔術師を送ってくれなかったから、そんなことは知りようがない。ホルステッドは――」

「ホルステッド?」

「ホルステッド卿《きょう》。アロウの統治者だ。聞いたことはあるだろう?」

「いや」

一瞬の沈黙があり、ローランはブリグマンの顔にうかんでいるあざけりが増すのを感じた。

ブリグマンは続けた。「ホルステッドには魔術師がつきしたがっている。青白い顔をした、薄気味の悪いやつが防壁の上にのっているのを見た。ひげ面の口を動かして、呪文で攻撃してくるが、まれに見る無能な魔術師で、あまり役には立っていないようだ。ただ一度、破城槌《はじょうづち》で攻めこもうとしたとき、戦士がふたり火だるまにされたが――」

ローランはカーンと目を見あわせた――魔術師のカーンは、さっきよりさらに不安げな顔をしている――が、魔法の件にかんしては、ふたりだけのときに話しあうことにした。

「水路の門を破るほうが、楽じゃないんだろうか？」ローランはいった。

「足場はどうするんだ？　見てのとおり、門扉はどこも防壁の奥まったところにある。攻めこむときの足がかりすらない。しかも、門の屋根には、はねあげ戸や細い切りこみがある。あんなところへ入りこむバカがいたら、あっという間に熱した油や、投石や、弓矢の餌食になる」

「門扉は水中までかたい鉄でできてるわけじゃないだろ。それじゃ、水が流れないからな」

「それはそうだ。水面から下は、木と鉄の格子でできている。水流をさまたげないように大きめの穴があいている」

「だろうな。門扉はつねにおりているのか？　ヴァーデンがここを包囲する前から？」

「夜間はそうだが、日中はたぶん、あいていたはずだ」

「なるほど……で、防壁は？」

ブリグマンは足をふみかえた。「つるつるにみがかれた花崗《かこう》岩だ。石の継ぎ目はナイフの刃一枚通らないほど密着している。おそらくドワーフがつくったものだ。ライダー族がほろびる前につくられたのだろう。壁の奥には粗石がびっしり詰まっているようだが、まだ壁にひびを入れたこともないから、はっきりとしたことはいえん。基礎は地中に三、四メートル、あるいはそれ以上あるだろう。つまり、その下にトンネルを掘ることも、壁を掘りくずすのも無理ということだ」

ブリグマンは一歩前に出て、北から西にかけて点在する地主たちの館を手でしめした。「地主たちのほとんどが町に避難したんだが、衛兵が残って屋敷を守っている。連中がうちの斥候を襲ったり、馬を盗んだり、いろいろとめんどうを起こすんだ。これまでに屋敷を二軒、占領したが――」と、数キロ先の焼け跡を二か所、指さす。「確保しておくほうがめんどうなので、略奪して火をはなった。残念ながら、ほかの屋敷まで占領できるほど人員はいない」

バルドルが疑問を口にした。「なんでアロウに水路が必要なんだ？　作物に水をやるのに使ってるわけじゃなさそうだし」

「ここじゃ、水やりは必要ない。冬の北国に雪をもちこむ必要がないのと同じだよ。湿気をふせぐことのほうが大変だ」

「じゃあ、なんのために使ってるんだ？」ローランはたずねた。「それに、どこから流れてきてる？　ジエト川だなんていっても信じないぞ。あまりに遠すぎる」

「当たり前だ」ブリグマンは一蹴した。「ここの北の湿地帯にいくつか湖があるんだよ。塩分のまじったまずそうな水だが、ここいらの連中はそれに慣れている。一本の川が湿地帯から四、五キロ先まで流れてきて、そこで三本の水路に分かれている。何段かの滝があって、粉ひき場の動力として使われてるわけだ。収穫期になると、農夫は穀物を荷馬車で粉ひき場まで運び、できあがった小麦の袋は荷船で町なかに運ばれる。水路はほかにも材木やワインや、地主たちの館から町へ物資を運ぶのに重宝されている」

ローランは首のうしろをもみながら、町をじっと観察した。ブリグマンの話には興味をそそられるが、作戦にどう役だつのかはわからない。「周辺の環境で、ほかに特徴的なことは？」

「海岸線のはるか南に、粘板岩の鉱山があるぐらいだ」

ローランはうなって、また考えこんだ。「粉ひき場を見てみたいな。だがその前に、いままでの状況をくわしく教えてもらおう。それと弓矢からビスケットにいたるまで、どれぐらいの蓄えが残っているか知りたい」
「では、案内しよう……ストロングハンマー」

それから一時間ほど、ローランはブリグマンとふたりの副官に、これまでの作戦の結果――防壁にどんな攻撃をこころみたか――をくわしく説明させた。そして部隊に残っている物資の一覧表をつくらせた。

かろうじて武器は足りているということか……。戦死者の数を数えながら、ローランは思った。だが、たとえナスアダに期限を決められていないとしても、あと一週間もここにいれば、戦士や馬の食糧は底をついてしまう。

ブリグマンとその取り巻きの説明は、ほとんどが巻物に書かれた記録や数字にもとづくものだった。ローランは彼らにそれを読みあげさせ、角ばった黒い点や線の羅列が読みとれないことは、極力気づかれないようにした。だが、他人にたよるしかないというのは、歯がゆくてならない。ナスアダのいうとおりだと思った。字が読めなけりゃ、「紙にこう書いてあります」と嘘《うそ》をつかれても、おれには見やぶれない……包囲戦が終わって引きあげたら、カーンに教えてもらおう。

アロウのことを知れば知るほど、ローランはブリグマンの苦境に同情をおぼえずにいられなかった。なんの手だてもないまま、この町を占拠しろとは、気が遠くなるような任務だ。本人を好きかどうかは別として、ブリグマンはこの状況下ですべきことはすべてやったのだと、ローランにもわかる。ブリグマンが失敗したのは、隊長として無能だったからではなく、ふたつの資質が欠けているからだ。ローランに何度も勝利をもたらした資質——大胆さと想像力だ。

状況の把握を終えると、ローランと五人の仲間はブリグマンとともに、アロウの防壁と門を近くで——ただし安全な距離から——見るために馬に乗った。ふたたび鞍《くら》にすわるのはおどろくほどつらかったが、ローランは泣き言をいわずに耐えた。

野営地を出て、町へ続く道に馬を走らせているとき、ローランはときどき、敷石に当たる馬のひづめがみょうな音をたてることに気づいた。ここへ来る道中、最後の日にも似たような音を聞いたことを思い出し、気になってきた。

見おろすと、たいらな敷石の表面に、変色した銀のようなものが、クモの巣状に不規則な模様を描いている。

ローランはブリグマンを呼んで、たずねてみた。

ブリグマンは声を張りあげてこたえた。「このあたりの土は漆喰《しっくい》に向かないんで、鉛で石を固定してるんだ！」

ローランは最初、冗談かと思ったが、ブリグマンはまじめな顔でいっている。道をつくるのに使えるほど、金属がありあまっているとはおどろきだった。

彼らは石と鉛の道を走り、アロウの町の灯《あか》りに近づいていった。

まずは、アロウの防御態勢をじっくり観察した。だが近くで見ても、なんら目新しいことは見つからず、難攻不落という印象が強くなるばかりだ。

ローランはカーンのそばへ馬を寄せた。魔術師カーンはどんよりとした目でアロウの町を見つめながら、ひとりごとをいうかのようにくちびるをそっと動かしている。

ローランはそれが終わるのを待って、低い声で問いかけた。「門に何か呪文がかかってるのか？」

「ああ、そう思う」カーンも声をひそめてこたえる。「でも、どれほどの数かも、どんなねらいがあるのかもわからない。こたえを引きだすには、時間がかかりそうだ」

「なんでそんなにむずかしいんだ？」

「むずかしいんじゃないんだ。意図的にかくしたものじゃないかぎり、たいていの呪文はかんたんに見つけられる。それに、かくそうとしたって、魔法っていうのは、さがし方さえ知っていれば、あきらかな痕跡が見えるものだからね。だけど心配なのは、呪文のなかに罠《わな》がまじってるかもしれないってことなんだ。門の魔法に手出しさせないように罠がかかってるとしたら、不用意に手を出すと、それを引き金に何が起きるかわからない。きみの目の前で、ぼくが溶けて水たまりになってもおかしくない。できれば、それはさけたいからね」

「おれたちはこの先をまわってみるが、おまえは残るか？」カーンは首をふった。「野営地をはなれてるとき、きみを無防備にするのはよくない。日が落ちてからもう一度見に来よう。門にもっと近づいてみたいしね。いまはアロウの歩哨《ほしょう》から丸見えだから、これ以上近づけない」

「そうか、わかった」

防壁や門をじゅうぶんに観察すると、ローランはブリグマンに、近くの粉ひき場へ案内させた。

粉ひき場はほぼブリグマンの説明どおりだった。運河の水による六メートルの滝が三段続き、それぞれの滝壺《たきつぼ》に水車があった。ひしゃくに水を受けた羽根車が、しぶきをあげながらまわっている。それぞれの水車は太い心棒で小屋のなかの石臼につながっている。同じ形の三棟の小屋が、階段状の土手に積みかさなるように建ち、なかにある巨大な石臼でアロウの民のために粉をひいているのだ。

羽根車はまわっているが、いまは小屋のなかの複雑な歯車や装置とはつながっていないのがわかる。石臼がまわる音がしないからだ。

ローランはいちばん下の水車のそばで馬をおり、小屋のあいだを歩いて、滝の上の水門を見あげた。あの水門で、水車に落ちる水を調節しているのだ。水門はあいているが、ゆっくりとまわる三台の水車の下には水が深くたまっている。

ローランは土手の途中で足をとめ、草の生えたやわらかい地面に立ち、腕組みをして胸にあごをつけ考えこんだ。どうすればアロウに侵入できる？　町のどこかに、熟したひょうたんを割るようにアロウの守りをやぶる戦術が、かならずあるはずだ。だがどうしても思いつかない。

考えすぎて頭が疲れてくると、ローランは回転する心棒の音と、しぶきをあげる滝の音に耳をかたむけた。

おだやかな音を聞きながらも、ローランにはとげのようにチクリとささる痛みがあった。この場所がデンプトンの製粉所を思い出させるからだ。ラーザックが故郷の家を焼きはらい、父親をむごたらしい死に追いやったあの日、ローランは製粉所ではたらくためにセリンスフォードへと発《た》ったのだ。

いくらわすれようとしても、その記憶が胸をしめつける。

あのとき、出発を何時間かおくらせていたら、親父を助けられたんじゃないか？ そう問いかけ、もっと現実的な自分がこたえる。だとしても、おれだってなす術《すべ》もなくラーザックに殺されてたにちがいない。エラゴンがいなけりゃ、おれなんか、赤ん坊と同じぐらい無力だったはずだ。

足音をたてず、バルドルが運河のふちにやってきた。「何か作戦は見つかったか？ みんなが気にしてるぞ」

「いろいろ思いつくんだが、作戦とまでは——。おまえはどうだ？」

バルドルも腕組みをした。「ナスアダがエラゴンとサフィラを、救援に送ってくれるのを待つとか？」

「まさか」

ふたりはしばらく、たえまない運河の流れを見つめていた。やがてバルドルがいった。「あきらめて降伏しろと、おまえがふつうに呼びかけてみたらどうだ？　おまえの名を聞いたとたん、ふるえあがって門をあけるかもしれんぞ。足もとにひれふして、命ごいをするんじゃないか？」

ローランはふっと苦笑した。「はるばるアロウの町まで、おれの名がとどろいているとは思えんが、それでも……」あごのひげに指をすべらせる。「ためしてみるのもいいかもな。動揺させるぐらいのことはできるかもしれん」

「もし侵入できたとして、たったあれだけの部隊で町を占拠できると思うか？」

「さあ、どうかな」

ふたりともだまりこんだ。バルドルがつぶやく。「おれたち、なんて遠いとこまで来ちまったんだろう」

「ああ」

静寂のなか、水の音と水車のまわる音だけが響く。バルドルがいった。「おれたちの村とくらべると、このへんの雪どけ水はずいぶん少ないんだろうな。じゃないと、春先には水車が半分は水にもぐっちまうんじゃないか？」

ローランはかぶりをふった。「雪や雨がどんなにふろうと関係ないのさ。水車が速くまわりすぎないように、水門で水の量を調節してるんだから」

「でも、もし水かさが水門の高さをこえたら？」

「その日の製粉が終わっていれば、それにこしたことはないが……とりあえず歯車をはずして、門をあけて、それから……」と、言葉がとぎれる。頭のなかで場面を想像しているうちに、ハチミツ酒をジョッキで一気に飲んだように、全身が熱くなってきた。

ひょっとしたら……？　ローランは必死で考えた。本当にできるのか……いや、そんなことはどうでもいい。やるしかないんだ。だって、ほかに方法があるか？

ローランは真ん中の滝壺《たきつぼ》のふちまで歩いていくと、水門をあげさげする装置の丸い輪どめをつかんだ。肩をおしつけて全体重をかけてまわしても、ネジがかたく、びくともしない。

「手伝ってくれ」ローランはバルドルを呼んだ。

不思議そうな顔で見ていたバルドルが、滝壺のふちにそろそろと近づいてくる。ふたりで力を合わせてなんとか水門をとじると、バルドルに質問もさせず、ローランは上と下の水門もしめにかかった。

三つの門をすべておろすと、ローランはカーンやブリグマンのもとへもどり、馬をおりてこいと手まねきをした。心がはやり、みんなが集まってくるのを、槌《つち》の頭をたたいてじりじりと待つ。

「それで？」ブリグマンがせっつくようにいった。

ローランはそれぞれの目を見て注目を集めてから、口をひらいた。「よし。作戦はこうだ――」それから三十分、ローランはとつぜん頭にひらめいた計画を、早口で一心不乱に話しつづけた。マンデルの顔には笑みが広がり、バルドルとデルウィンとハマンドは真剣な表情ながらも、ローランの大胆な作戦に興奮をかくせずにいる。

ローランは仲間たちの反応がうれしかった。これまでいろいろなことを成しとげ、信頼を勝ちとってきたおかげで、いまもこうして仲間に支持してもらえるのだ。こわいのは、彼らの期待を裏切ることだ。それより悪い運命を想像できるとしたら、カトリーナを失うことぐらいしかない。

そのいっぽうで、カーンは懐疑的な表情を浮かべていた。ローランもこれは予想していた。だが、ブリグマンのあからさまな態度にくらべれば、カーンのそれはかわいいものだった。

「正気の沙汰じゃない！」話しおえたローランに、ブリグマンはいいはなった。「そんなこと、うまくいくわけがない！」

「その言葉をとり消せ！」マンデルが拳をかためて、前へ飛びだした。「ローランは、あんたよりずっと多くの戦闘で勝利してきたんだぞ。しかも、あんたみたいにおおぜいの戦士をあごで使わずにな」

ブリグマンがヘビのように上くちびるをゆがめてどなる。「この小童《こわっぱ》め！　正しい口のきき方をたたきこんでやる」

ブリグマンに飛びかかろうとするマンデルを、ローランがおしもどした。「おい！　行儀よくしろ」

マンデルはふくれっ面で引きさがり、相手をにらみつづけた。

ブリグマンはそれに冷笑を返す。

「たしかに奇抜な作戦だ」デルウィンがいった。「だが、これまでも、おまえの奇抜な作戦が、おれたちの役に立ってきたもんな」カーヴァホールの男たちが同意の声をあげる。

カーンもうなずいた。「うまくいくかいかないかは、わからない。でも、敵に不意打ちを食わせられることだけはたしかだな。正直なところ、どんなことになるか興味があるよ。こんな作戦、前代未聞だもんな」

ローランはかすかに笑みを浮かべると、ブリグマンに向かっていった。「いままでの作戦を続けるとしたら、それこそ正気の沙汰じゃない。アロウ征圧の期限はもう二日半しかないんだ。並みのやり方で無理なら、思いきって並みはずれたことをやるしかないんだ」

「だとしても」ブリグマンがぼそぼそという。「そんなバカげたことをやれば、大事な戦士をおおぜい失うことになる。あんたの賢さとやらを実演するだけのためにね」

ローランはニッと笑い、ブリグマンにぐっと顔を近づけていった。「納得する必要はないんだ、ブリグマン。おれのいうとおりにやればいいだけだ。さあ、命令にしたがうか、したがわないか?」

ふたりのあいだの空気が、たがいの呼吸と体温で熱くなってくる。ブリグマンは歯を食いしばり、槍《やり》をさっきよりもっと激しく地面にねじこみながらも、視線をそらし、あとずさった。「ふん！　しばらくはあんたの犬になるが、ストロングハンマー、見てるがいい、じきに報いを受けることになるぞ。こんな決断をしたことの責任を負うときが来る」

アロウを征圧できれば、そんなことはどうでもいい。ローランは思った。「馬に乗れ！」と、高らかにさけぶ。「やることが山積みだ。時間がないぞ！　さあ、急げ急げ！」

17 ドラス＝レオナ

太陽がサフィラと同じぐらい高く空にのぼるころ、ヘルグラインドが北の地平線に見えてきた。まわりの景色から牙のようにつきでた石の塔。

エラゴンはサフィラの鞍《くら》の上で、灰色の塔を見つめながら嫌悪感と闘っていた。ヘルグラインドは、ありとあらゆる悪い記憶を呼びおこす。できればひと思いに破壊して、むき出しの岩の尖塔《せんとう》が地面にくずれおちるさまを見てみたい。サフィラはそこまで関心をもっていないにしろ、暗い石の塔の近くを飛ぶ不快感が、エラゴンにも伝わってくる。

夕方までにヘルグラインドは背後に去り、前方にドラス＝レオナが見えてきた。となりにはレオナ湖が広がり、大小さまざまな船が錨《いかり》をおろしている。ドラス＝レオナはエラゴンの記憶どおり、低い建物がどこまでもびっしりと建ちならんでいるのにどこか荒涼たる印象の町だ。中心部は黄土色の泥塀でかこまれ、その外に入り組んだ細い道、みすぼらしいあばら屋が密集している。

町の防壁である泥塀の向こうに、とげにおおわれた黒い巨大な建物がそびえている。ドラス＝レオナの大聖堂だ。ヘルグラインドの司祭たちが、身の毛のよだつ儀式をおこなっている場所だ。

北へ向かう道には、難民の列が長く続いている——包囲された町をすて、ティールムやウルベーンに向かう人々の列だ。ヴァーデンの容赦ない侵攻からのがれ、一時的にでも安全な住みかを見つけようとしているのだ。

エラゴンにとって、ドラス＝レオナは初めて来たときと変わらず、不快で忌まわしかった。ファインスターやベラトーナのときとはちがって、破壊への強い衝動がこみあげてくる。とにかく、この町を炎と剣でぼろぼろに破壊したかった——自分のもっている凶暴で、残忍なエネルギーを思うがままにふるい、あとには煙と血と灰にまみれた穴しか残らないほど、壊滅的に消し去ってしまいたかった。ドラス＝レオナに住む貧しい民や、手足を奪われた信者、奴隷たちには同情をおぼえる。しかし、この町はまちがいなく腐っている。ヘルグラインドの邪悪な宗教に汚染された町は破壊して、汚れのない町をつくる。それこそ正しいことなのだ。

サフィラといっしょに大聖堂をたたきこわす夢想にふけりながら、エラゴンはふと考えた。自傷する司祭たちの信じる宗教に、名前はあるのだろうか？　古代語を学んだとき、名前の重要性を意識するよう教わった——名前は力につながり、理解につながる。つまり、宗教の名前を知らなければ、その本質を完全に理解することができないのだ。

薄れゆく光のなか、ヴァーデン軍はドラス＝レオナ南東の耕作地に、野営を張ることにした。まわりよりやや高くなった土地は、敵が襲ってきたときに、すこしは防御の足しになりそうだ。ナスアダは長い行軍で疲れた戦士たちに、野営地の設営と、はるばるサーダから運んできた兵器の組みたてを命じた。

エラゴンも本気で作業にとりくんだ。まずは、小麦や大麦の畑を、長い輪縄のついた厚板でたいらにならす作業に加わった。剣や魔法で刈りとってしまえば速いのだが、茎のとがった切り口が痛いし、歩きにくいし、その上ではとても寝られたものではない。終わってみると、圧縮した茎の束は、マットレスのようにやわらかく弾力があって、地面にテントを張るよりはるかに快適だった。

戦士たちとともに一時間近くはたらき、ヴァーデン全体のテントを設営する場所を切りひらいた。

次は攻城塔の組みたてを手伝った。人間ばなれした力をもつエラゴンは、戦士が五、六人で運ぶような梁《はり》をひとりで動かせる。おかげで作業がぐんと速く進む。攻城塔はドワーフの設計によるものなので、ヴァーデンに残っている数人のドワーフが、その設営を監督した。

サフィラも作業に加わった。牙と鉤爪《かぎづめ》で地面に深い溝を掘り、その土を野営地のまわりに積みあげ、百人の男が丸一日かかるような仕事を、ものの数分で終わらせてしまう。さらに、口から火炎をふき、強靭《きょうじん》な尾をふりまわし、木や柵や塀や家や、敵が身をひそめそうな場所をすべてなぎたおした。サフィラはこうしてすさまじい破壊の場面をじゅうぶんに見せつけ、勇猛果敢な戦士たちを震撼《しんかん》させた。

夜もふけるころ、野営の準備はようやく終わり、ナスアダは人間、ドワーフ、アーガルの戦士たちに休むよう指示した。

エラゴンはテントにもどると、まずは日課の瞑想《めいそう》で雑念をはらった。その後の数時間は、書きものの練習ではなく、あした必要になるであろう呪文の再点検をした。ドラス＝レオナという特別な試練に立ちむかうため、新しい呪文もつくりあげた。

　納得のいくまで戦闘の準備を整えると、夢想に身をゆだねた。いつもより変化と活気に満ちた夢を見たのは、戦いを前に——瞑想《めいそう》をしたにもかかわらず——神経が高ぶり、緊張が解けないからだ。いつもながら、不確かなものを待つことが、エラゴンにとってはいちばんむずかしい。早く戦闘の真っただ中に飛びこんでしまえば、先行きの心配などする暇がなくなるのに。

　サフィラも落ちついて眠れないようだ。何かを噛《か》みくだいたり、引きさいたりする夢の映像が伝わってくる。戦いに向けて血がさわぎ、胸躍らせているのがわかる。サフィラの高揚がエラゴンにもある程度は影響するが、不安を完全にぬぐいさることはできない。

　あっという間に朝がおとずれ、ドラス＝レオナ郊外のふきさらしの平地に、ヴァーデンの軍勢が集合した。その光景は圧巻だが、よく見ると、戦士たちの剣は欠け、兜《かぶと》はへこみ、盾はキズだらけで、パッド入りチュニックや鎖帷子《くさりかたびら》は、かぎざきをかろうじてつくろって着ている。ドラス＝レオナを征圧できたら、ベラトーナやその前のファインスターのときのように、装備をいくらか補充できるかもしれない——が、それを身につける戦士のかわりはいないのだ。

〔包囲戦が長引くほど〕エラゴンはサフィラにいった。〔ガルバトリックスには有利になるな。ウルベーンにたどりつくころ、ヴァーデンはどうなっていることか〕

〔では、長引かせてはいけない〕サフィラがこたえた。

エラゴンはサフィラにまたがった。

となりでは鎧兜《よろいかぶと》で武装したナスアダが、気性の激しい漆黒の軍馬バトルストームに乗っている。

エラゴンの護衛のエルフ十二人がまわりに整列し、ナスアダの護衛隊ナイトホークスも、通常の六人を倍にふやして戦闘にそなえている。エルフは自分たちが育て訓練した馬しか乗らないため徒歩、ナイトホークスは——アーガルもふくめ——騎乗している。十メートルほど右手には、オーリン王と選りぬきの従者たちが、色あざやかな羽根飾りつきの兜をかぶっている。ドワーフの司令官ナールヒムと、アーガル隊長ガルジヴォグも、それぞれの部隊を率いている。

ナスアダとオーリン王はうなずきあうと、馬に拍車をかけ、ドラス＝レオナの町へ向かって進みだした。サフィラも歩きだし、エラゴンは首の突起を左手でしっかりとつかんだ。

あばら屋が迷路のようにならんだ地区まで来ると、ナスアダとオーリン王は馬をとめて、伝令の戦士ふたりに合図をした。ヴァーデン軍とサーダ軍の軍旗をもって騎乗するふたりが、ドラス＝レオナの南門へ続く細い道を先頭になって駆けていく。

ふたりの伝令を見送りながら、エラゴンは眉をひそめた。町は異様に静かで、がらんとしている。あたりを見まわしても人っ子ひとりいないばかりか、黄土色のぶ厚い胸壁の上にも、数百人は配備されているはずの帝国兵が見えない。

〔いやなにおいがする〕サフィラがそういって静かにうなり、ナスアダの注意をうながした。

南門まで駆けていった伝令が、胸壁の内側に向かって呼びかける声が、エラゴンとサフィラの耳にも聞こえてきた。「たのもう！　ヴァーデン指導者レディ・ナスアダおよび、サーダ国オーリン王の代理として、さらにはアラゲイジアすべての自由の民の名のもとに、この門をひらくことを命じる。そのほうの主《あるじ》、マーカス・タボア卿《きょう》に伝言をとどけたい。タボア卿をふくめ、ドラス＝レオナすべての民に大いに利となる申し出がある」

壁の向こうから姿の見えない男がこたえた。「この門はひらかぬ。伝言があるならそこでいえ」

「おまえはタボア卿《きょう》の代弁者か?」

「そうだ」

「では、主に伝えよ。政治的協議たるもの、このような公然の場ではなく、室内にてしのびやかにおこなわれるべきであると」

「おまえの指図など受けるか、伝令野郎め! さっさと伝言を伝えろ! さもないと、しびれを切らした弓兵が矢をぶちこむぞ」

エラゴンは感心した——伝令の戦士は脅されてもうろたえることなく、平然と続けた。「好きにするがいい。われわれの君主は、タボア卿とドラス＝レオナのすべての民に、平和と友好を申し出ている。われわれが異を唱える相手はガルバトリックスひとりであり、ドラス＝レオナの民と争いたくはない。回避できるならば、あえてここの民と戦うことはしない。われわれには共通の大義があるのではないか? われわれの多くがかつては帝国に住んでいたが、ガルバトリックスの非道な統治ゆえに、土地をはなれざるをえなかった者たちだ。われわれは仲間、同じ種族ではないか。ともに手を組み、戦おうではないか。ウルベーンにいすわる独裁者を倒し、自由の身になろうではないか。

こちらの申し出を受けいれるなら、われわれの君主はタボア卿《きょう》とその家族、および帝国の支配を受けるすべての民の安全を保障する。ただし、破れぬ誓いを立てている者にかんしては、現在の地位にはとどまれない。また、誓いによりわれわれへの支援がかなわぬなら、せめてじゃまだてはするな。門をあけ、剣をおろせば、危害を加えない。しかし、われわれをさまたげるなら、もみがらのごとく排除する。何者も、わが軍とエラゴン・シェイドスレイヤーとドラゴン・サフィラの威力に抵抗はできないからである」

自分の名を聞いて、サフィラは頭をもたげ、恐ろしい咆哮《ほうこう》をあげた。

エラゴンは、門の上にマントをはおった長身の人影があらわれるのを見た。男は胸壁の銃眼に立ち、伝令の先に見えるサフィラをにらんでいる。こちら側を向いてはいるが、目をこらしてみても、男の顔まではわからない。さらに、黒いローブを着た人間が四人、胸壁の上に姿をあらわした。ヘルグラインドの司祭たちだ――ひとりはひじから先がなく、ふたりは足が一本、もうひとりは片腕と両足がない。小さな駕籠《かご》に乗せられ、仲間の司祭にかつがれている。

マントの男が頭をぐいっとそらし、雷鳴のような笑い声をとどろかせた。門の下では、前足をふりあげて走りだそうとする馬を、伝令たちが懸命に落ちつかせている。

エラゴンはいやな予感がして、いつでも戦えるようブリジンガーの柄《つか》をつかんだ。

「何者もおまえたちに抵抗できないだと？」男の声が建物に反射してこだまする。

「それはうぬぼれもいいところだな」すさまじい咆哮《ほうこう》とともに、赤く光るドラゴンが町の通りからあらわれた。ドラゴン・ソーンはあばら屋の屋根に飛びあがり、こけら板に鉤爪《かぎづめ》をつきさしてとまった。巨大な翼を広げ、深紅の口をあけ、ゆらめく炎を空に吐き出した。

あざけるような声でマータグが——マータグだったのだ——いった。「壁に体あたりでもなんでもするがいい。ソーンとこのぼくが壁を守っているかぎり、ドラス＝レオナはおまえたちのものにはならないぞ。腕利きの戦士と魔術師をいくら連れてきても、ひとり残らず死ぬことになる。それだけは断言する。おまえたちのなかに、ぼくとソーンに勝る者はいない。兄弟よ……おまえもだ。手おくれになる前に、さっさと隠れ家に逃げかえるがいい。そして、ガルバトリックスがみずから手をくだしにやってこないことを祈るがいい。さもなくば、おまえたちには死と悲しみしか残らない」

18
骨を投げる《ナックルボーン》

「隊長、隊長、門があきました！」

　見張りの戦士が息をはずませ、紅潮した顔で飛びこんできた。ローランは地図から顔をあげた。

「どの門だ？」ローランは異様なほど冷静な声で問いかけた。「正確にいえ」距離をはかるのに使っていた棒をわきに置く。

「ここからいちばん近い……陸の門です。運河のほうじゃありません」

　ローランはベルトから槌《つち》をぬき、テントを飛びだした。野営地の南端まで走ると、そこからアロウの町を見やり、愕然《がくぜん》とした。ぽっかりと口をあけた黒い門から、数百という規模の騎馬兵が続々と吐き出されてくる。騎馬隊は色あざやかな三角旗を風になびかせ、門の前に大きく広がって整列した。

あれじゃおれたち、ずたずたにされるぞ……。ローランは絶望的な気持ちになった。野営地に残っている戦士はたったの百五十人たらず。なかには負傷して戦えない者もおおぜいいる。残りの部隊は粉ひき場や、遠く海岸側の粘板岩の鉱山や、西端の運河ぞいで、ローランの立てた作戦に使う荷船をさがしている。騎馬隊に対抗するだけの部隊を呼びもどす時間はない。

戦士たちをそれぞれの場所に送り出すとき、野営地が無防備になることはわかっていた。それでも、アロウの民は防壁への襲撃を受けつづけていることで怖気づき、強行策には打って出ないだろうと、ローランは希望的観測をもっていた。それに、野営地に残っている戦士の数が少ないことは、遠くから見ればわからないだろうと、たかをくくっていたのだ。

しかし、その予想はあきらかにまちがっていた。おそらくアロウの守備陣営がローランの策を見やぶったのだろう。それは、門の前に集合している騎馬隊の規模の小ささを見ればわかる。もし相手の兵や指揮官が、ローランの軍勢全体と相対するつもりなら、あの二倍の軍隊を出動させているはずだ。いずれにしろ、騎馬隊の攻撃を回避し、戦士たちを大虐殺から救う方法を、何か考え出さねば——。

バルドル、カーン、ブリグマンが武器を手に走ってきた。カーンはあたふたと鎖帷《くさりかた》子《びら》のシャツをかぶり、バルドルが問いかけてくる。「どうする？」

「どうするもこうするもない」ブリグマンが横から口をはさむ。「ストロングハンマー、あんたの愚かさが、この包囲戦の失敗を決定づけたんだ。騎馬兵どもに攻めこまれないうちに――いますぐ――退避するんだ」

ローランは地面につばを吐いた。「退避だと？　退避などするものか。徒歩で逃げきれるわけがない。たとえそれができるとしても、負傷者を置いて逃げたりはしない」

「あんた、わからんのか？　もうお手あげなんだ。ここにとどまれば、みな殺しにあうか――もっと悪ければ、捕虜にされる！」

「だまってろ、ブリグマン！　おれはしっぽをまいて逃げたりはしない！」

「なぜだ？　自分の失敗をみとめたくないからか？　この無意味な戦いで、最後にひと花咲かせようとでも思ってるのか？　そうなんだろ？　それがヴァーデンにどれほどの痛手になるか、あんたはわからんのか？」

アロウの門前で、騎馬兵たちが剣や槍《やり》を頭上にふりあげた。遠くはなれたところまで、兵士たちの大きな雄たけびがとどろいてくる。騎馬隊は馬に拍車をかけ、ヴァーデンの野営地に向かって傾斜した平原をいっせいに走りだした。

ブリグマンはふたたびまくしたてた。「あんたのプライドのためだけに、戦士たちの命を無駄にはできん。残りたいならあんたは残ればいい。だが、われわれは――」

「うるさい！」ローランはどなりつけた。「その口をとじないと、おれがかわりにとじてやる！　バルドル、こいつを見張ってろ。もし何かみょうなことをしたら、切りすててかまわん」ブリグマンは気色ばんで肩をいからせたが、バルドルが胸に剣をつきつけると、口をとじた。

ローランは考えた。あと五分のあいだに、策をこうじなければならない。運命のときまであと五分……。

真っ向からぶつかって勝ち目はあるか？　そう考えて、即座に打ち消した。これだけの騎馬兵を殺すことはおろか、傷ひとつつけられない。敵を追いこんで、こちらが有利に戦えるような場所もない。あたりはどこまでも、がらんとした平地ばかりだ。

戦って勝つのは無理、となると――びびらせて追っぱらうのはどうだ？　でも、どうやって？　火を放つか？　火は敵だけではなく、味方の死をもまねきかねない。それに、湿った草地では、煙がくすぶるぐらいにしかならないだろう。煙で追っぱらう? ダメだ、そんなのはムリだ。

ローランはカーンに目をやった。「サフィラの幻影をつくれないか? ここにじっさいにいるみたいに、吠《ほ》えたり火をふいたりさせられないか?」

魔術師カーンのほっそりした頬から血の気が引いた。首をふり、うろたえている。「どうだろう。わからないな。そんなこと、やったことがないし。記憶をたぐって幻影をつくるから、生きているとさえ見えないかもしれない」攻めてくる騎馬隊をあごでさしていった。「おかしいとすぐに気づかれるさ」

ローランは掌《てのひら》に爪を食いこませた。あと四分もない。「やらないよりはマシだろう」と、つぶやく。「連中の気をすこしでもそらして、まどわせられたら……」雨のカーテンでも近づいてこないかと見あげたが、高い空に二か所ほど薄い雲がただよっているだけだ。混乱、不安、疑念をまねくこと……人は何をこわがる? 不可解なもの、理解できないもの。そう、それだ。

そのとたん、敵の自信をゆるがせる秘策が、ローランのなかに次々と浮かんできた。どんどんとっぴなアイデアがひらめいたが、結局、ごく単純で大胆で、かつ完璧と思える方法に思いいたった。ローランの自尊心をくすぐる作戦でもある。必要な人員はただひとり、カーンだけでいい。

「テントにかくれるようみんなに伝えろ！」さけんだときにはもう動きだしていた。「じっとしてるよういってくれ。攻撃されないかぎり、物音ひとつたてるなとな！」

ローランは手近なテントに飛びこむと——そこは主《あるじ》がおらず——槌《つち》をベルトにもどし、地面に積んであるよごれた毛織の毛布を一枚ひっつかんだ。かまどのそばへ走り、戦士たちの椅子がわりの太い丸太をもちあげた。丸太をわきにかかえ、毛布を反対の肩にかけ、野営地を飛びだし、テント群の前の、高さ三十メートルほどの丘にのぼった。「だれか、ナックルボーンの駒と、ハチミツ酒をもってきてくれ！」ローランは声を張りあげた。「それと、おれの地図がのってるテーブルをもってこい！　大至急だ！」

背後から、男たちがあわただしくテントに駆けこむ音が響いてくる。数秒後、野営地に不気味な静寂がおとずれた。聞こえるのは、ローランがたのんだものをかき集める音だけだ。

ふりかえっている暇はない。ローランは丘の頂上で、丸太の太いほうを下にして置き、動かないよう地面にねじこんだ。固定した丸太に腰をおろすと、平原を突撃してくる騎馬隊に目をやった。

到達まで三分あるかないかだ。丸太の下から伝わるひづめの地響きが、刻一刻と強くなる。

「ナックルボーンとハチミツ酒はまだか？」騎馬隊に目をすえたままさけんだ。

あごのひげをさっと手で整え、チュニックのすそを引っぱった。鎖帷子《くさりかたびら》を着ていればよかったと、恐怖に駆られて思う。しかし、自分のなかのもっと冷静で狡猾《こうかつ》な部分が、ちがうことを考えていた。なんの武装もせずに、すっかりくつろいだ様子ですわっているほうが、かえって敵を困惑させるにちがいない。同じ理由で、槌《つち》はベルトにさしたままでいる。騎馬隊を目前にしても、まったく身の危険を感じていないかのように。

「おそくなってすまん」カーンが息を切らして走ってきた。もうひとりの男が、ローランのテントからもってきた折りたたみテーブルをかかえている。男がテーブルをローランの前に置き、その上に毛布をかけると、カーンはローランに、ハチミツ酒を半分注いだ角の杯と、ナックルボーンの駒が五個入った革のカップをわたした。

「さあ、もうもどれ」ローランはそう命じてから、立ちさろうとするカーンの腕をつかんだ。「おれのまわりに陽炎《かげろう》を立てることはできるか？　寒い冬に、炎の上の空気がゆらめくみたいに？」

カーンは目を細めた。「たぶん。でも、なんのために――」

「いいからやってくれ。さあ、行け。かくれろ！」

カーンの痩せた体が野営地に駆けもどると、ローランはカップのなかのナックルボーンをふって、テーブルに散らし、ひとりで遊びはじめた――動物の小さな趾骨《しこつ》を放りあげ、手の甲で受けとめる。最初は一個、そして二個、三個、四個……父親のギャロウがよく気ばらしにやっていた。日の長い夏、パランカー谷の家のポーチで、こわれそうな椅子にすわり、パイプをふかしながらひとりで日課のように遊んでいた。ローランもたまに勝負したが、いつも負けだった。ギャロウは自分だけで競うほうが好きだった。

心臓はバクバクと速く打ち、掌《てのひら》は汗で湿っているが、懸命に落ちついた態度をよそおった。この策略が、ほんのわずかでも成功の可能性があるとしたら、心のなかでどれほど動揺していても、自信たっぷりの雰囲気をかもしだすことだ。

ローランは騎馬兵が近づいてくるのを感じながら、ナックルボーンから目をはなさず、顔をあげなかった。疾走する馬の足音がせまってきて、大群にふみ殺されることも覚悟した。

おかしな死に様だな。ローランは苦笑いをした。カトリーナと、まだ生まれてこない子どものことを思った。たとえ自分が死んでも、血すじは消えない、そう思うと心が楽になる。エラゴンの命のような意味で不滅でなくとも、血すじは不滅といえる。それだけで満足だ。

最後の瞬間、テーブルのほんの数メートル手前で、だれかがさけんだ。「ドウドウ！　とまれ！　全隊とまれ！　おいそこ、手綱を引け！」

バックルのカチャカチャいう音や革のきしる音がして、はやりたつ馬たちがしぶしぶ足をとめた。

それでも、ローランは視線をテーブルからあげなかった。

ピリッとした味のハチミツ酒をちびちびやりながら、ナックルボーンを投げて手の甲で受けとめる。もりあがった腱《けん》の上で、小さな骨が二個ゆらゆらゆれる。

ひづめにけずられた土の心地よい香りとともに、馬の汗のにおいがただよってきた。

「おい、そこのおまえ！　わが同志よ！」騎馬隊にとまれの号令をかけた男が、呼びかけてきた。「おい、おまえのことだ！　このさわやかな朝、世のことなどわれ関せずで、酒を飲み、サイコロ遊びに興じているおまえは、いったい何者だ？　われわれは剣をぬいて出むかえる価値もないというのか？　何者かときいている」

ローランはいま初めて兵士の存在に気づき、しかもまったく興味がないかのように、のろのろと視線をあげた。

目の前にいたのは、けばけばしい羽根飾りの兜《かぶと》をかぶり、あごひげを生やした小男だ。ふいごのように胸をふくらませた、黒い大きな軍馬に乗っている。

「おれはだれの同志でもないぞ。断じて、おまえの同志ではない」ローランは、親しげな呼び方をされたことに、嫌悪感をあらわにしていった。「おれのお楽しみの時間を、無礼にもじゃまするおまえこそ、いったい何者だ？」

男は兜の長い縞《しま》模様の羽根飾りをゆらし、まるで狩りの途中で行きあっためずらしい動物ででもあるかのようにローランを見た。「タロス・ザ・クイック。護衛隊の隊長だ。無礼千万とはいえ、正直なところ、おまえのように大胆な男を、名前も知らずに殺すのは、きわめて口おしい」言葉に力を入れるかのように、タロスは槍《やり》をさげてローランのほうへつきつけた。

タロスのうしろを三列の騎馬隊がとりかこむ。ローランはそのなかの、顔と腕がげっそりとやせこけた――腕は肩までむき出しの――わし鼻の男に目をとめた。ヴァーデンの魔術師によくこういうのがいる。ふと、カーンにたのんだことを思い出した。うまく空気がゆらめいているだろうか？　だが、ふりむいてたしかめるわけにはいかない。

「おれの名はストロングハンマー」ローランはそういって、手ぎわよくナックルボーンを集めると、ポンと放りあげ、手の甲で三個受けとめた。「ローラン・ストロングハンマーだ。従弟はエラゴン・シェイドスレイヤー。おれのことは知らなくとも、従弟の名前ぐらいは聞いたことがあるだろう」

騎馬兵たちが動揺してざわめいている。

タロスも一瞬、目を大きく見ひらいたようだ。「それはまたごりっぱな能書だが、どうしてそれがまことと信じられる？　目的のために別人になりすますことくらいだれだってできるだろう」

ローランは槌《つち》をぬきとり、テーブルにドンと置いた。そして騎馬隊などそっちのけで、ナックルボーン遊びを続けた。骨が二個、手の甲から落ちて失敗し、悔しそうな声をあげた。

「そういえば」といって、タロスは咳《せき》ばらいをする。「ストロングハンマー、きみはすこぶる華々しい評判があるようだが、それはたぶんに誇張されたものではないかとうたぐる輩《やから》もいる。たとえば、サーダのデルダラドで、ひとりで三百近くの敵を倒したというのは、本当かね？」

「地名は聞いたことがないが、デルダラド？　きっとそこだ。たしかにおおぜいの敵を倒したな。だが、たった百九十三人だ。しかもそのあいだ、部下がまわりを守っていてくれた」

「たった百九十三人？」タロスはおどろきの声をあげた。「なんと謙虚な御仁だ、ストロングハンマー。それほどの手柄なら、歌や伝説に値するではないか」

ローランは肩をすくめ、角の杯を口に運んで酒を飲むふりをした。ドワーフの強い酒で思考をくもらせるわけにはいかない。「おれは負けるためじゃなく、勝つために戦うんでね……さあ、同じ戦士として、おれの杯を受けてくれ」と、角の杯をタロスのほうへさしだした。

小柄な護衛隊長は一瞬ためらって、背後の魔術師に目をやった。くちびるをなめ、「それでは」といって馬をおりる。槍《やり》を部下にあずけ、籠手《こて》をはずしてテーブルのところまで歩いてくると、角の杯をおずおずと受けとった。

タロスはにおいをかいでから、ハチミツ酒をぐいっとのどに流しこんだ。兜《かぶと》の羽根飾りをふるわせ、顔をしかめる。

「お口に合わんかね?」ローランは愉快そうにいった。

「じつのところ、こういう高地産の酒は、わしの舌にはちと刺激が強すぎる」タロスは杯をローランに返した。「われらが土地のワインのほうが断然いい。まろやかで口あたりがよく、そうかんたんに酔いつぶれることもない」

「おれにはこの酒が、おふくろの乳ほど甘く感じるもんでね」ローランは嘘《うそ》をいった。「朝昼晩飲んでいるよ」

タロスは籠手をはめなおすと、軍馬にもどって鞍《くら》にまたがり、部下から槍を受けとった。そしてもう一度、わし鼻の魔術師に目をやった。タロスが地に足をおろした瞬間から、魔術師の顔が死人のように青ざめていることに、ローランは気づいていた。

タロスも魔術師の異変に気づいたらしく、表情をこわばらせた。

「もてなしに感謝するよ、ローラン・ストロングハンマー」タロスは全隊に聞こえるよう声を高くしていった。「近いうちにアロウの町に、きみを招待できることがあるやもしれぬ。そのときはぜひとも、わが館の最高級のワインをふるまわせてもらおう。そしてできれば、その野蛮な酒から乳ばなれしてもらいたいものだ。きみもわが家のワインのほうが、ずっとうまいとわかってくれるだろうよ。何しろオークの樽《たる》で数か月、いや数年も、熟成させたものだからね。その手間がすべて無駄になるとしたら――ワイン樽がたたきつぶされ、ブドウの血で通りが赤く染まるようなことがあれば、まったく悲しいことだ」

「本当に残念なことだ」ローランはこたえた。「だが、テーブルをきれいにするには、多少のワインをこぼさねばならないときもある」角の杯をつかんで、残っていたハチミツ酒を地面の草にこぼした。

タロスはだまったままぴくりとも動かない――兜《かぶと》の羽根飾りさえも動かない。やがて、おこったようにうなり、馬をうしろに向けて部下たちにさけんだ。「整列！　整列しろ……ヤーッ！」雄たけびとともに、護衛隊長は馬を駆りたて、ローランのもとを去っていった。残りの騎馬兵もそれにしたがい、アロウの町に向かって走りだした。ローランは騎馬隊がじゅうぶんはなれるまで、尊大で無関心な態度を続け、やがてゆっくりと息を吐き、ひざにひじをついた。手がかすかにふるえていた。

うまくいった……。信じられない。

野営地から男たちが駆けてくるのが聞こえ、肩ごしにふりかえる。バルドルとカーンを先頭に、テントにひそんでいた男たちが少なくとも五十人は飛びだしてきた。

「やったな！」バルドルがさけびながら近づいてくる。「本当に追いかえすとはな！　嘘《うそ》みたいだ！」笑いながら、テーブルに張りたおさんばかりの強さで、ローランの肩をたたいた。ほかの男たちも笑いながら集まってきて、大げさな言葉でローランをほめたたえた。ローランが隊長なら、負傷者もろくに出さずにアロウの町を攻略できると大口をたたいたり、アロウの民は腰ぬけだといってこきおろしたり。だれかに温かいワインが半分ほど入った革袋をわたされ、ローランは急にむかつきをおぼえ、左にいる男にそのまま手わたした。

「何か魔法をかけてくれたのか？」ローランはカーンにたずねたが、その声は男たちのお祭りさわぎにほとんどかき消されてしまう。

「なんだって?」カーンが顔を近づけ、ローランは質問をくりかえす。魔術師はにっこり笑い、力強くうなずいた。「うん。きみのいったとおり、空気をゆらめかせた」

「それで、相手の魔術師を攻撃でもしたのか? あの魔術師、いまにも気絶しそうな様子で帰ってってったぞ」

カーンの笑みがさらに広がった。「あれはあいつが勝手に消耗したのさ。ぼくが幻影をつくったと思って、それを必死でこわそうとしてたんだ。ゆらめく空気のベールを破って、その向こうにあるものをのぞこうとしてた――こわすものも破るものも、何もないのにさ。全精力を無駄に使いきったんだよ」

ローランもクックッと笑った。笑い声はしだいに大きくなり、まわりの浮かれさわぎより大きな高笑いが、アロウのほうへ響いていった。

部下たちの称賛をあびながら何分かたったころ、ふいに、野営地のはしで見張りについている戦士の警報の声があがった。

「どけ! おれに見せろ!」ローランははじかれたように立ちあがった。戦士たちがよけると、全速力で馬を駆る男の姿が西のほうに見えた。運河ぞいに送り出した部隊の戦士のひとりが、野営地へもどってきたのだ。

「ここへ連れてこい」ローランが指示すると、ほっそりとした赤毛の戦士が、馬の男をむかえに行った。

ローランはナックルボーンを革のカップに一個ずつ落としながら彼を待った。骨の音がコツンコツンと小気味よく響く。

戦士が見えてくると、ローランは大声で呼びかけた。「おーい！　だいじょうぶか？　敵に襲われたのか？」

戦士がだまったままなので、ローランはいらいらして待った。数メートルのところまで来て、戦士はようやく馬から飛びおり、ローランの前へやってきた。マツの枯れ木のように直立不動になり、大声でさけぶ。「隊長どの！」近くで見ると、まだ少年といってもいいような若い男だ――よくよく見ると、ローランたちが陣営にたどりついたとき、馬のくつわをつかんでとめた、くしゃくしゃ頭の少年だった。そう気づいても、ローランのじれったい気持ちはおさまらない。

「それでどうした？　じらさないでくれ」

「隊長！　ハマンドさんより、あなたへの報告をたのまれました。必要な荷船はすべて確保し、そりをつくって別の水路へ運ぶところであります」

ローランはうなずいた。「そうか。助っ人は必要ないか？　予定どおりに終わりそうか？」

「はい、隊長！　だいじょうぶであります」

「報告はそれだけか？」

「はい、隊長！」

「いちいち隊長といわなくてもいい。一度でいい。わかったな？」

「はい、隊長――あ、えーっと、つまり……はい、わかりました」

ローランは笑いをこらえた。「よし、ごくろうだった。腹ごしらえしたら、こんどは鉱山に行って、また報告してくれ。状況が知りたいのでな」

「はい、隊――すみません、隊長――あ、そうじゃなくて……急いでそうします、隊長どの」若者は頬を赤く染め、しどろもどろに報告を終えると、ぴょこんとおじぎをして、馬に乗ってテントのほうへ走っていった。

報告を聞いて、ローランはいっそう気を引きしめた。幸運にも、死刑執行の猶予をあたえられたとはいえ、やらねばならないことは、まだたくさんある。包囲戦の成功がそのすべてにかかっているのだ。ひとつとして失敗はゆるされない。

ローランはそこにいる戦士たちに呼びかけた。「みんな、野営地にもどってくれ！夜までにテントのまわりに塹壕《ざんごう》を二列掘りたいんだ。あの臆病な騎馬兵たちの気が変わって、また襲撃してこないともかぎらない。それにそなえておく」塹壕を掘れといわれてうめく者もいたが、ほとんどが機嫌よく命令を受けいれたようだ。

カーンが声をひそめていった。「みんな疲れはてて、あした使いものにならないとこまるぞ」

「わかってる」ローランも低い声でこたえた。「だが野営地の防御も必要だ。はたらいたほうが、あれこれ考えこまずにすむしな。それに、あしたどんなに疲れていても、戦となれば新たな力がわいてくるさ。そういうものだ」

当面の問題だけに意識を集中し、肉体労働に専念しているときは、時間はあっという間にすぎたが、いまの状況をあれこれ思案していると、時間はのろのろとすぎた。戦士たちは勇猛果敢にはたらいていた――騎馬隊から彼らを救ったことで、ローランは言葉だけでは勝ちとれない忠誠心と敬意を得られた――が、どんなに大車輪ではたらいても、たった数時間で作業を終えるのはとうてい不可能に見えた。

午前がすぎ、午後がすぎ、夕方が近づくと、ローランはだんだん気持ちがめいってきた。こんなに複雑で大がかりな計画を立てた自分に、腹が立ってきた。

時間がないことぐらい、最初からわかってたはずなのに！　心のなかで毒づく。だが、計画変更するにはおそすぎる。できるのは、極限まで努力することだけだ。あとは、自分の無能さがまねいたミスを挽回《ばんかい》し、勝利をもぎとれるよう願うだけだ。

日が暮れるころになって、ローランの悲観的な心のなかに、楽観の光がほのかにさしこんだ。あらゆる準備作業がとつぜん、意外な速さでひとつにまとまりだしたのだ。数時間後、あたりが真っ暗になり、空に星が輝くころ、アロウを占拠する準備はすっかり整い、ローランは七百人近くの戦士たちとともに粉ひき場のそばに立っていた。

ローランは声をあげて笑った。戦士たちの苦労のたまものを見て、安堵《あんど》と誇りとおどろきがいっぺんにこみあげてきた。

ローランは戦士たちにねぎらいの言葉をかけ、テントにもどるよう命じた。「いまのうちにしっかり休んでおけ。夜あけには攻撃開始だぞ！」

あきらかに疲れきっていながらも、戦士たちは声を張りあげてそれにこたえた。

19 わが友、わが敵

その夜、ローランはなかなか寝つけなかった。来るべき戦がどれほど重要かわかっているから、そして、これまで同様、戦闘のさなかに傷を負うだろうことがわかっているから、どうしても体の力がぬけないのだ。ビリビリふるえるような緊張感が、頭から背骨の下まで一本の線となって走り、その線が、ローランを暗く奇妙な夢から何度も引きずりだしていた。

そのおかげで、テントの外で鈍い物音がしたときも、パッと目がさめた。目をあけ、天井の布を見すえた。テントのなかはほとんど何も見えず、入り口の垂れ布のすきまから、トーチのオレンジの光がかすかにもれてくるだけだ。まるで地中の洞窟に埋められているかのように、空気が肌に冷たい。何時かわからないが、深夜であることはたしかだ。夜行性の動物さえも、根城にもどって眠っているような時間だ。見張り兵以外起きているはずはなく、その見張り兵にしてもテントの近くにいるはずがない。

ローランはできるだけ浅くゆっくりと呼吸して、あたりの音に耳をすました。いちばん大きいのは自分の心臓の音だ。しかも、どんどん強く速くなる。緊張の糸がリュートの弦のようにはじけている。

一分がたった。

また一分。

空耳だったのかもしれないと思い、心臓の鼓動もおさまりかけたとき、トーチの灯《あか》りをさえぎるように、テントの前を影がよぎった。

脈拍が三倍速くなり、心臓が、一気に山を駆けのぼったように激しく打ちだした。外にいる者がだれにしろ、アロウ襲撃のためにローランを起こしに来たのではない。極秘情報を伝えに来たわけでもない。もしそうなら、ローランの名前を呼び、テントに入りこんでくるはずだ。

黒い手袋をはめた手——周囲の闇よりわずかに黒い手が、入り口のすきまからしのびこみ、垂れ布の結び目をさぐった。

ローランは警告の声をあげようと口をあけ、そこで気が変わった。不意打ちを食らわす機会をのがす手はない。それに、見つかったと知れば、侵入者はとりみだすだろう。とりみだせば、よけいに凶暴になることもありえる。

ローランは枕がわりに丸めた外套《がいとう》の下から、右手で静かに短剣をとりだし、毛布の下のひざの横にかくした。もう片方の手で、毛布のはしをにぎりしめる。

金色の光にふちどられるようにして、侵入者がテントのなかにしのびこんできた。パッド入りの革服を着ているが、板金や鎖帷子《くさりかたびら》の鎧《よろい》はつけていない。垂れ布がとじられ、テントのなかが闇におおわれた。

顔の見えない人影が、ローランの寝ているベッドに近づいてくる。

ローランは、酸欠で気を失うのではないかと思いながら、呼吸をひかえめにして、眠っているふりを続けた。

入り口から半分まで来たところで、ローランは毛布をはぎとり、侵入者におおいかぶせた。怒号とともに飛びかかり、侵入者の腹めがけて短剣をふりあげた。

「待て！」男が悲鳴をあげた。ローランはおどろいて手をとめ、男とともに地面に倒れこんだ。「友だちだ！　おれは友だちだ！」

次の瞬間、男の拳が左の腹に二発打ちこまれ、ローランはうめいた。痛みで動きがとまりかけるが、懸命に転がって男との距離を置く。

ローランはなんとか立ちあがり、ふたたび襲撃者に飛びかかった。相手はまだ毛布をふりほどこうともがいている。

「待ってくれ、おれはあんたの友だちなんだ！」男はさけぶが、もう信用しない。それは賢明だった。ローランが切りかかると、男はその右腕と短剣を毛布で受け、ふところからとりだした短刀で切りつけてきた。胸に軽く痛みを感じたが、気にするほどではない。

雄たけびとともに、毛布を力まかせに引っぱった。男はそのはずみでテントのすみに飛んでいく。上からテントがくずれおち、ふたりは重い布の下じきになった。ローランは腕にまきついた毛布をふりほどき、暗闇のなか、手さぐりで男のほうへ這《は》っていった。

男のかたい靴底が左手をけりつけ、指先がビリビリしびれる。

襲撃者が自分に体を向けようとしたとき、ローランは飛びかかってその足首をつかんだ。男はウサギのように足をけりつけて逃げるが、ローランはすぐにまた足首をつかみ、薄い革の上からアキレス腱《けん》に指をぐいぐいめりこませた。男がたまらず悲鳴をあげた。

ローランは馬乗りになって、敵の短刀をもつ手を地面におさえつけ、わき腹に短剣をつきさそうとした。が、それより速く、男の手がローランの手首をがっちりとつかんだ。

「おまえは何者だ?」ローランはうなった。温かい息がローランの顔にかかる。ワインと温サイダーのにおいがした。

「あんたの友だちだ」男はこたえる。男はローランの肋骨《ろっこつ》をすばやく三度、ひざでけりあげる。

ローランは襲撃者の鼻に頭突きを食らわせた。グキッと骨の折れる音がする。男はわめきながら、手足をバタバタさせてあばれるが、ローランは力をゆるめない。

「おまえなんか……友だちじゃない」右腕を力ずくで下におろし、わき腹にじわじわと短剣を近づけていく。くずれたテントのまわりで仲間たちがさけぶ声をぼんやりと聞きながら、ローランはそのままじっと男と組みあっていた。

やがて急に、男の腕の力がゆるんだ。短剣はいともかんたんに革服をつらぬき、やわらかい肉につきささっていく。男の体が痙攣《けいれん》した。ローランは立てつづけに数回さし、とどめの一撃を胸につきさした。

鋭い切っ先が心臓を切りさくとき、鳥の羽ばたきのような鼓動が柄《つか》から伝わってきた。男は二回痙攣《けいれん》して、最後にぐいっと身をそらすと、それきり抵抗をやめた。苦しげなあえぎだけが聞こえている。

ローランは男をおさえつけ、恋人のように体を密着させたまま、その命が消えていくのを待った。相手は自分を殺そうとした暗殺者で、それ以外のことは何も知らないのに、ローランは男にぞっとするような親密さをおぼえた。この男もまた人間だ――ふつうに生きて、ものを考える人間だ。その命が、自分が手をくだしたことで、いま終わろうとしているのだ。

「おまえはだれなんだ?」ローランはつぶやいた。「だれに送られてきた?」

「あと……あとすこしであんたを殺せた……」男の声には、ゆがんだ満足感がこもっていた。長く弱々しいため息がもれ、男の体から力がぬけ、ついに動かなくなった。

ローランは前のめりになって、男の胸に頭をつけ、大きく息を吸った。襲撃のショックで四肢が緊張し、頭からつま先までふるえている。

仲間たちが上にかぶさったテントを引っぱっていた。「早くこいつをどけてくれ!」

ローランはさけんで、テントの布をたたいた。毛織の耐えがたい重さと暗闇と、せまい空間とむっとする空気から、一刻も早くのがれたかった。

だれかが頭上の布を切り、裂け目が見えてきた。温かく、ゆらめくトーチの光があらわれる。

ローランはふらふらと立ちあがり、裂け目をひっつかんで、くずれたテントの下から必死で体を引っぱりだした。ズボン一丁の姿で光のなかへよろめき出ると、頭が混乱したまま周囲を見まわした。

バルドルがそこにいた。カーンもデルウィンもマンデルも、ほか十名の戦士たちも、みな剣や斧《おの》をかまえている。まともに服を着ているものはいない。武装しているのは、夜の見張り当番についている戦士ふたりくらいだ。

「うわっ」だれかのさけぶ声に、ローランはふりかえった。戦士のひとりがくずれたテントをめくって、暗殺者の死体をあらわにしている。

暗殺者はけっして体格がいいとはいえない男だった。ぼさぼさの長い髪をうしろにひっつめ、左目に革の眼帯をしている。ローランが折った鼻は曲がってつぶれ、顔の下を血がマスクのようにおおっている。胸、わき、背後の地面も血にまみれている。

ひとりの人間から、これほどの血が流れ出るとはおどろきだった。

「ローラン」バルドルが呼びかける。ローランはまだ暗殺者の死体から目がはなせずにいた。「ローラン」バルドルの呼ぶ声が高くなる。「ローラン、おい、こたえてくれ。ケガしてるのか？　何があったんだ？……ローラン！」

ローランは、バルドルの心配そうな声にようやく気づいた。「なんだって？」

「ローラン、ケガしたのか？」

なんでそんなことを聞くんだ？　ローランは不思議に思って自分の体を見おろした。上半身も腕も血まみれで、ズボンの上にも血が飛びちっている。

「おれはだいじょうぶだ」言葉を出すのに苦労しながら、こたえる。「ほかに襲われた者は？」

それにこたえ、デルウィンとハマンドがあいだをあけると、ぐったりと倒れた男の死体が見えた。さっき報告をしにきてくれた少年だった。

「嘘《うそ》だろ！」ローランは悲しみに胸が詰まり、うめいた。「こんな時間に、何をうろついてたんだ？」

戦士のひとりが前へ出た。「隊長、おれ、こいつとテントがいっしょなんです。こいつ、寝る前に茶を飲みすぎるもんだから、いつも夜中に小便に起きちまうんです。茶をたっぷり飲めば病気にならないと、おふくろさんがいうんだそうで……こいつ、いいやつでした、隊長。こっそりしのびこんできた卑怯者《ひきょうもの》に、うしろからさされて死んでいいはずがない」

「ああ、そのとおりだ」ローランはつぶやいた。この子が外にいなかったら、おれはいまごろ死んでいた。ローランは暗殺者を手でしめしていった。「こういうのはほかにしのびこんでないか？」

男たちはざわざわして、たがいに目を見あわせた。そしてバルドルがいった。「いないと思う」

「たしかめたのか？」

「いや」

「じゃあ、見まわってきてくれ！　だが、寝てる者を起こさないようにな。みんな睡眠が必要だ。それといまから、すべての指揮官のテントに見張りをつけるようにしてくれ」……もっと早くそうしていればよかった。

バルドルが男たちにてきぱきと指示するあいだ、ローランは頭がぼうっとしたまま、そこにつっ立っていた。カーン、デルウィン、ハマンドを残し、戦士たちは指示にしたがって散っていく。四人が少年の遺体を埋葬のために運んでゆき、ほかの者たちは野営地の見まわりに向かった。

ハマンドが暗殺者の死体に近づき、短刀を靴の先でつついた。「おまえ、思った以上にあの騎馬兵どもをびびらせたのかもな」

「かもな」

ローランは身ぶるいした。体が冷えきっている。とくに手足は氷のようだ。カーンが気づいて毛布をとってきた。「ほら」と、ローランの肩にかける。「焚《た》き火に当たってすわってろ。湯をわかしてくるから、それで体をふくんだ。いいな？」

ローランは声を発する気力もなく、ただうなずいた。

カーンはローランを火のそばに連れていこうとして急に立ちどまり、彼を引きとめた。「デルウィン、ハマンド」と、カーンが声をあげる。「ベッドと、何かすわるものをもってきてくれ。それとハチミツ酒と包帯も。たのむ、急いでくれ！」

デルウィンとハマンドがおどろいて駆けだしていく。

「なんだ？」ローランはとまどってたずねた。「どうしたんだ？」

カーンはけわしい顔でローランの胸を指さした。「ケガをしていないなら、それはなんだ?」

ローランはカーンの指さすところを見おろした。胸毛と血にかくれるように、右胸から左の乳首の下にかけて、深い刺し傷が走っている。太いところは幅五、六ミリもあり、不気味な口がにんまりと笑っているかのようだ。だが何より不気味なのは、傷口から一滴たりとも血が出ていないことだった。皮下の黄色い脂肪の層や、シカ肉のような色の筋肉まで、はっきりと見える。

剣や槍《やり》による深手には慣れているローランでも、さすがにこの傷にはぞっとした。帝国との戦いのなかで、無数の傷を負ってきた——いちばんひどいのは、カーヴァホールでカトリーナが拉致されたとき、ラーザックに咬まれた右肩の傷だ——が、こんなに大きくて気味の悪い傷は経験がない。

「痛むか?」カーンがたずねる。

ローランは下を見たまま首をふった。「いや」胸が苦しかった。格闘で速くなっていた鼓動が、いまや絶え間なく激しく打っている。あの短刀には毒がぬってあったのか?

「ローラン、体を楽にしてくれ」カーンがいった。「呪文で治せると思うが、気を失ったら治療がむずかしくなるんだ」カーンはローランの肩に手をかけ、ハマンドがテントから引きずってきたベッドへ連れていった。

ローランはおとなしくベッドにすわり、ふっと苦笑した。「どうすれば体を楽にできるんだ?」

「深くゆっくり呼吸する。息を吐くとき、土のなかにしずむことをイメージするんだ。うまくいくからやってみろ」

ローランはいわれたとおりに呼吸した。三度目に息を吐いたとき、かたまっていた筋肉がほぐれたのか、傷口から血がふきだした。顔に血しぶきをあびたカーンは、とっさにあとずさり、毒づいた。ローランのむき出しの腹にも、温かい血が伝う。

「いま……やっと痛くなった」ローランは歯を食いしばった。

「おーい!」カーンが手をふってデルウィンを呼んだ。デルウィンは包帯など必要なものをかかえて走ってきて、ベッドのはしに置いた。カーンがそこから亜麻布の束をつかんでローランの傷におしあて、血をおさえる。「さあ、横になって」

ローランが横になると、カーンはハマンドがもってきた椅子にすわり、亜麻布で止血したまま、指を鳴らして指示をした。「ハチミツ酒をあけて、わたしてくれ」デルウィンからジョッキを受けとると、カーンはまっすぐローランの目を見ていった。「魔法で傷口をふさぐ前に、きれいに消毒する。いいか？」

ローランはうなずいた。「何か噛《か》むものをくれ」

バックルをはずす音がして、デルウィンかハマンドがローランの口に、太い剣帯を噛ませる。「やれ！」ローランはふさがれた口で声を張りあげ、ベルトを思いきり噛みしめた。

カーンはローランにためらう間をあたえず、一気に亜麻布をはがし、傷口にハチミツ酒をかけ、血のりや胸毛やよごれを洗いながした。ローランはうめき声をおし殺し、背中をそらし、ベッドの横に爪を立てて耐えた。

「よし、終わった」カーンがジョッキを置く。

ローランは全身の筋肉がふるえるのを感じ、空の星を見つめて、痛みをまぎらわそうとした。カーンが傷に手をかざし、ぶつぶつと古代語の呪文を唱えだす。

何分にも思えた数秒後、ローランは胸の奥に耐えがたいかゆみを感じた。魔法が傷を修復しているのだ。かゆみが皮膚の上に這《は》いあがってくるとともに、痛みが消えてゆく。だが、その感覚はあまりに不快で、傷口を思いきりかきむしりたかった。すべて終わると、カーンはため息をつき、ぐったりとして頭をかかえこんだ。ローランはいうことをきかない体を無理やり動かし、ベッドから足をおろして起きあがった。胸に手を当ててみる。胸毛があるだけの、なめらかな胸。傷は完全に消えている。あの男がテントにしのびこんでくる前と、まったく同じ状態だ。

魔法ってやつは……。

そばでデルウィンとハマンドが、その様子を——ほかのだれが見ても気づかないほどかすかに——目を丸くして見ていた。

「もう寝床にもどってくれ」ローランが手をふっていった。「あと数時間で出撃だ。頭をすっきりさせておいてくれ」

「もうだいじょうぶなのか?」デルウィンが問いかける。

「ああ、だいじょうぶだ」ローランは嘘《うそ》をいった。「めんどうかけて悪かったな。でも、もう行ってくれ。ふたりに母親みたいに世話を焼かれたら、眠ろうにも眠れない」

ふたりがいなくなると、ローランは顔をこすり、すわったまま自分の手を見つめた。血がこびりついた手は小刻みにふるえている。疲れはて、呆然《ぼうぜん》としていた。一週間分の仕事を、ほんの数分でやりおえたかのようだ。

「その状態で戦えるのか?」ローランはカーンにたずねた。

魔術師は肩をすくめた。「絶好調とはいえないが……払う価値のある代償さ。隊長のきみがいてくれないと、ぼくらは戦えないからね」

ローランはあえて反論はしなかった。「すこしでも体を休めてくれ。夜あけはもうすぐだ」

「きみは?」

「体を洗って、チュニックを掘り出して、ガルバトリックスの刺客がもうしのびこんでいないか、バルドルに確認する」

「眠らないのか?」

「ああ」ローランは知らぬまに胸をかきむしっていたことに気づき、手をとめた。「どうせもともと眠れなかったし、それにいまは……」

「わかった」カーンは椅子からのろのろと腰をあげた。「テントにいるから、用があったら呼んでくれ」

重い足どりで闇に消えていくカーンを見とどけると、ローランは目をとじ、心を静めるためにカトリーナのことを思った。やがてわずかな力をふりしぼって、くずれたテントに歩みより、衣服と武器と鎧兜《よろいかぶと》と水筒の革袋をさがした。暗殺者の死体を極力見ないようにしたが、テントの布のなかをかきまわすあいだ、どうしても何度か視界に入ってしまった。

最後に、目をそらしたまま、死体にささった短剣をつかんだ。鉄が骨にこすれる音がして剣がぬけると、強くひとふりして血をはらった。地面にピシャリと血しぶきがはねる。

夜の静寂のなか、ローランはゆっくりと戦闘の準備にとりかかった。バルドルをさがして、不審者がまぎれこんでいないことをたしかめると、野営地周辺を歩いて、いよいよ始まるアロウ侵攻の作戦をあらゆる面から再確認した。そのあと、ようやく腰をおろし、星を見つめながら、夕食の残りの冷えた鶏肉をかじった。

だが何をしても、ローランの脳裏には、殺された少年の姿が何度もよみがえってきた。人の生き死には、いったいだれが決めるんだ？　おれの命は、あの子の命より価値があるわけじゃない。なのに、あの子は地中に埋められ、おれはまだ少なくとも数時間、地上で生きながらえる。これは単に、でたらめで残酷な、偶然なのか？　それともおれたちの知識のおよばない、目的か決まりごとでもあるのか？

20
激流

「妹ができた気分はどうだ？」ローランはバルドルにたずねた。夜あけ前の薄闇のなか、野営地からいちばん近い粉ひき場に向かって、ふたりはならんで馬を進めていた。

「気分も何も、まだ実感がない。あんまり妹って感じがしなくてさ。だって子ネコみたいに小さいだろ」バルドルは手綱をぐいっと引き、馬が道路っぷちの青々とした草地に入ろうとするのをとめた。「弟にしろ妹にしろ、こんなに年がはなれたきょうだいができるのは、なんとも不思議な感じだ」

ローランはうなずいた。鞍《くら》の上で肩ごしにふりかえり、六百五十人の隊列がおくれずに歩いてきているかどうか、たしかめた。粉ひき場に着くと、ローランは馬をおり、三棟の粉ひき場のうち、いちばん下の建物のそばに馬をつないだ。馬を野営地にもどすため、戦士がひとりそこに残った。

ローランは運河に近づき、土手の階段を伝って水ぎわまでおりると、縦に四艘《そう》つながって浮かぶ荷船の、いちばんうしろの船に乗りこんだ。

四艘の船は、カーヴァホールの村人がナーダからティールムまで乗ったような平底の荷船ではなく、いかだに近いような原始的な船だ。ローランにとってはそのほうがよかった。船首がとがっていないので、四艘をつなぎやすいからだ。船首と船尾が板と釘《くぎ》とロープでしっかりつながれ、全長百五十メートルほどの一隻のがんじょうな船ができた。

ローランの指示により、鉱山から荷馬車で運んできた厚い板状の粘板岩が、先頭の船の船首と舷側、二艘目の舷側に積んである。粘板岩の上には――粉ひき場のなかで見つけた――小麦粉の袋を積みあげ、腰の高さほどの壁をつくってある。粘板岩のない三、四艘目は小麦粉の袋だけの壁を、五段重ねで二列つくっている。

粘板岩と小麦粉の袋に、船本体の重さが加わって、四艘の荷船は巨大な水上の破《は》城槌《じょうづち》へと生まれかわった。ローランの計画では、この水上破城槌が、運河をたどった先にあるアロウの門を、腐った矢来をつきやぶるがごとく破壊して通りぬけてくれることになっている。たとえ門に魔法がかけられているとしても――カーンはその心配はないだろうというが――ガルバトリックスほどの力でもないかぎり、流れに乗って進みだした巨大な船を、おしとどめることはできないだろうと、ローランは思っている。

それに、岩と小麦粉の袋の壁が、槍《やり》や矢などの飛び道具から、ある程度は身を守ってくれるはずだ。

ローランはゆれる甲板をゆっくり歩いて、荷船の船首へ向かった。積みあげた岩のすきまに槍と盾をおしこむと、壁のあいだを列になって歩いてくる戦士たちのほうをふりかえった。

戦士たちが乗りこんでくると、船はどんどん深くしずみ、しまいには船体が水面に数センチ顔を出すのみとなった。

カーン、バルドル、ハマンド、デルウィン、マンデルがローランとともに位置についた。みな暗黙の了解で、船のなかのもっとも危険な持ち場を選んだのだ。ヴァーデン軍がアロウに侵攻するには、運と技が大きく影響する。村の仲間以上に信頼できる者はいないと、みな思っているのだ。

船尾のほうに、ブリグマンがもとの部下たちといっしょに立っているのが見えた。前日の不服従ともいえる行為のあと、ローランはブリグマンからいっさいの権限を奪い、テントにとじこめた。だがブリグマンのほうから、アロウ攻略の最後の作戦に参加したいと懇願してきたため、ローランは不本意ながらもみとめたのだ。ブリグマンは剣の腕が立つし、戦にはひとりでも頭数が多いほうがいい。

それでも、ローランはいまだにその決断が正しかったのか、はかりかねている。たしかに戦士たちはいま、ブリグマンではなく、ローランに忠誠をつくしてくれている。しかしブリグマンは何か月ものあいだ彼らの隊長だったのだ。そうした絆《きずな》はかんたんに切れるものではない。たとえ作戦中に問題を起こす気がないとしても、ブリグマンはすでに態度でしめしているのだ――少なくともローランから発せられた命令ならば、無視できる、無視してもかまわないのだと。

すこしでも信用できないことがあれば、その場で処分する。ローランは自分にいいきかせながらも、それが無意味な決断だとわかっていた。ブリグマンが自分の命令にそむくとしたら、それはおそらく混乱の真っただ中だ。背反に気づいたときには、もう手おくれになっているだろう。

六人をのぞく戦士たちが全員船に乗りこむと、ローランは両手で口をかこんでさけんだ。「よーし、はずせ！」

土手のいちばん高いところに、ふたりの戦士が立っている。北の湿地帯から運河に流れこむ水を、おしとどめている土手だ。その土手の五、六メートル下に一台目の水車と深い滝壺《たきつぼ》がある。その先には二番目の滝があり、土手に戦士がふたり立っている。土手の五、六メートル下には二台目の水車と滝壺。さらにその先には最後の滝と最後のふたり。その下に三台目の最後の水車。そこから運河の水はおだやかにアロウへと流れていく。

土手にすえつけられた三か所の水門は、ローランが前に来たとき、バルドルの手を借りてしめたものだ。この二日間、作業班の男たちがせきとめられた水にもぐり、水門の内側のかたい土にショベルやつるはしを入れてやわらかくして、そこに長くがんじょうな梁《はり》をつっこんである。

二番目といちばん上の男たちはいま、土手から一メートルほどつきでたその梁をつかみ、一定のリズムでぐらぐらと動かしはじめた。計画にしたがい、数秒待ってから、いちばん下の土手のふたりも同じことを始める。

ローランは小麦粉の袋につかまって、その様子を見守った。タイミングがすこしでもずれれば、大変なことになる。

一分近く、何も起きなかった。

と、不気味な音をたて、いちばん上の水門がはずれた。両側の土手が大きくくずれ、土砂と濁流が一気におしよせてくる。水車がくるったようにまわりだした。

土手がくずれた瞬間、そこにいた男たちは、間一髪でかたい地面に飛びおりた。暗い滝壺《たきつぼ》には、十メートルもの水煙をあげて瀑布《ばくふ》がたたきつけている。大きくふくらんだ泡の波が、近くの土手へおしよせていく。

濁流が襲ってくるのを見て、二番目の土手にいる男たちも安全な場所に飛びおりた。

これは賢明だった。大量の水がおしよせたとたん、二番目の水門のわきからシューッと水がふきあがり、次の瞬間、門はドラゴンにけられたかのようにはじけとんでいった。くずれた土砂をかっさらって、水はごうごうと流れていく。

二番目の水車は、一番目のよりさらに激しくまわりだした。木材の輪がギーギーと悲鳴をあげている。ローランはいま初めて、水車の輪がはずれる危険性に気づいた。

もしそんなことが起きたら、戦士たちや船に重大な被害をもたらし、アロウへの攻撃は始まりもしないうちに終わってしまう。

「ロープを切れ!」ローランはさけんだ。

ひとりが船と土手をつなぐロープをたたき切り、ほかの男たちは三メートルの竿《さお》で懸命にこぎだした。

重い荷を積んだ船はじりじりと進むだけで、思うように速度を増してくれない。濁流がせまってきても、三番目の戦士ふたりは、土手につきさした梁《はり》を動かしつづけていた。土手がぐらりとゆれ、激流にのまれる寸前、ふたりは下の地面に飛びおりた。

濁流は土のダムを、ふやけたパンのようにかんたんにえぐりとり、最後の水車へ襲いかかった。氷が割れるようなけたたましい音がして、木材がくだけ、水輪が外側にかたむいた。だが、さいわいなんとかもちこたえている。濁流はすさまじい轟音《ごうおん》とともに、階段状の土手のいちばん下に瀑布《ばくふ》となって落ちてきた。

二百メートルも下流にいるローランの顔に、冷たい風が打ちつけた。

「急げ!」船をこぐ男たちに向かってさけんだ。水煙のなかから、荒れくるう水流があらわれ、猛然と運河をくだってくる。

激流は驚異的な速さで船に追いついてきた。四艘《そう》つないだ荷船の後尾にぶつかると、衝撃で船全体がガクンとおしだされ、ローランをはじめ戦士たちはうしろに投げとばされた。小麦粉の袋があちこちで運河や船内にくずれおちている。

水のいきおいで最後尾の荷船が水面からもちあがり、全長百五十メートルの船が横にまわりはじめた。このまま激流が続いて船が横になったら、両岸の土手に引っかかって動けなくなり、あっという間に四艘がバラバラになってしまう。

「まっすぐ立てなおせ！」ローランはくずれた袋の上から跳ねおきて、声を張りあげた。「横にするな！」

ローランのさけび声を聞いて、戦士たちは重く不格好な船を、土手から運河の中央へと必死でもどしはじめた。ローランが船首の粘板岩に飛びのって、懸命に方向を指示し、船は湾曲した運河をなんとかうまく進みはじめた。

「やった！」バルドルが歓声をあげ、にんまりと笑みを浮かべた。

「喜ぶのは早いぞ！」ローランがいましめる。「まだ道のりは長い」

野営地のある下流まで流されたころ、東の空が麦わら色に変わってきた。アロウまではあと一・五キロ。この速度で行けば、太陽が地平線からあらわれる前に着けるだろう。灰色の闇が、防壁や望楼からの視界をさえぎってくれるはず。

町は粉ひき場より低い位置にあり、そこまで山や丘がないので、激流の先端は船を通りこしたが、船はますます速度をあげながら進んでいた。

「聞いてくれ」ローランは両手で口をかこみ、全員に聞こえるよう声を張りあげた。「船がアロウの門につっこむとき、運河に投げ出されるかもしれん。泳ぐ準備をしておいてくれ。陸にあがるまでは、敵の格好の的になるから注意しろ。岸に着いたら、めざす場所はひとつだ。門をおろされないうちに、内塀のなかに入ること。門をおろされたら、それで終わりだ。アロウは攻略できない。二番目の壁さえ突破できれば、あとはホルステッド卿《きょう》をさがして、降伏させるだけだ。それが無理なら、中央の砦《とりで》を確保して、そこから外へ、通り一本ずつ進んで、最終的に町全体を征圧する。

いいか、おれたちの軍勢は向こうの半分以下しかいないんだ。ぜったいに相棒とははなれないこと、つねに細心の注意をはらうこと。隊をはなれないこと、ひとりで行動しないこと。向こうの兵は町の通りを熟知している。予想外の場所で待ちぶせしているぞ。もし仲間とはぐれたら、中央の砦にもどってこい。そこを拠点にする。

おれたちは今日、ヴァーデンのために途方もない力を発揮する。今日、おれたちはだれもがほしがる名誉と栄光を勝ちとる。今日……今日、おれたちは歴史に名をきざむ。これから数時間のうちに大きな使命を果たし、この先百年は吟遊詩人たちに歌われるようになる。仲間のために戦おう。家族のために、親のために、妻や子どものために戦おう。自由のために戦おう！」

戦士たちが鬨《とき》の声をあげる。

ローランは男たちの士気がじゅうぶん高まるのを待ってから、手をあげて号令をかけた。「防御！」戦士たちがいっせいに床にかがみ、それぞれの盾をかざして自分や仲間の身をおおったので、急ごしらえの破城槌《はじょうづち》の中央部分は、甲冑《かっちゅう》をはめた巨人の腕のようになった。

ローランはその光景に満足すると、粘板岩の壁から飛びおり、カーン、バルドル、そしてベラトーナからともに旅してきたほかの三人の仲間たちを見まわした。いちばん若いマンデルは不安そうに見えるが、彼ならやりとげられるとわかっている。

「準備はいいか？」ローランが確認し、仲間たちが返事をする。

ローランが急に笑いだした。どうしたのかとたずねるバルドルにいう。「いまのおれを親父が見たらなんというか！」

バルドルもいっしょに笑いだした。

ローランは水のうねりにじっと目をこらした。大きな波が町におしよせれば、衛兵たちは何かおかしいと気づき、警戒態勢に入るだろう。警戒させるのはローランのねらいだが、注意を向けてほしいのはそこではない。波が町に着くまであと五分と見ると、ローランはカーンに手をふって指示した。「合図を送ってくれ」

魔術師はうなずき、背を丸めてくちびるを動かしはじめた。古代語の不思議な呪文をすばやく唱えると、体を起こしていった。「送ったぞ」

ローランは西側に目をやった。防壁の前に、ヴァーデンの投石機や弩砲《バリスタ》や攻城塔が配備された場所だ。攻城塔に動きはないが、ほかの兵器は攻撃を開始していた。白い石の防壁に向かって、矢や石が弧を描いて飛んでいくのが見える。町の反対側では、いまごろ五十人あまりの部下たちが、大軍勢が町になだれこむと見せかけるため、進軍ラッパをふき鳴らし、雄たけびをあげ、火弓を射ちはじめているはずだ。

ローランは心静かになっていく自分を感じた。

いよいよ戦闘が始まる。

多くの男たちが戦って死ぬ。

おれもそのうちのひとりかもしれない。

そう考えると、頭のなかが鮮明になった。あらゆる疲れが体から消え、ほんの数時間前、暗殺者と戦ってから残っていたかすかなふるえも消えてゆく。戦闘ほど、力を鼓舞するものはない――食べものも、笑うことも、はたらくことも、愛でさえも、戦闘にはおよばない。みとめたくはないが、それに惹《ひ》かれる気持ちを否定できないのだ。戦士になりたいなどと思ったこともないが、こうして戦士になったからには、向かいくる敵すべてに勝つ決意でいる。

ローランは身をかがめ、粘板岩のとがった板のすきまから、前方をのぞき見た。行く手をふさぐ門扉が、どんどん近づいてくる。かたいオーク材でできた門扉は、歳月と湿気で黒ずみ、増水のせいで下の部分がすこし水につかっている。水中にしずんだ部分は、水をせきとめないように、鉄と木の落とし格子になっている。水上の厚板を破壊するのはむずかしいが、長いあいだ水にしずんでいる格子の部分は、もろくなっているはずだ。格子のどこかを破壊できれば、水上のオーク材を打ちやぶるのがずっと楽になる。そう考えたローランは、先頭の荷船の底に、がんじょうな丸太を二本、とりつけさせておいた。丸太が水底で格子にぶち当たると同時に、水上では船のへさきがオークの厚板に激突する。

巧妙な作戦だとは思いながらも、本当にうまくいくのかどうか確信はない。

「落ちつけ」門がせまるにつれ、ローランはほかのだれより、自分にいいきかせた。男たち数人が竿《さお》で舵《かじ》をとりつづけ、残りは盾の甲羅の下にかくれたままでいる。

門扉へと続くアーチ型の門が、洞窟の入り口のようにせまってきた。アーチのかかる暗い水路に船首が入るとき、十メートル近くある胸壁の上から、兵士の白く丸い顔が満月のようにのぞくのをローランは見た。船に気づいてあわてふためく表情が見える。

「クソッ」ローランは毒づいたが、船はすでに流れに乗ったまま、暗いアーチ水路に突入していた。兵士の姿は円い天井にさえぎられる。

船がついに門扉に激突した。

粘板岩の壁の前でうずくまっていたローランは、衝撃で前に投げ出された。粘板岩に頭をぶつけ、兜《かぶと》と頭巾をかぶっているのに、キーンと耳鳴りがする。甲板がふるえ、船首がせりあがり、耳鳴りのするローランの耳にも、木材にひびが入る音と、鉄のねじれる音が聞こえてきた。

粘板岩がすべりおち、ローランの肩と腕を直撃した。岩のへりをつかんでもちあげ、ありったけの力でふんばって、船の外に放りなげる。岩はアーチ水路の壁に当ってくだけた。

壁にかこまれた暗い水路では、何が起きているのかさだかではないが、船内のあちこちでさけび声があがり、混乱が起きている。ローランは足もとの水に気づいた。船内に水が流れこんできているのだ。このままだと、船がしずんでしまう。

「斧《おの》をかしてくれ！」ローランはうしろに手をのばしてさけんだ。「斧だ！　早く！」

船が前方にぐらりとかたむき、ローランは倒れそうになった。門扉はかすかに内側にえぐれただけで、依然としてもちこたえている。おしよせる水のいきおいで、いずれ船は門扉を突破できるだろうが、ただそれを待っているわけにはいかない。

ローランが斧のつるりとした柄《え》を手にしたとき、アーチ門の天井に六個、四角い石落としの窓があけられた。窓に光るものが見え、石弓の矢が鋭い音をたてて飛んでくる。木の船体につきささる矢の音が、船内の混乱に拍車をかける。

どこかで悲鳴があがった。

「カーン！」ローランは魔術師にさけんだ。「なんとかしてくれ！」

カーンにその場をまかせると、ローランはくずれおちた粘板岩を乗りこえ、ゆれる甲板を船首に向かって這《は》いすすんだ。船がさらにぐらりと前にかたむいた。門扉がふたたび甲高い音をたててきしみ、オーク材の中央付近にあいた亀裂から、光がさしこんでくる。

石弓の矢が、ローランの右手すれすれの粘板岩に当たり、岩に鉄のしみを残した。

ローランは速さを倍にして這いすすんだ。

船首にたどりつくと、耳をつんざくようなすさまじい音が響き、ローランは思わず耳をふさいでのけぞった。

大量の波しぶきを頭からかぶり、一瞬、目が見えなくなる。まばたきをして視界が晴れると、そこに見えたのは、一部が割れて水路にくずれおちた門扉。船が通りぬけられるだけの空間ができている。だが空間の上にはまだぎざぎざの木材が、人の胸や首や頭をつきさすように残っている。

ローランはすぐさま甲板をうしろに転がって、粘板岩のかげにうずくまった。「頭をさげろ！」声を張りあげ、盾で頭をかくす。

船は門扉の残骸の下をぬけ、矢の雨のとどかないトンネル状の空間に入った。石にかこまれた巨大な空間は、壁のトーチに照らされている。

トンネルのかなり先に、もうひとつ低い門扉があった。こんどのは上から下まで格子でできている。木と鉄の格子を通して、町の建物が見える。

トンネルのなかは、両方の壁ぎわが石造りの船着き場になっている。荷物の積みおろしに使うのだろう、滑車やロープや網が天井からぶらさがっている。人工の岸の真ん中には、高い石の台にのった起重機《クレーン》。トンネルの入り口と出口の二か所、カビにおおわれた壁から歩道橋がのび、水路をわたれるようになっている。後方の歩道橋は、トンネルの上の衛兵詰所にも続いているようだ。さっき兵士を見かけた胸壁など、その上の防衛拠点にもつながっているにちがいない。

格子の門扉を見て、ローランは憮然《ぶぜん》とした。このまま船で町のなかへ進入できると思っていたのに、まさかここで水路にとじこめられるとは――。

こうなればしかたがない。ローランは覚悟を決めた。

後方の衛兵詰所から、深紅の武具をまとった兵士たちが次々と飛びだしてきた。歩道橋にならんでひざまずき、石弓をかまえる。

「船を着けろ！」ローランはさけび、左側の岸を手でしめした。舵《かじ》とりの戦士たちが竿《さお》をつかんで、水路のはしへと船を誘導する。ふりそそぐ矢の雨で、戦士たちの盾はハリネズミ状態だ。

岸におりる戦士たちをじゃまするように、歩道橋から二十人の衛兵が剣をふりかざしておりてきた。

「急げ！」

ローランの盾にも矢が直撃した。四センチ近い厚板をつらぬいて、ダイヤ型の矢じりが前腕の上にあらわれる。ローランはふらつきながらも姿勢を立てなおした。ここで倒れては、たちまち矢の餌食になる。

船が水路のはしに寄せられると、ローランは両手でバランスをとりながら岸に飛びうつった。石の床に片ひざをつき、どっしりと着地する。ベルトから槌《つち》をぬくと同時に、兵士たちが向かってきた。

敵を迎え撃つとき、ローランは安堵《あんど》と狂喜がこみあげるのを感じた。あれこれ計画したり案じたりすることに、あきあきしていたのだ。これでようやく——しのびよる暗殺者とではなく——まともに戦える。

最初の対決は激しくも一瞬にして終わった。ローランはあっという間に三人の兵士を倒した。バルドル、デルウィン、ハマンド、マンデル、ほかの戦士たちも岸にあがって戦いに加わる。

剣の使い手ではないローランは、相手の攻撃をかわすような器用なまねはしない。相手に好きなだけ盾をたたかせながら、敵の骨をくだく一撃をお見舞いする。打ち合いが長引けば、自分の経験不足が命とりとなるので、敵ひとりを二、三回の攻防でかたづける。ローランが見つけたもっとも有効な技は、剣を派手にふりまわすことや、習得に何年もかかるようなこむずかしい駆け引きではない。とにかく先手をとることと、敵の意表をつくことだ。

ローランは乱闘の輪からぬけ出し、階段に走った。歩道橋の上では、弓兵隊がならんで、船からおりようとする戦士たちに矢を放っている。

階段を二段飛ばしで駆けあがると、ひとり目の弓兵の顔面に槌《つち》をたたきつけた。ふたり目の弓兵は射ったばかりの石弓をすて、あとずさりながら剣の柄《つか》をさぐっている。

兵士が剣をぬくのもなかばに、ローランの槌があばらをくだいた。

ローランが槌《つち》を好んで使うのは、相手がどんな武器をもっていようが関係ないという理由もある。刃のない武器は、衝撃だけで相手を倒せる。ローランにとっては、その単純さが魅力なのだ。

歩道橋の上の三人目の兵士が、ローランに向かって石弓をかまえた。飛んできた矢は、盾のなかほどまで食いこみ、あやうく胸につきささりそうになった。矢じりがささらないよう気をつけながら、ローランは三人目の兵士に飛びかかり、肩に槌をふりおろした。兵士が石弓でその一撃をかわすと、ローランはすぐさま逆手で盾を男にたたきつけた。兵士は悲鳴をあげて歩道橋の柵から落ちてゆく。

一瞬、ローランは完全に無防備になった。歩道橋に残る五人を見ると、三人が石弓をかまえ、自分の心臓にねらいをさだめている。

三人が矢を射った。

ローランが自分につきささると思った瞬間、矢は突如右へそれ、巨大なスズメバチのように、黒ずんだ壁の上を猛然とかすめ飛んでいった。

きっとカーンだ。ここを乗りきったら、カーンに何か礼をしよう――。

ローランは歩道橋の兵士たちに襲いかかった。曲がった釘《くぎ》を打ついきおいで槌をたたきつけ、次々と敵をかたづける。それから、盾にささった矢を引きぬき、下はどうなっているかとのぞきこんだ。

船着き場では、最後に倒した兵士が血まみれの地面にガクリとくずおれるところだった。胴体からはなれた首が水路に転がり落ち、ブクブクとしずんでいく。

戦士たちの三分の二あまりが船をおり、岸で整列を始めていた。

上陸する戦士たちのために岸をあけるようにと、ローランが指示しようとしたとき、左の壁にはめこまれていた扉が大きくひらき、兵士たちが続々とあふれ出てきた。

ちくしょう！　どこから出てきた？　どれほどいるんだ？

新たにわいてきた敵をかたづけるため、ローランは階段に走りかけた。と、そのとき、かたむいた船のへさきに立っていたカーンが、おしよせる兵士たちに両腕をつきあげ、さけんだ。どこかゆがんだような古代語の呪文が耳ざわりに響く。

カーンの不気味な指令によって、小麦粉の袋が二個、粘板岩が一枚、兵士のかたまりに飛んでゆき、十人以上をたたきのめした。衝撃で小麦粉の袋が破裂して、白い粉がもうもうと舞いあがる。兵士たちは咳《せ》きこみ、視界を奪われている。

直後、兵士たちの背後の壁がパッと明るくなり、巨大な炎の玉があらわれた。くすんだオレンジ色の炎は、無数の旗が強風になびくような音をたて、小麦粉の煙をむさぼりながら空中を進んでくる。

炎の玉が歩道橋のわずか数メートル先まで来ると、ローランは盾で身を守り、足や頬をこがす熱さに耐えた。炎はそこで燃えつきた。光るちりは灰となり、あたりに黒く不吉な雨が舞いおちる。

陰鬱な光が消えたのを見はからって、ローランはそろそろと顔をあげた。熱く、ツンとにおう煙が、巻きひげのように鼻と目にからみつく。ハッとして下を見ると、あごひげに火がついている。ローランは毒づいて、槌《つち》を放し、ひげについた火の粉をたたき落とした。

「おい！」ローランはカーンにどなった。「ひげがこげたじゃないか！　気をつけないと、その頭を矛でついてやるぞ！」

下では帝国兵たちの大半が、地べたに転がって、焼けただれた顔をおおっている。服に火がついてのたうちまわる者や、攻撃をかわそうと、やみくもに武器をふりまわす者もいる。ヴァーデンの戦士たちはみな――炎の熱のとどかない場所にいたので

——軽い火傷ですんだようだが、予期せぬ惨事にうろたえ、ぼうっとしている。

「バカみたいにつっ立ってないで、敵がふらふらしてるうちに、さっさとかたづけてしまえ！」ローランは槌《つち》で手すりをたたいて、注意をうながした。

ここではヴァーデンの戦士たちのほうが、兵士たちの数を圧倒している。ローランが階段をおりるころには、アロウの守備兵の七、八割を倒していた。

残る兵士たちの始末を腕っぷしの強い部下たちにまかせ、ローランは水路の左岸にある両びらきの扉に向かった——荷馬車が二台ならんで通れるほど大きな扉だ。途中、起重機《クレーン》の土台にすわるカーンを見つけた。カーンはいつももち歩いている革の巾着から何か出して食べている。ラード、ハチミツ、牛の肝臓の粉末、ヒツジの心臓、ベリーをまぜたものだ。ローランもひと口もらって吐きそうになったことがあるが、三口ほどかじっただけで、丸一日重労働ができるほど元気が回復する代物だという。

カーンがひどく疲れている様子なので、ローランは心配になった。「だいじょうぶか？」立ちどまって声をかけた。

カーンはうなずいた。「ああ、ちょっと休めば……トンネルで矢をよけたり、ここで小麦粉や岩を飛ばしたり……」と、もうひと口、栄養を補給する。「一度にたくさんやりすぎたからな」

ローランが安心して走りだそうとすると、カーンがその腕をつかんだ。「ぼくじゃない」愉快そうに目じりにしわを寄せる。「きみのひげをこがしたのは、ぼくじゃない。きっとトーチの火のせいだ」

ローランは「うむ」となり、扉のほうへ向かった。「整列！」槌《つち》で盾をたたきながら、呼びかける。「バルドル、デルウィン、いっしょに先導してくれ。あとの者はうしろに整列。盾をかまえ、剣をぬき、矢をつがえろ。おれたちが町に入ったことは、ホルステッドはまだ気づいてないはずだ。報告されないように、兵士はひとりもここから出すな……いいな？　よし、では行くぞ！」

炎で頬と鼻を赤くしたバルドルとともに、ローランはかんぬきをはずし、両びらきの扉をあけた。アロウの都が姿をあらわした。

21
ちりと灰

　運河が流れこむアロウの門の周囲には、漆喰《しっくい》の壁の大きな建物が、ひしめきあうように建っていた。寒々とした不気味な建物は、どの窓も暗く人気がない。どうやらどれも倉庫や貯蔵施設のようだ。早朝という時間帯も考えあわせると、ヴァーデン軍と守備兵たちとの衝突は、まだだれにも気どられていないはずだ。

　ローランはしかし、それをたしかめるために、ここにぐずぐずしているつもりはなかった。

　ぼんやりとした朝日が町に低くさし、尖塔《せんとう》や胸壁、鐘楼、傾斜した屋根を金色に光らせている。通りや路地はくすんだ銀の闇におおわれ、石でかこまれた運河は暗く陰気で、水面には血が浮いている。白みかけた空に、星がひとつだけひっそりと輝いている。空の青いマントに輝きだした太陽で、ほかのすべての夜の宝石はもう見えなくなっている。

丸石じきの地面に靴音を響かせ、ヴァーデン軍は前進を始めた。

遠くでニワトリが鳴いている。

ローランはびっしりとならぶ建物のあいだを、内塀に向かって隊を進めた。通りで人と出くわす危険をへらすため、なるべく目だつ道を迂回《うかい》するようにして歩いた。どの道もせまくて見通しが悪く、ときには足もとが見えないほど暗い場所もある。汚泥のたまった排水路の悪臭が耐えがたく、ローランはいつもの広々とした緑の空間が恋しくなった。

よくこんな環境で住んでいられるな。ブタだって自分の汚物のなかじゃ暮らさんぞ。

防壁から遠ざかるにつれ、建物は民家や店舗に変わっていった。水漆喰《みずしっくい》の壁に横桁《よこげた》をわたした高層の家々は、扉の上に錬鉄製の飾りがついている。鎧戸《よろいど》をおろした窓から、ときおり話し声や食器の音や、板張りの床で椅子を引く音が聞こえてくる。

まずいな。時間がかかりすぎだ。ローランは思った。もういくらもたたないうちに、通りにアロウの住民たちがあふれてくるだろう。

ローランの懸念したとおり、路地から男がふたり、隊列の前にあらわれた。肩にてんびん棒をかついだ町の民が、しぼりたてのミルクを運んでいるのだ。

男たちはヴァーデンの隊列を見て仰天し、バケツのミルクをこぼして立ちどまった。目を丸くして、何かさけぼうと口をあけた。

ローランは立ちどまり、うしろの隊列もとまった。「声をあげたら殺す」と、やさしくおだやかに話しかけた。

男たちはふるえあがり、あとずさった。

ローランは前に進み出た。「逃げても殺す」おびえる男たちから目をはなさず、カーンをそばに呼んだ。「この男たちを眠らせてくれないか」

カーンはすばやく古代語の呪文を唱えた。ローランの耳に〝スライサ〟という言葉が聞こえたとたん、男たちはぐったりと地面にくずおれた。バケツが引っくりかえり、地面にしかれた丸石のあいだに、ミルクが細いクモの巣のように広がっていく。

「わきへどけておけ」ローランは指示をした。「人目につかないようにな」

気を失ったふたりを戦士たちがどけると、ローランはすぐにまた町の内塀をめざして急いだ。

だが三十メートルも進まないうちに、角を曲がったところで、兵士四人と出くわした。

こんどは情けをかけるわけにいかない。兵士たちがわれに返るまもなく、ローランはさっと飛びだし、ひとり目の首すじに槌《つち》をたたきつけた。バルドルも同じように、別の兵士に猛然と剣をふるった。男数人分に値する腕っぷしの強さは、父親の鍛冶場で何年も鍛えたものだ。

残るふたりは大声でさけび、来た道を走って引きかえしていく。

ローランの後方から矢が飛んできて、逃げ出した兵士の背中に命中した。すかさずカーンがどなる。「ジェルダ！（折れよ）」ボキッと音がして、最後の兵士は首が折れ、道の真ん中によろよろと倒れて動かなくなった。

矢がささって倒れた兵士がさけびだした。「ヴァーデンだ！　ヴァーデンがいるぞ！　みんなに知らせて――」

ローランは兵士に飛びついて、短剣でのどを裂いた。男のチュニックで血をぬぐうと、すぐに立ちあがって号令をかける。「さあ、行くぞ！」

ヴァーデン軍の隊列は町の中心部へとさらに進んだ。

三十メートルほど先に内塀が見えてくると、ローランは一軒の家のかげで手をあげて全隊をとめ、待機するよう指示した。そして、ひとりで家のわきにまわり、高い花《か》崗《こう》岩の内塀に組みこまれた落とし格子をのぞき見た。

落とし格子の門はしまっている。

だが門の左手にある小さな出撃路は、扉があいている。ひとりの兵士がそこから飛びだし、町の西に向かって走っていった。

ローランはそのうしろ姿を見て悪態をついた。ここまで来てしまった以上、あきらめるつもりはないが、状況はかなりきびしくなった。じきに住民たちが外に出てきて、ヴァーデン軍の存在が町じゅうに知れわたるだろう。

ローランは家のかげにもどり、うつむいて必死で策を考えた。

「マンデル」パチンと指を鳴らしていった。「デルウィン、カーン、それとその三人」と、いかめしい顔の戦士三人――ローランより年かさで、戦うコツを心得ていそうな男たち――を指さした。「いっしょに来てくれ。あとはバルドル、おまえに指揮をまかせる。もしおれたちがもどらなかったら、みんなで安全な場所に避難してくれ。これは命令だ」

バルドルはけわしい顔でうなずいた。

ローランは選抜した男たちとともに、内塀の門扉に続く大通りをさけて、ゴミの散乱した塀ぞいに身を寄せた。外側にかたむいたその塀から、落とし格子や出撃路までは十五メートルほどはなれている。

ふたつの見張り塔の上には、衛兵がひとりずつ配置されているが、いまはどちらの姿も見えない。胸壁の上から顔を出してのぞかなければ、ローランたちが近づいても見えないはずだ。

ローランは声をひそめていった。「塀のなかに入ったら、おまえたちは――」カーンとデルウィンともうひとりの戦士をさす。「――すばやく反対側の衛兵所に走るんだ。おれたちは近いほうの衛兵所に飛びこむ。どんな手を使ってもいいが、とにかくあの門をあけるんだ。格子をあける車輪はひとつだけか、おれたちのほうと同時にまわさなきゃならんかわからない。だから、あそこまで行って死なんでくれよ。いいな？……よし、いまだ！」

できるだけ静かにすばやく塀ぞいを走り、出撃路に飛びこんだ。

六メートルほどの空間をぬけると、階段式の噴水を中心とした大きな広場に出た。

上等な服を着た男たちが、いそがしそうに行き来している。ほとんどの男たちが巻物をかかえている。

ローランはそれにはかまわず、衛兵所の扉に走り、けりとばしたい気持ちをおさえ、手で掛け金をはずした。扉の向こうの薄暗い部屋は、壁ぎわに螺旋《らせん》階段がのびていた。

螺旋階段をぐるりとひとまわりのぼったところで、天井の低い部屋に出た。衛兵が五人、テーブルをかこみ、煙草を吸いながらサイコロ遊びをしている。そのわきにあるのは、ローランの腕ほど太い鎖のからみつく、巨大な巻きあげ機だ。

「やあ、諸君！」ローランはすごみを利かせていった。「重要な伝言をとどけに来た」

衛兵たちは一瞬ためらってから、はじかれたように立ちあがった。木の椅子が、キーッとうしろにはじけとぶ。

だが兵士たちの反応はおそすぎた。ローランはその一瞬をのがさず、兵士たちが剣をぬくまもないうち、うなり声をあげてど真ん中につっこんでいった。

右へ左へ槌《つち》をふりまわし、五人をたちまち部屋のすみに追いつめる。

マンデルとほかのふたりの戦士たちも駆けつけ、あっという間に五人をかたづけた。

最後の兵士を倒すと、その痙攣《けいれん》する体を見おろし、ローランは床につばを吐いていった。「見知らぬ客を信用するな」

戦いのあとのおぞましいにおいが室内でまじりあい、この世でもっとも不快な毛布で分厚くおおわれているような圧迫感だった。ローランはチュニックの袖で鼻と口をおさえ、吐き気をこらえた。

四人は血だまりで足をすべらせないように巻きあげ機に近づき、その仕組みにじっと目をこらした。

と、カチャリと小さな音がして、ローランは槌《つち》をかまえてふりむいた。はねあげ戸がキーッとひらき、兵士が上の見張り塔から靴音を響かせて螺旋《らせん》階段をおりてきた。

「タウリン、いったいなんのさわぎ――」ローランたち四人と、かたすみに転がった無残な死体を見て、兵士は息をのみ、階段の途中で立ちどまった。

ローランの右から戦士が槍《やり》を投げつける。兵士はとっさに身をかがめ、槍は壁につきささった。兵士は毒づくと、両手両足でバタバタと階段をのぼり、湾曲する壁の向こうに消えていった。

直後、大きな音を響かせてはねあげ戸がしまり、角笛をふき鳴らす音と、下の広場に向かって半狂乱で急を告げる兵士のさけび声が聞こえてきた。

ローランは顔をしかめ、巻きあげ機に注意をもどした。「放っておけ」槌《つち》をベルトにさし、落とし格子をあげさげする車輪に体をぴたりとつけ、ありったけの力をこめておした。ほかの男たちもそれに加わる。やがて車輪が徐々に、ゆっくりとまわりだし、巻きあげ機のはしの歯どめがガチャガチャと音をたてはじめた。巨大な木の留め具がはずれ、歯車が動きだした。

車輪をまわす作業はすぐに楽になり、もうひとつの衛兵所に送った戦士たちが、向こうで同じことを始めたのがわかった。

落とし格子を全部あけきる必要はなかった。全力で車輪をまわして三十秒ほどたったころ、ヴァーデン軍のすさまじい雄たけびがとどろいてきた。門の前で待機していた戦士たちが、広場に突入してきたのだ。

ローランは車輪を放して槌をぬき、仲間とともに階段を駆けおりた。

外に飛びだすと、カーンやデルウィンもちょうど、向かいの衛兵所から出てきたところだった。ふたりは無事なようだが、もうひとりの戦士の姿はない。

バルドル率いる軍勢は、広場のはしに集結してローランたちが合流するのを待っていた。戦士たちはたがいの盾を重ねあい、五列にすきまなくかたまっている。

ローランが隊列にもどったとき、広場の反対はしの建物から、帝国軍があふれ出てきた。矛や槍《やり》をつきあげ守備隊形を組んだ光景は、遠くから見ると長くのばした針山のようだ。百五十人ほどだろうか——倒せる数ではあるが、時間と戦士の命が無駄になる。

ローランの気分がさらに暗くなったのは、隊列の前に、前日のわし鼻の魔術師が姿をあらわしたときだった。魔術師が両手を高く広げると、黒い雨雲があらわれ、それぞれの手のまわりに稲妻が光った。その行為が単なる力の誇示であることは、エラゴンから魔法のことを多少教わっているので想像がつく。だがそれでも、敵の魔術師が途方もなく危険であることは、疑いようがない。

カーンも戦士たちの最前列にやってきて、ローランとバルドルとともに、ずらりとならんだ帝国兵と魔術師をじっと見つめた。

「あいつを倒すことはできそうか?」うしろの戦士たちに聞こえないように、ローランは小声でたずねた。

「やってみるしかない、だろう？」カーンがこたえ、手の甲で口をぬぐった。顔には汗がにじんでいる。

「おれたちがあいつに猛攻をかけてもいい。いくらなんでもヴァーデンが全員殺られることはないさ。その前にあいつのバリアを破壊して、心臓をたたきつぶしてやる」

「だがそれはどうか……いや、これはぼくの役目だ。ぼくがやるべきことだ」

「じゃあ、手伝えることはないか？」

カーンは不安そうに笑った。「あいつに矢をすこし射ちこんでくれ。そっちに気がそれたら、ミスをおかすかもしれない。でもどんなことがあろうと、ふたりのあいだに割って入るなよ……そっちにも、ぼくにも、命とりになる」

ローランは槌《つち》を左にもちかえ、右手をカーンの肩にのせた。「だいじょうぶさ。あいつはそんなに賢くない。きのう、おまえはあいつをだませただろ？　こんどもまたうまく行くさ」

「ああ、わかってる」

「がんばれ」ローランはいった。

カーンはコクリとうなずいて、広場の中央の噴水のほうへ歩いていった。飛びちる水煙に太陽の光がさして、無数のダイヤモンドが空中で踊っているかのようだ。

わし鼻の魔術師もカーンと同じ歩調で噴水に近づいてきた。ふたりはほんの五、六メートルの距離で向かいあってとまった。

遠すぎてローランにはまったく聞きとれないが、カーンと敵の魔術師は何か言葉をかわしているようだ。次の瞬間、ふたりの体が剣でつらぬかれたように、ぴたりと動かなくなった。

ふたりの魔術師が意識の対決を始め、周囲のことにはまったく注意がおよばなくなったという合図だ――ローランはこの瞬間を待っていた。

「弓矢隊！」ローランは吠《ほ》えた。「そこと、あそこの位置につけ！」と、広場の両はしを手でしめした。「敵の魔術師野郎に、目いっぱい矢を射ちこんでやれ！　だがまちがってもカーンに当てるなよ！　そんなことをしたら、生きたままサフィラの餌にしちまうぞ！」

ヴァーデンの弓矢隊が両側に分かれるのを見て、深紅の武装をしたガルバトリックスの軍隊はそわそわと体を動かしながらも、隊形をくずさず、攻撃してくる気配もない。

やつらめ、あの毒ヘビ野郎を、よほど信頼してるのか……。ローランはそう思って落ちつかない気持ちになった。

ヴァーデンの弓矢隊が矢を放ち、無数のガチョウの羽根の矢がいっせいにビューッと飛んでいった。これであいつを射とめられたら……ローランは一瞬希望をもったが、矢は魔術師の一、二メートル手前で、まるで石の壁にでもぶち当たったように、ボキボキと折れて落ちていく。

ローランは緊張感でじっとしていられず、地面の上で飛びはねた。友だちが危険にさらされているのに、何もせずに待つのは耐えがたいことだ。それに、こうしているあいだにも、ホルステッド卿《きょう》が事態を知り、なんらかの策をこうじるかもしれない。ぜったい優勢なアロウの兵にヴァーデン軍が打ち勝つには、敵の態勢が整わないうちに、奇襲をかけるしかないのだ。

「出撃準備！」ローランは戦士たちをふりかえってさけんだ。「カーンがおれたちのために戦ってるあいだ、何かできることをやってみよう。側面攻撃だ。半分はおれについてこい。残りはデルウィンに続け。デルウィン、ふさがれてない道を見つけて、あの守備隊形のうしろにまわりこめ。背後から攻撃するんだ。おれたちは正面から攻める。うしろは手薄になってるはずだ。逃げるやつがいても、放っておけ。どうせあれ全部を倒す時間はない。いいな？……さあ、じゃあ、行け！」

戦士たちはすばやくふたつに分かれた。ローラン率いる部隊は広場の右はしに走り、デルウィンたちは左はしに走る。

両方の部隊が噴水とならぶ位置まで達したとき、敵の魔術師がローランを横目でちらりと見た。ほんの一瞬のことだが、その一瞥《いちべつ》が——意図的にしろ偶然にしろ——カーンとの対決に影響をおよぼしたようだ。カーンに視線をもどしたとたん、わし鼻の魔術師の顔は引きつり、つらそうに口をゆがめだした。しわの寄った額とすじばった首の静脈が浮きあがり、顔全体が怒りで赤黒くなって、いまにも血管ごと破裂しそうだ。

「やめろ！」男はそう吠《ほ》えると、ローランには理解できない古代語の呪文をさけんだ。

すかさずカーンも何かをさけび、その瞬間、ふたりの声が重なりあった。恐怖と孤独、憎悪、怒りが不気味に入りまじったその声を聞けば、ただならぬ状況にいたっていることはローランにも本能的にわかる。

カーンの姿が青い炎のなかに消えた。と、突如その場所から、白いドーム状の光がふきあがり、まばたきするまもなく広場全体に広がった。

あたりが真っ暗になった。耐えがたい熱が襲ってきて、まわりのすべてがめちゃくちゃに引っくりかえるのがわかる。混沌《こんとん》とした空間のなかで、ローランも転がっていた。

槌《つち》は手からもぎとられ、右ひざの横に激痛が走る。かたいものが口を直撃し、歯が一本折れ、口のなかに血の味が広がる。

ようやく体が停止したとき、あまりの衝撃で動くこともできず、うつぶせに倒れたままでいた。徐々に感覚がもどってくると、目の前に、灰色がかった緑のなめらかな敷石が見え、敷石を固定する鉛のにおいがした。体じゅうがいっせいに痛みをうったえていた。耳には激しい鼓動の音だけが響いている。

ふたたび呼吸すると、口とのどの血が気管に入った。息苦しさに咳《せ》きこんで起きあがり、黒い痰《たん》を吐く。前歯が一本口から飛びだし、敷石の上で跳ねる。吐き出した血のなかで、おどろくほど白く見える。ひろってみると、歯の先は欠けているが、根もとは無事なようなので、きれいになめて歯ぐきの穴におしこみ、痛みに顔をゆがめた。

ローランは地面をつき放すようにして起きあがった。広場のまわりにならぶ建物の玄関前まで飛ばされていたのだ。ほかの戦士たちもまわりで、手足をななめに曲げて倒れている。兜《かぶと》はぬげ、剣はどこかへ飛ばされている。

自分の武器が槌《つち》でよかったと、ローランはあらためて思った。混乱のさなか、剣で自分や仲間をさしてしまう戦士がいたからだ。

そういえば槌は？　おれの槌はどこだ？　ローランはおくればせながら思った。近くを見まわすと、戦士の足の下から、槌のにぎりが飛びだしていた。槌をぬきとり、広場に目をやった。

帝国兵もヴァーデン軍の戦士もみな、手足を投げだして倒れている。噴水はただの小さな瓦礫《がれき》となり、そこからときどき思い出したように水がふきだしている。そのとなりのカーンがいた場所には、黒くしぼんだ死体が横たわっていた。煙をくすぶらせた四肢は、クモの死骸のようにぎゅっとちぢまっている。黒こげになった穴だらけの亡骸《なきがら》は、それが生きた人間だったとはとても想像できないほどだ。ところがなぜか、わし鼻の魔術師は、爆発でズボン以外の衣服がすべてはぎとられているが、依然としてもとの場所に立っている。

ローランのなかに、おさえようのない怒りがこみあげてきた。自分の身のことなどまったく考えず、なんとしても魔術師を殺すと決め、広場の中央によろよろと歩みでていった。

上半身をあらわにした魔術師は、ローランが近づいても、地面に仁王立ちしたままだ。ローランは槌《つち》をふりかざし、ふらつく足で走りだした。自分のあげる雄たけびが、ほんのかすかに耳に聞こえていた。

魔術師は防御の姿勢もとらない。

それどころか、爆発が起きてから一ミリも動いていないのだ。人間ではなく、まるで彫像のようだ。

近づいていくローランにもまるで無関心に見える。ローランは魔術師の行動が異常であること――いや、行動がないこと――にもかまわず、相手がわれに返る前に頭をたたきつぶそうと思った。だが一、二メートル手前まで近づいたとき、ふいに警戒心が復讐《ふくしゅう》心をおさえ、立ちどまった。

ローランはそのことに感謝した。

遠くからふつうに見えた魔術師は、近づくと、三倍も年をとったようにしわだらけで、かたい革のようになっていた。全身に霜がおりたように、肌の色がみるみるうちに黒ずんでいく。

魔術師の胸は上下にはずみ、目は白目をむき、目玉がゆれている。だが、それ以外は体のどこも動いていない。

見ているうちに、男の腕と首と胸がちぢみだした。鎖骨から腰にかけて、骨がくっきり浮きあがり、腹の肉は革袋のようにたれている。すぼめたくちびるが異様にめくれ、黄ばんだ歯がむき出しになり、身の毛がよだつような形相だ。目玉は、まるでダニが血をいっぱいに吸ってつぶされたようにしぼみ、眼窩《がんか》が落ちくぼんでいく。のこを引くような甲高くヒステリックな息づかいは、弱々しいながらもまだ続いている。

ローランは気味が悪くなってあとずさった。ふと、靴の裏に何かすべるものを感じ、地面を見おろした。足もとの水たまりを見て、最初は、くずれた噴水の水だろうと思ったが、よく見ると、水はつっ立ったままの魔術師の足もとから流れている。

吐き気をもよおし、悪態をついて、乾いた場所へ飛びのいた。水を見て初めて、カーンが何をやったかに気づき、ローランは底知れぬ恐怖をおぼえた。カーンは、敵の魔術師の体から、一滴残らず水分を吸いとる魔法をかけたのだ。

ものの数秒のうちに、魔術師の体は、黒い革の皮膚に包まれた骸骨でしかなくなった。ハダラク砂漠の風と太陽と砂塵《さじん》に何百年もさらされたように、ミイラ化してしまったのだ。すでに死んでいるはずなのに、カーンの呪文のせいで、男の体は立ったままだ。悪夢でも戦場でも、最悪の光景はいくつも目にしてきたが、にんまり笑った不気味な亡霊の姿は、それらと相違ないおぞましさだ。

やがて男の干からびた皮膚は粉々にくずれ、灰色の薄い膜となって、地面の水たまりをおおった。筋肉、骨、石化した臓物も次々とくずれ、最後に残ったのは、魔術師の体内の水分だった水たまりと、そこに積みあがった灰の山だけだ。

ローランはカーンの亡骸《なきがら》を見たが、耐えられず、すぐに目をそらした。少なくとも、自分で自分の仇《あだ》を討ったんだな。考えるとつらすぎるので、亡くした友のことは頭のすみに追いやり、火急の問題に神経を集中した――広場の南はしの帝国兵たちが、徐々に起きあがりはじめている。

ヴァーデンの戦士たちも同じだった。「おい！」ローランは声をあげた。「おれに続け！　いまこそ、攻めるときだ」負傷している数名を指さしていった。「ケガ人を真ん中に入れて隊形を組むんだ。ひとりも置いていくな。ひとりもだぞ！」声を出すとくちびるがふるえ、飲み明かした朝のように頭がズキズキする。

　号令にしたがって、戦士たちがふたたび集まってきた。ローランは広く縦隊を組んだヴァーデン軍の先頭に立った。両わきには、爆発ですり傷を負ったバルドルとデルウィンがいる。

「カーンはダメだったのか？」バルドルがたずねる。

　ローランはうなずき、盾をもちあげた。うしろの戦士たちもそれにならい、かたい壁で隊列を装甲する。

「ホルステッドの魔術師がもうひそんでないことを願うしかないな」デルウィンがつぶやいた。

　ヴァーデンの戦士たちがすべて位置につくと、ローランは声を張りあげた。「前進！」隊列は広場の奥へと進みだした。

　帝国軍の指揮官が無能だったからか、あるいは爆発の痛手がより深刻だったからか、敵の兵士たちは態勢を整えるのがおくれ、突入していったヴァーデン軍に混乱状態のまま応戦してきた。

ローランの盾に槍《やり》がズシッとささり、うめいてあとずさった。衝撃で腕がしびれ、槍の重さで盾をもっていられなくなる。槌《つち》で柄《え》をたたいて落とそうとするが、盾に埋まった槍はびくともしない。

そのすきに乗じて、槍を投げた張本人らしき兵士が、ローランの首めがけて剣で切りかかってきた。ローランは槍ごと盾をもちあげようとしたが、重すぎて身を守れるような代物ではない。しかたなく、向かってくる剣に槌をふりあげた。

だが、薄い刃を相手に、槌はねらいをはずした。ここで死んでも不思議ではなかったが、手の甲で剣をはらったおかげで、かろうじて急所ははずれた。

右肩を焼けるような痛みがつきぬけた。体のわきに稲妻が走り、目の前が黄色に光る。右ひざからガクリとくずれ、ローランは地面に倒れた。

下には敷石があった。安全な場所に転がって逃げたいのに、まわりの戦いにかこまれて動けない。ハチミツのなかにとじこめられように、体が重く、鈍い。

動け……動け……。手を盾からはずし、足を下におろそうともがいた。このまま地面に転がっていたら、ささされるか、ふみつぶされる。早く動け！

目の前に、さっきの兵士が腹をおさえて倒れるのが見えた。次の瞬間、だれかに鎖《くさり》帷子《かたびら》のえり首をつかまれ、体を引きあげられた。バルドルだった。

ローランは首をひねって、兵士にさされたところを見た。シャツの鎖が五つほどちぎれているだけで、あとは鎧《よろい》に異常はない。裂け目から血がにじみ、首と腕の痛みは相当なものだが、致命傷とは思えず、とまってたしかめるつもりもない。右腕は戦いを続けられるぐらいには動く。いま重要なのはそれだけだ。

だれかがローランにかわりの盾をわたしてくれた。ローランは表情を引きしめ、それを肩にかけると、戦士たちとともに前へ前へと攻め、帝国兵たちを広場から奥の大通りへとおしやった。

やがて兵士の一団は分裂し、四方八方のわき道や路地へちりぢりに逃げていった。ローランはそこでいったん進攻をとめ、戦士五十人ほどを落とし格子と出撃路のほうへもどし、門をとじさせた。ヴァーデンを追って内塀のなかに入ろうとする敵をはばむためだ。帝国兵のほとんどが、包囲攻撃にそなえて、外の防壁周辺に配置されている。連中を相手に野戦をくりひろげる気は毛頭ない。アロウの大軍勢とまともにぶつかるなど自殺行為だ。

その後、ヴァーデン軍はさして抵抗にもあわず、順調に町の中心部を進み、ホルステッド卿《きょう》が主《あるじ》をつとめる豪奢《ごうしゃ》な大宮殿に着いた。

五、六階分の高さのある宮殿が、アロウの町を見おろすようにそびえていた。正面には広々とした前庭があり、人工池でガンや白鳥が泳いでいる。美しく装飾をこらした宮殿は、前面にアーチ道や柱がならび、ダンスパーティーがひらけそうな広いバルコニーがある。ベラトーナの城とちがって、ここはあきらかに防衛ではなく、享楽のためつくられたものだ。

ふたつの壁を突破してくる敵などいないと思ってたんだな。ローランは思った。

前庭のあちこちで、ヴァーデンの侵入に気づいた門衛や兵士たちが、わめきながらやみくもに切りかかってきた。

「編隊をくずさず戦え！」ローランは飛びだしていこうとする戦士たちに命じた。

剣のぶつかりあう音がしばし前庭に響きわたった。ガンや白鳥がおどろいて鳴きたて、羽をバタつかせるが、池から飛びたつ様子はない。

前庭の敵をものの数分でかたづけ、ヴァーデン軍は宮殿の玄関ホールになだれこんだ。ホールの壁や天井には絵画が飾られ、金箔の装飾品、木彫りの家具、模様つきの床など、いっぺんに把握できないほどさまざまなものが、ローランの目に入った。こうした殿堂を建て、維持するのに、どれだけの富が必要なのか想像もつかない。自分の育った農場を丸ごと売っても、この玄関ホールの椅子一脚買えなかっただろう。

あけはなたれた戸口の向こうに、給仕の女が三人、スカートをひるがえして別の廊下へ逃げていくのが見えた。

「逃がすな！」ローランはさけんだ。

戦士が五人、女たちを追い、廊下のつきあたりでつかまえた。女たちはけたたましい悲鳴をあげ、爪を立ててあばれながら、ローランのもとへ引きずられてきた。

「静かにしろ！」ローランがどなると、女たちはすすり泣きながらも抵抗をやめた。白髪頭を無造作にひっつめた恰幅《かっぷく》のいい女が、いちばん年かさで話がわかりそうだ。腰に鍵の束をつけたその女に、ローランは問いかけた。「ホルステッド卿《きょう》はどこだ？」

女は身をこわばらせ、あごをつきだしていった。「ご主人さまを裏切ることはしない。あたしを好きになさるがいい」

ローランはぎりぎりまで女に近づき、低い声でうなった。「いいか、よく聞け。アロウはわれわれが占拠した。あんたたちもふくめて、この町の民はいまおれが掌握している。あんたがどうがんばろうと、それは変わらないんだ。ホルステッドの居場所をいえば、あんたも、そこのふたりも逃がしてやる。ホルステッドの運命はどうにもならないが、あんたたちの命は助かるんだぞ」ひどくはれたくちびるで、かろうじてわかるように話した。ひと言発するたびに、口から血が飛びちる。

「あたしの運命などどうでもいい」女は戦士のように決然とした表情でいった。

ローランはうなり、槌《つち》を盾に思いきりたたきつけた。洞窟のようなホールに、耳ざわりな音が響きわたる。女は大きな音にたじろいだ。「あんた、正気か？　ホルステッドに自分の命をかけるって？　帝国に？　ガルバトリックスに？　そんな価値があると思うのか？」

「ガルバトリックスや帝国のことは知らぬ。だがホルステッドさまは、わたしたち給仕の者にいつもよくしてくださる。あんたのような人に、ご主人さまを縛り首にされてなるものか。あんたのような卑劣でおぞましい男に」

「ふーん」ローランは女をけわしい顔でにらんだ。「おれの部下が本気でその口を割らせる気になったら、どこまでだまっていられるかな？」

「あたしはしゃべらない」女は宣言した。ローランもそのとおりだと思った。

「じゃあ、彼女たちは？」ローランはほかのふたりのほうを向き、いちばん年若の、十七歳にもなっていないような娘をあごでさした。「ご主人を救うためなら、彼女たちが切りきざまれてかまわないというのか？」

年長の女は軽蔑するようにフンと鼻を鳴らした。「ホルステッド卿《きょう》は宮殿の東棟におられるはず。あの廊下の先の、〈黄色の間〉とガリアナお嬢さまの花園をぬければ、すぐに見つけられるでしょうよ」

ローランは疑わしい思いでそれを聞いていた。いままであれほどかたくなに抵抗していた女が、あまりにあっさり口を割ったからだ。それに、女が話しているとき、ほかのふたりの顔におどろきと、何かよくわからない表情——困惑？——が浮かんだ。いずれにしろ、白髪頭の女がご主人を敵の手にわたそうとしているなら、そんな反応にはならないはずだ。かくしごとでもあるかのように、ふたりの女はみょうにおしだまっている。

ローランは、ふたりのうち、あまりうまく感情をかくせていない若い娘のほうを見て、できるだけ乱暴な態度で問いつめた。「おい、おまえ、あいつのいったことは嘘《うそ》だな？　ホルステッドはどこにいる？　さあ、いえ！」

娘は口をあけたが、何もいわずに首をふった。

あとずさろうとする娘を、戦士がうしろからおさえつける。

ローランはドスドスと歩いていくと、娘の胸に盾を当て、ぐっと力を入れておさえつけた。槌《つち》を娘の頬に当てていう。「なかなかかわいい娘だが、その前歯をへし折ったら、言いよってくるのはじいさんばかりになるだろうな。おれは今日、歯が折れたんだ。だが、なんとかここにおしこんでいる。ほら」と、どんなに気味の悪い形相になるかわかったうえで、くちびるを広げて笑ってみせた。「おまえは元どおりにはならないぞ。歯はおれがもらっておく。いい戦利品になるだろう?」ローランはわざと槌をふりあげて脅かした。

娘は首をすくめ、悲鳴をあげた。「やめて！　お願い！　よく知らないんです。ご主人さまはご自分の部屋で隊長たちと会ってて……そのあとはガリアナさまとトンネルを通って波止場へ行こうとして――」

「ターラ、おやめ！」年かさの女がどなった。

「そこで船が待ってたはずだけど、いまはどこにいるのか……どうかぶたないで。本当にそれしか知らないんです。だから――」

「自分の部屋?」ローランはドスを利かせた。「それはどこだ?」

娘はしゃくりあげながら説明した。

「放してやれ」ローランがそういうと、三人の女はきれいにみがかれた床にかたい靴底の音を響かせて、一目散に逃げていった。

ヴァーデンの隊列は、娘の説明にしたがって広々とした宮殿を進んだ。あちこちで着の身着のままの男や女たちと行きあうが、戦おうとする者はいない。宮殿内はハチの巣をつついたような大さわぎで、耳をふさぎたくなるほどだ。

ホルステッドの私室に向かう途中、ふきぬけの中庭の真ん中に、黒い巨大なドラゴン像が飾られていた。ガルバトリックスのドラゴン、シュルーカンだろう、とローランは思った。隊列が彫像の横を通りすぎるとき、ビュンと鋭い音がして、ローランは背中に何かが当たるのを感じた。

かたわらの石のベンチに倒れこみ、しがみついた。

痛い!

いままでにない鋭い痛み。思考力が奪われるほどの痛みだ。手を切りおとしたくなるような痛みだ。真っ赤に燃える火かき棒を、背中におしつけられたようだ。

動けない……。

息ができない……。

ほんのわずかな身じろぎですら拷問のようだ。

目の前を影がよぎり、バルドルとデルウィンが何かさけんでいた。ブリグマンの声が聞こえるが、何をいっているかわからない。

ふいに痛みが十倍になった。わめくと、よけいにひどくなる。体を動かさないよう必死でこらえる。ぎゅっととじた目から涙がにじみ出る。

ブリグマンが声をかけてきた。「ローラン、背中に矢がささったんだ。射ったやつをつかまえようとしたが、逃げられた」

「痛い……」ローランはあえいだ。

「肋骨《ろっこつ》を直撃してるからだ。そうじゃなきゃ貫通するところだった。運よく、背骨や肩甲骨をぎりぎりのところでそれている」

「ぬいてくれ」歯を食いしばって声を出す。

「それはできない。矢じりにとげがついてるんだ。反対側におしだすのも無理だ。切開してとりのぞかなければ――。ローラン、わたしは前にもやったことがある。もし信用してくれるなら、いまここでとりのぞいてやる。あるいは、治療師をさがしたほうがいいなら、そうしよう。ひとりやふたりは、この宮殿のなかにいるだろう」

ブリグマンの手に身をゆだねるのは不本意だが、一秒でも早く激痛からのがれたかった。「いま、やってくれ……バルドル……」

「なんだ、ローラン?」

「五十人ほど連れて、ホルステッドをつかまえてこい。何があっても、逃がすな。デルウィン……おまえはここにいてくれ」

バルドルとデルウィンとブリグマンが何か話しあっているが、ローランの耳にはとぎれとぎれにしか聞こえない。戦士たちの大部分がいなくなったのか、中庭はほどなく静かになった。

ブリグマンの指示で、数人の戦士が近くの部屋からもってきた椅子をこわし、彫像の横の砂利の上で火をおこした。火に短剣の刃を当てているのがローランにも見えた。失血死しないように、矢をとりのぞいたあと、傷口を焼灼《しょうやく》するためだろう。

ローランはふるえる体をベンチに横たえ、呼吸を整えることだけに集中した。ゆっくりと浅く息をしたほうが、痛みがやわらぐ。ほかの思考は無理やり頭から追い出すのだ。起きたことや起きるかもしれないことを考えても意味がない。ただ鼻から息を吸って、息を吐くだけだ。

四人の男たちにかかえられ、うつぶせで床におさえつけられたとき、ローランはほとんど気を失いかけていた。だれかが革の手袋を口におしこみ、裂けたくちびるの痛みを悪化させる。同時に、両手両足が思いきり広げられ、荒々しくおさえつけられる。

うしろに目をやると、湾曲した狩猟ナイフをもったブリグマンが、ひざをついてかがみこむのが見えた。ナイフがおりてくると、ローランは目をつむり、手袋を嚙《か》んだ。

息を吸って、

息を吐く……。

そして時間と記憶はとぎれた。

（ドラゴンライダー13に続く）

本書は
単行本二〇一二年十一月　静山社刊
を四分冊にした1です。

ドラゴンライダー⑫
インヘリタンス　果てなき旅　1
2018年11月7日　第1刷

作者　クリストファー・パオリーニ
訳者　大嶌双恵

発行者　松岡佑子
発行所　株式会社静山社
〒102-0073　東京都千代田区九段北1-15-15
TEL 03(5210)7221
https://www.sayzansha.com
印刷・製本　中央精版印刷株式会社

ISBN 978-4-86389-444-0　printed in Japan